백전백승
웹소설 스토리 디자인

• 프로 작가가 되기 위한 생존 안내서 •

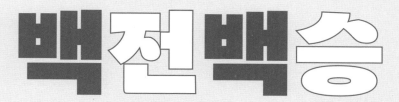

백전백승

웹소설 스토리 디자인

프로 작가가 되기 위한 생존 안내서

김선민 지음

HUDDLING BOOKS

왜 웹소설을 써야 하는가?

요즘 웹소설에 대한 관심도가 점차 높아지고 있다. 하루에도 수백 개의 새로운 작품들이 쏟아지듯 업로드되고 웹소설 관련 교육 프로그램들이 늘어나는 것을 보면 확실히 성장하고 있는 분야라고 느껴진다. 웹소설과 같은 텍스트 콘텐츠 시장이 커지고 그에 따라 창작자의 수익성이 개선된다는 것은 매우 반가운 일이다.

웹소설 콘텐츠가 큰 관심을 받는 이유 중 하나는 아무래도 수익, 즉 돈 때문일 것이다. 사실상 텍스트 콘텐츠를 통해 잉여 수익을 남길 수 있는 분야는 한정적이다. 물론 종이책을 출간하여 많은 부수가 팔리게 되면 당연히 큰돈을 벌 수 있다. 하지만 현 출판 시장에서 억대 수익을 벌 수 있을 만한 작가는 그리 많지 않다. 소수의 상위권 작가에게 모든 관심과 수익이 몰리는 극단적인 피라미드 형태가 나타나기 때문이다.

물론 웹소설 시장도 마찬가지로 상위권 작가들의 수익이 훨씬 높은 것은 사실이다. 다른 점은 평균적인 시장의 크기가 종이책 출판 시장보다 크고, 중위권 작가층이 두텁다는 것이다. 성실하게 글을 쓰는 것만으로도 먹고살 만큼의 시장 구조가 형성되었다는 것을 의미한다.

그러다 보니 웹소설을 도전하려는 많은 지망생이 상위권 작가들의 높은 수익에 주목한다. 웹소설을 잘 써서 억대 수익을 올릴 수 있다는 말은 결코 허황된 말이 아니다. 시장의 성장과 동시에 실질적으로 가능한 목표가 되었기 때문에 작가가 되고자 유입되는 인원이 늘어나고 있다. 내가 쓴 글로 억대 수익을 올릴 수 있다는 것은 정말로 매력적인 사실이 아닐 수 없다.

하지만 여기서 분명히 짚고 넘어가야 할 부분이 있다. 억대 수익은 말 그대로 최대 수익이다. 웹소설을 쓰는 모두가 이런 높은 수익을 올릴 수 있는 건 아니라는 점은 분명히 알고 시작해야 한다. 흔히들 웹소설은 바닥이 없는 곳이라고 한다. 한마디로 수익화에 실패하면 몇천 원도 벌기 힘들다는 뜻이다.

시작 전에는 억대 연봉을 기대하고 돈 벌면 뭐 살까부터 고민했던 이들에게는 매우 실망스러운 결과일 수밖에 없다. 하지만 웹소설로 큰돈을 버는 사람보다 소소하게 치킨값 정도를 버는 사람의 비율이 훨씬 높다. 지나치게 행복회로를 돌리며 이 분야에 뛰어들었다가는 멘탈이 견디지 못할 것이다. 그렇기에 웹소설을 처음으로 시작하는 사람들이 주목할 부분은 웹소설 분야의 최대 수익이 아니다. '리스크의 최소화'. 바로 이 부분이 웹소설 창작의 핵심이다.

웹소설의 최대 장점은 실패 시 리스크가 매우 적다는 점이다. 만약 우리가 잉여 수익을 위해 뭔가 다른 것을 준비해야 한다고 가정해볼 때 꼭 필요한 것이 있다. 초기 자금이다. 장사를 준비하든, 사업을 준비하든, 주식이나 부동산을 할 때든 기본적으로 초기 자금이 필요하다. 어떤 것을 준비하느냐에 따라 다르겠지만 적게는 몇 백부터 크게는 몇 억까지 돈을 마련해야 한다.

그렇게 준비해서 내가 원하는 만큼의 수익을 낼 수 있다면 정말 다행이겠지만, 안타깝게도 그럴 확률이 매우 적다는 게 현실이다. 기껏 많은 돈을 들여서 시작한 일이 제대로 풀리지 않으면 초기 자금만 날리는 셈이다. 잉여 자금을 모아서 이를 마련했다면 그나마 다행이나, 만약 대출을 받아서 그 자금을 준비했다면 고스란히 빚으로 남게 된다. 그만큼 리스크가 크다는 뜻이다.

하지만 웹소설은 그런 준비 자금이 전혀 필요 없다. 굳이 돈이 들 부분을 따져보자면 워드프로세서를 돌릴 컴퓨터와 레퍼런스 수집을 위해 웹소설을 사볼 돈 정도가 필요하다. 이를 모두 합쳐도 최소 50만 원 안팎으로 해결할 수 있다. 웹소설 집필을 준비할 때 가장 필요한 것은 본인의 의지력과 시간이다.

장사를 시작했는데 안 돼서 폐업을 하게 되면 그 금전적인 손해는 고스란히 본인이 떠안아야 한다. 하지만 웹소설을 쓰다가 작품이 실패한다면 잃는 것은 이를 준비한 시간 정도다. 보통 120~150화 분량을 준비할 때 4개월에서 6개월 정도가 걸리는데 잃은 것이 그 정도 시간을 소비한 것뿐이라면 직접적으로 돈을 잃은 것보다는 리스크가 훨씬 적다는 것을 알 수 있다.

더불어 만약에 그 기간에 작품을 완결 지었다면 설사 내가 원하는 만큼의 수익이 나오지 않았다고 해도 그 작품은 꾸준히 플랫폼에서 팔리기 때문에 아주 적게나마 수익이 계속 들어온다. 실패해도 수익이 들어올 수 있다는 것은 놀라운 일이 아닐 수 없다. 만약 내가 준비한 작품이 런칭해서 대박을 치면 수억의 수익을 올릴 수 있는 가능성 역시 존재한다. 리스크는 적은데 기대할 수 있는 수익이 높은 분야는 현실적으로 찾아보기 어렵다. 웹소설 창작에 관심이 있다면 적극적으로 도전해보라 권하는 이유가 여기에 있다.

문제는 이런 웹소설 콘텐츠가 하루에도 수백 개씩 생산되고 업로드된다는 점이다. 리스크가 적고 기대 수익이 높은 만큼 청운의 꿈을 안고 이 분야에 뛰어드는 지망생이 계속 늘어나고 있다. 그만큼 경쟁이 심화되고 있다는 뜻이다. 점차 치열해지는 경쟁에서 살아남고 수익을 올리기 위해서는 소비자가 원하는 바가 무엇인지를 정확히 파악하는 것이 중요하다. 시장의 트렌드가 무엇인지, 소비자가 이 시장에서 무엇을 원하는지, 소비자가 원치 않는 것은 무엇인지를 알아야 한다. 그런 최소한의 준비도 없이 생산부터 진행한다면 시장에서 우위를 점하기는 결코 쉽지 않을 것이다.

이런 준비가 제대로 되어 있지 않다면 열심히 웹소설을 써도 시장에서 전혀 먹히지 않아 기대만큼의 수익을 내지 못할 가능성이 높다. 웹소설은 상업성을 지닌 엔터테인먼트 콘텐츠고 대중 콘텐츠는 소비자와 상호작용을 하면서 그 가치를 인정받는다. 결국, 대중 상업 콘텐츠는 소비자가 돈을 쓰도록 하는 것이 중요하기 때문이다. 자신이 원치도 않는 음식을 굳이 돈 주고 사먹는 사람이 없듯이 재미를 느끼지 못할 것 같은 콘텐츠에 돈을 낼 소비자는 없다.

특히나 웹소설은 소비자들의 성향 파악이 매우 중요하다. 웹소설도 카테고리가 워낙 다양하고, 다루는 소재나 내용도 점차 세분화되고 있다. 소비자들로서는 하루에도 수백, 수천 개씩 올라오는 웹소설 중에서 어떤 걸 봐야 할지 혼란스러울 수 있다. 콘텐츠를 소비할 수 있는 시간은 한정적인데 자신의 취향을 만족시킬 만한 콘텐츠가 무엇인지 명확하게 알기 힘들기 때문이다. 작가는 자신이 쓰고자 하는 웹소설 카테고리의 흐름과 그 시장을 형성하는 소비자들의 취향이 무엇이고 상위권 작품들은 어떤 내용을 다루고 있는지 알아야 한다. 그래야 쓰고자 하는 웹소설의 목표점이 분명해진다. 목표점이 분명해야 내가 만드는 창작물의 색깔과 콘셉트 역시 선명하게 드러날 수 있다.

이런 목표점들을 선명하게 세워두고 준비한다면 웹소설 분야에서 분명한 성과를 낼 수 있을 것이다. 이 작법서는 웹소설 작가로서 창작이 지속 가능하도록 체계적인 창작 방법론을 전달하는 것을 목표로 삼고 있다. 이를 통해 더 많은 창작자가 효율적이고 안정적인 창작 환경을 이루었으면 한다.

차례

직업으로서의
웹소설작가 준비하기

01
웹소설 쓰기

생산성 높은 창작을 하는 방법

웹소설 창작에 앞서 먼저 고민해 봐야 할 점은 작가로서 내가 가진 '생산성'에 대한 부분이다. 인간은 기계가 아닌데 무슨 생산성 같은 소리를 하느냐고 할 수 있겠지만 만약 작가라는 직업을 고민하고 있다면 이 부분을 냉정하게 판단할 수 있어야 한다.

보통 웹소설의 분량은 한 화에 5,500자 정도다. A4 용지로 변환하면 4장에서 5장 정도의 글이 필요하다. 평균적으로 웹소설은 주 5화에서 주 7화로 연재가 진행되니 적어도 하루에 한 화 이상은 소설을 써야 연재가 가능하다. 하지만 만약 내가 아무리 열심히 해도 하루에 3,000자 이하의 글만 생산할 수 있다면 주 5회 연재는 불가능하다. 주 2회나 주 3회로 연재 기간을 변경해야 한다.

물론 인기가 큰 작품은 주 3회 연재만으로도 많은 수익을 벌어들일 수 있을 것이다. 하지만 통상적으로 생각해 보면 주 3회, 주 5회, 주 7회 연재 중 당연히 더 자주, 더 많은 편수를 연재하는 것이 더 높은 수익을 기대할 수 있다. 무엇보다 웹소설은 완결이 나면 독점 기간이 풀리면서 다른 플랫폼으로 판매하는 것이 가능해진다. 판타지, 무협 장르는 적어도 150화에서 200화는 기본적으로 연재하는 것을 추천하기에 최대한 빨리, 많이 쓰면 완결 작품이 늘어나게 된다. 신작을 연재하면서도 완결 작품들은 계속 팔리니 더 안정적인 수익을 기대해 볼 수 있는 것이다.

이렇게 되면 주 3회 연재의 생산성을 가진 작가와 주 7회, 더 나아가 몇 작품씩 동시 연재까지 가능한 작가의 생산성은 상당히 큰 차이를 보일 수밖에 없다. 그럼에도 작품의 퀄리티를 위해 주 3회 혹은 더 적은 연재 주기를 선택하고자 하는 작가 지망생의 의지는 존중한다. 하지만 직업으로 웹소설 작가를 선택하고자 한다면 최대한 체계적인 창작 방법론을 통해 안정적으로 생산성을 높이는 것을 추천하고 싶다.

이런 지점에서 볼 때 작가로서 생산성을 높이는 방법을 아는 것은 굉장히 중요하다. 빨리, 많이 쓸 수 있다면 설사 내가 이번 작품에 실패했다고 하더라도 빨리 완결을 짓고 다음 작품을 또 준비해서 이전보다 나은 결과를 내면 되기 때문이다. 이전 작품이 망했다고는 하지만 연재를 중단하지 않고 완결을 제대로 지었다면 조금씩이나마 수익이 발생한다. 가끔 플랫폼 이벤트에 내 작품이 포함되면 의외의 목돈이 들어오기도 한다. 완결작은 무조건 많이 가지고 있을수록 유리하다.

작가마다 지향하는 창작법이 다르기 때문에 일관적으로 '이렇게 하면 성공할 수 있다'는 식의 공식을 만들어서 알려주는 것은 불가능하다. 다만 현업 웹소설 작가로서 말할 수 있는 부분이 있다면 좀 더 효율적인 방식으로 작업 생산성을 높이는 방법에 관한 것이다.

작가로서 진행했던 작업, 동료 작가님들의 작업 방식, 또한 창작교육을 진행하며 보았던 수강생들의 창작 방식을 종합하여 느낀 것은 창작할 때 상당히 비효율적인 부분이 존재한다는 점이었다. 특히나 웹소설처럼 길게 이어지는 연재형 콘텐츠 작업을 할 때는 감각적인 부분에만 의존해서 진행하면 상당히 큰 어려움을 겪게 된다. 초반 부분을 쓸 때는 어느 정도 정해진 틀이 있어 진행은 가능하지만, 중반부로 갈수록 점점 에피소드를 짜기 힘들어진다. 더불어 후반부로 가면 난립하는 캐릭터들과 정리되지 않는 서사 때문에 작가들이 골머리를 앓게 된다. 결국, 스토리는 제대로 풀리지 않고 결말을 어떻게 잡아야 할지 감이 오지 않아 장기 휴재나 연재 중단을 선택하는 일이 비일비재하다.

이런 문제를 해소하기 위해서는 체계적인 방법으로 연재 작품의 스토리라인을 잡아두고 스토리의 흐름과 방향을 정리하면서 진행해야 한다. 이를 위해 먼저 내가 웹소설 스토리를 창작할 때 사용하는 방식을 설명하고자 한다.

스토리 창작의 전체 과정		
시놉시스	**트리트먼트**	**본문 집필**
캐릭터 설정 세계관 설정 스토리 개요(줄거리)	세계관 세부 설정 챕터 별 플롯 구성 에피소드 설정	에피소드 세부 구성 본문 집필 퇴고

스토리 창작의 3단계

설명 전에 먼저 짚고 넘어갈 부분이 하나 있다. 이 창작 방식은 필자 본인의 기준으로 정리한 것이라는 점이다. 모든 창작자가 똑같이 할 수 없고, 이 방법이 정석이라고 단정적으로 말할 수도 없다. 창작자의 성향이 모두 다른 만큼 저마다 자신에게 맞는 창작 방법이 있다. 이런 점을 감안하고 이 내용을 참고해서 자신에게 맞는 스토리 창작 과정을 고민해보기 바란다.

위의 도식을 보면 웹소설을 포함하여 모든 스토리 창작은 세 가지 단계로 나눌 수 있다. 첫 번째는 시놉시스 단계, 두 번째는 트리트먼트 단계, 마지막은 본문 집필이다. 우선 가장 첫 단계인 시놉시스는 스토리 전반을 보여주는 일종의 조감도라고 볼 수 있다. 내가 쓰고자 하는 웹소설은 이러이러한 콘셉트를 가지고 있다는 걸 시놉시스가 알려주는 역할을 한다. 보통 이 시놉시스로 작품의 주요 소재나 장르를 파악하기 때문에 무척 중요하다. 실제로 시놉시스를 보고 재미없을 것 같으면 본문도 보지 않고 넘겨버리는 경우가 많다.

웹소설과 같이 긴 연재형 장편 소설은 전체 본문을 다 읽고 출판이나 런칭 여부를 판단하기 어렵다. 보통 계약 전에 기획서 역할을 하는 시놉시스로 작품 콘셉트와 전반적인 이야기의 흐름을 보고, 어떤 내용인지를 먼저 파악한 뒤 초반부 본문을 읽고 계약을 결정한다. 즉, 시놉시스를 매력적으로 잘 쓰는 것이 초반 기획 단계에서 작품을 어필하는 데 큰 역할을 한다는 뜻이다.

두 번째 단계인 트리트먼트는 설계도라고 볼 수 있다. 즉, 내가 쓰고자 하는 스토리의 전체적인 흐름과 전개 방식을 도면처럼 정리하는 과정이다. 창작자 중에서는 이 트리트먼트를 써야 하는 것 자체를 이해하지 못하거나, 번거로움 때문에 거부감을 갖는 경우도 꽤 많다. 하지만 웹소설을 쓰고자 한다면 트리트먼트 작업이 매우 중요하다. 전반적인 스토리의 흐름이 설계 되어 있는 상황에서 글을 쓰는 것과 매일매일 라이브 연재로 아이디어를 짜내면서 글을 쓰는 것은 속도 자체가 다르기 때문이다. 트리트먼트를 통해 전체 내용을 파악한다면 훨씬 안정감 있는 상태에서 글을 쓸 수 있다.

마지막 세 번째는 본문 집필 단계다. 일종의 건축물 시공 단계로 들어선 것이다. 시놉시스와 트리트먼트가 정리된 상황이라면 1화부터 본문을 쭉 쓰면 된다. 실질적인 창작 과정이라 볼 수 있다. 건축물로 예를 들어보자. 처음 시공을 어떻게 하는지에 따라 하자가 생기기도 하고 이용자의 만족도가 높아지기도 한다. 도면이 잘 되어 있어도 이를 제대로 반영하지 않고 엉망으로 시공한다면 결코 이용자에게 만족감을 줄 수 없을 것이다. 건축물 시공 과정에서 건물의 용도에 따라 여러 가지 시공 기술들이 필요한 것처럼 웹소설 역시 각 장르와 소재에 맞는 다양한 스킬들이 있다. 문장 스킬이나 시점, 연출법 등이 필요한 부분이 바로 이 단계라고 볼 수 있다.

스토리 디자인 : 체계적인 창작 원리

체계적인 스토리 창작을 위해 고민하던 중 논리 추론적 접근 방법론인 '디자인 싱킹'을 적용하여 효율성을 높이는 방향을 강구했다. 디자인 싱킹은 본래 디자이너가 창작할 때 활용하는 창의적인 사고법과 전략을 뜻한다. 이를 디자인뿐만 아니라 산업 및 경영, 사회적 문제 해결 등에 적용하면서 문제의 맥락에 접근하는 통합적 사고 방법론으로 발전했다. 이런 디자인 싱킹 원리를 스토리 창작에 적용한 '스토리 디자인'이라는 창작 방법론을 먼저 소개하고자 한다.

스토리 디자인의 핵심은 스토리의 창작 과정을 각각 분절하여 프로세싱하는 것이다. 즉, 아이디어 발상, 콘셉트 기획, 스토리 설계, 에피소드 배치, 문장 연출 등의 과정을 명확하게 분리하여 내 아이디어가 어떤 과정을 거쳐서 최종 결과물로 만들어지는지를 객관화한다는 뜻이다. 이를 위해서 먼저 전제 되어야 하는 것이 바로 아이디어의 '데이터화'다.

창작자들의 머릿속은 심하게 어질러져 있는 방과 같다. 많은 아이디어가 뒤엉켜서 여기저기 흩어져 있다. 이런 수많은 아이디어가 제대로 정리되어 있지 않다면 필요할 때 적재적소에 갖다 쓰기 어렵다. 하지만 방에 어지럽혀진 물건들을 정리해서 같은 색깔, 같은 종류의 물건들로 정렬하여 모아두면 필요한 물건을 찾기 쉬워지기 마련이다. 이처럼 창작자들 역시 자신의 머릿속에 있는 아이디어를 정리할 필요가 있다. 이것이 바로 아이디어를 데이터화하는 과정이다.

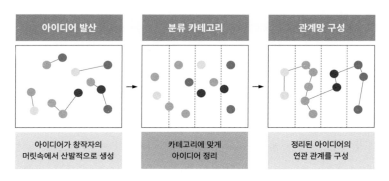

아이디어의 구조화 과정

　이렇게 아이디어를 정리해 데이터를 만들어야 하는 이유는 바로 객관성이다. 머릿속에 아이디어들이 어지럽혀진 상태로 산재하면 분명 내가 알긴 아는 것인데 그것이 무엇인지 선명하게 떠오르지 않는다. 또한 어떤 아이디어들이 머릿속에 있는지 객관화하기가 어렵다.

　새로운 신작 소설의 아이디어가 머릿속에 가득 차 있긴 한데 도통 내용이 풀리지 않을 때 이를 데이터화해서 풀어보면 어느 한쪽으로만 아이디어가 치우쳐 있을 때가 많다. 캐릭터나 사건, 배경, 서브 캐릭터의 특성 등 모든 것의 균형을 맞추고 부족한 부분이 어떤 것인지를 명확하게 인지할 수 있다면 아이디어의 발상 속도 역시 훨씬 빨라진다. 보통 작가들이 다음 내용이나 아이디어가 떠오르지 않아 며칠 혹은 몇 달 동안 끙끙대는 대부분의 이유가 바로 머릿속에 있는 '가짜 데이터'들을 제대로 걸러내지 못하기 때문이다. 이를 제대로 정리하지 못하면 아이디어들은 머릿속에 가득 차 있는 것 같은데 막상 작품을 쓸 때 사용할 수 있는 것이 별로 없다. 이를 객관적으로 바라보고 진짜 쓸 수 있는 것을 명확하게 구분해야 한다.

두 번째는 바로 안정감이다. 스토리라는 것은 연속된 이야기의 흐름으로 만들어진 콘텐츠의 일종이다. 우리가 아이디어를 내면 그 아이디어와 아이디어 사이를 연결해서 자연스러운 흐름을 만들 필요가 있다. 이는 스토리를 이루는 일종의 패턴이 된다. 사람들은 이 패턴화 된 스토리를 보면서 다음에 어떤 내용이 이어질지를 기대하고 그 내용에 빠져들게 된다. 하지만 이때 창작자가 제시한 아이디어와 아이디어 사이의 흐름이 일관되지 못하고, 부자연스러우면 몰입이 깨질 수밖에 없다. 스토리에 안정감이 없으면 독자들은 작품에 대한 신뢰성을 잃게 된다.

스토리의 패턴은 논리와 인과관계로 이루어진다. A 다음에는 B가 나오고, 그다음에는 C가 나올 것이라는 논리적인 규칙을 감안하면서 작품을 보기 때문에 독자들은 편안함을 느끼게 된다. 논리적인 질서가 사람들에게 안정감을 준다는 뜻이다.

하지만 아이디어가 지나치게 산재하여 A 다음에 B, C가 나와야 할 차례임에도 불구하고 논리성을 무시한 채 F가 나오면 독자들은 당황할 수밖에 없다. 아이디어를 데이터화해서 자연스럽게 정리한다면 상대적으로 앞과 뒤가 맞는 논리적인 스토리 흐름을 만들 수 있다. 한마디로 '정확한' 스토리를 창작할 수 있다는 뜻이다.

흔히 '재미있다', '예술성이 높다', '문학성이 높은 작품이다'라고 말하는 것은 그 판단 기준이 상당히 주관적이다. 판단하는 사람에 따라서 결과가 다르게 나타날 수도 있다. 개인적으로는 주관적인 재미와 예술성은 그 다음 문제라고 생각한다. 창작을 처음 시도하는 창작자라면 먼저 정확한 스토리를 쓰는 것을 목표로 삼는 것이 좋다. 우선 정확하게 쓰고 난 다음에 재미를 추구하는 것이 독자들에게 잘 읽힐 수 있는 작품을 쓸 수 있다고 생각하기 때문이다.

정리를 통해 산발적으로 흩어져 있던 아이디어를 데이터화 했다면 다음으로 해야 할 것은 정리된 아이디어들의 연관 관계를 연결해서 관계망을 구성하는 것이다. 다음 도표는 스토리 디자인의 과정을 설명해 놓은 것이다.

스토리 디자인의 5가지 단계

1. 정확하고 체계적인 방법으로 데이터를 정리
2. 정리한 데이터들 사이의 연관관계를 설정
3. 설정한 데이터들의 인과관계가 맞는지를 체크
4. 앞뒤가 정확히 맞도록 데이터를 배열하고 수정
5. 안정적으로 결과물을 창작, 생산

앞에서도 설명했듯이 작가들이 글을 쓰면서 가장 어려워하는 것 중 하나가 바로 머릿속의 아이디어를 제대로 정리하지 못해서 생기는 문제다. 이런 난관에 부딪히면 해결이 될 때까지 글을 제대로 쓰지를 못한다. 그러다 보니 '그분'이 오셔야 한다고 괴로워하며 하염없이 기다리거나, 술을 마시러 가거나, 멍하니 시간을 버릴 때도 많다. 결국 내용이 풀리지 않아 연재를 중단하는 경우도 종종 생긴다. 이 문제를 해결하기 위해서는 작가 스스로가 자신의 머릿속에 있는 아이디어를 체계적으로 정리하고 분류하는 방법을 알아야 한다.

그렇다면 이와 같은 아이디어를 어떻게 연결해서 정리하면 좋을까? 가장 크게는 세 가지로 나눌 수 있다. 핵심 소재, 설정, 플롯이다. 요리에 비유하자면 핵심 소재는 요리의 가장 기본적인 재료고, 설정은 스토리를 유지하는 최소한의 약속, 그리고 플롯은 요리의 레시피라고 할 수 있다.

예를 들어 요리 대회에서 반드시 주재료인 돼지고기만 쓰자는 약속을 했다고 가정하자. 그런데 누군가가 갑자기 소고기를 가지고 대회에 참가한다면 이건 서로 합의한 약속에서 벗어났기 때문에 심사위원들의 반발이 있을 수밖에 없다. 때문에 설정으로 만들어낸 약속은 반드시 지켜야 한다. 대회가 시작되면 돼지고기를 가지고 제육볶음을 할지, 수육을 할지, 김치찌개를 할지 정하게 된다. 같은 핵심 소재를 가지고도 플롯을 어떻게 활용하는지에 따라 전혀 다른 스토리로 만들 수 있다.

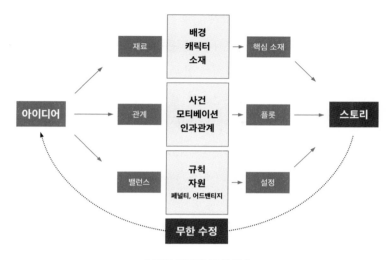

스토리 창작의 구성 요소

　위의 도식을 보면 창작자의 아이디어가 어떤 방식으로 구체화되고 분류될 수 있는지 볼 수 있다. 가장 위의 핵심 소재에는 배경, 캐릭터, 기타 소재 등이 재료로써 작용한다. 두 번째로 플롯은 사건, 모티베이션, 인과관계와 같은 관계성에 연관된 카테고리다.

　마지막은 일종의 파워 밸런스 설정이라고 보면 된다. 특히 웹소설의 판타지 무협 장르에서는 대단히 중요한 부분이다. 예를 들면 내가 만든 세계관에서 마법을 쓰는 것을 룰로 잡았는데 갑자기 초능력자가 나타나거나, 세계관의 룰을 벗어나 밸런스가 깨지게 되면 독자들이 굉장히 혼란스러울 수 있다.

　이럴 때는 그에 맞는 설정 근거를 다시 제시해야 하는데 독자들이 설정 오류로 인지하게 되면 작품 자체의 신뢰도가 떨어지게 된다. 때문에 반드시 명확한 규칙을 세우고, 그 규칙에 따라 캐릭터들에게 어떤 페널티와 어드밴티지가 있는지, 어떤 자원을 중심으로 움직이게 되는지를 만들어야 밸런스가 깨지지 않는다.

초반에 이런 아이디어 정리 작업을 계속하면서 스토리의 콘셉트와 설정을 잘 잡아두어야 실제 본문을 쓸 때 헷갈리지 않고 빠르게 연재하는 것이 가능하다. 특히 판타지와 무협 같은 세계관 설정이 중요한 장르일수록 이 작업이 굉장히 중요하다.

익숙하지 않을 때는 분명 이런 방식이 번거로울 수 있지만 이 방법론을 활용하면 유리한 점이 두 개 있다. 첫 번째는 효율적이고 빠른 집필이 가능하다는 점이다. 미리 스토리를 설계하고 집필하기 때문에 아이디어나 에피소드를 짜는 시간이 훨씬 절감돼서 연재 비축분을 쌓는 데도 유리하고, 무엇보다 연재 중단의 리스크를 줄일 수 있다.

두 번째 장점은 내 스토리를 다른 사람과 쉽게 공유할 수 있다는 것이다. 웹소설은 작가 혼자가 만드는 콘텐츠라기보다는 플랫폼과 매니지먼트(출판사)가 함께 호흡을 맞추며 만들어가는 콘텐츠라고 생각한다. 보통 내가 쓰고자 하는 스토리의 전반적인 내용을 매니지먼트사에 소개하고, 매니지먼트사는 그 내용을 다시 플랫폼에 보내 심사를 받는다. 판타지 무협은 워낙 내용이 길고 세계관이 방대해서 본문만으로 스토리를 모두 소개하기가 어렵다. 때문에 시놉시스와 트리트먼트로 스토리를 잘 정리해두면 관계자들에게 일목요

연하게 어필하기 쉽다. 웹소설 작가는 작가로서의 집필 능력뿐 아니라 스토리 기획자로서의 능력 역시 필요한 셈이다. 내 아이디어를 데이터화해서 명확하게 구분하고, 앞과 뒤가 맞는 정보로 배열해서 스토리로 만드는 것. 이것이 스토리 디자인 방법론의 핵심이다.

02
웹소설 이해하기

웹소설 콘텐츠의 이해

웹소설을 처음 접하는 사람이라면 먼저 알아야 할 부분이 있다. 첫 번째는 생각보다 웹소설 카테고리가 복잡하다는 것. 두 번째는 웹소설이 무엇인지 제대로 모른 상태에서 웹소설을 쓰려는 사람이 많다는 것이다.

웹소설의 경우 지금은 계속 시장이 커지고 있지만 사실 정착된 지 얼마 되지 않은 신생 콘텐츠이기 때문에 변화가 빠르다. 게다가 카테고리가 세세하게 분류되어 있어서 처음 접하는 사람들은 복잡하다고 느낄 수 있다. 또한, 기존의 장르문학과 웹소설을 혼동하는 이들도 매우 많다. 필자의 경우에는 웹소설과 장르문학 작가로 동시에 활동하고 있는데 지망생은 이 두 가지를 구분하는 것부터 어려울 수 있다.

먼저 웹소설에 관한 이야기를 하기 전 텍스트 콘텐츠의 전체적인 범위를 먼저 짚어봐야 한다. 텍스트 콘텐츠는 총 세 가지로 나눌 수 있다. 웹소설, 장르문학, 시나리오. 엄밀히 말하면 훨씬 더 많은 분류가 있지만 주요한 카테고리 위주로 축약해서 구분 지었다.

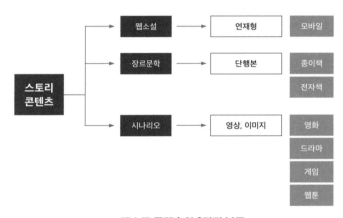

텍스트 콘텐츠의 3가지 분류

우리에게 가장 익숙한 건 아무래도 시나리오 쪽이다. 시나리오는 영상과 이미지 콘텐츠를 만들기 위해 만드는 대본, 스크립트다. 영화, 드라마, 게임, 웹툰을 만들기 전에 반드시 이 시나리오가 필요하다. 시나리오는 웹소설과 분명한 형식상의 차이가 있는데도 종종 웹소설과 동일시되기도 한다.

웹소설을 마치 시나리오처럼 쓰려는 분들이 간혹 존재한다. 시나리오는 영상 매체를 목적으로 한 텍스트고 웹소설은 문장 자체로 모든 것을 전달해야 하는 텍스트이기 때문에 타깃 고객층도 다르고 쓰는 법도 다르다.

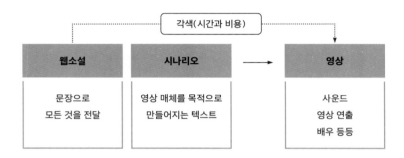

웹소설과 시나리오, 영상의 차이

구체적으로 어떤 형식적인 차이가 있는지 살펴보자. 시나리오의 경우에는 무엇보다 영상으로 만들어진다는 전제 하에 구성된다. 보통 지문과 대사로 나누어지는데, 이때 시나리오의 지문은 소설의 서술문, 묘사문과 다른 방식이다. 대사 역시 시나리오는 배우들이 직접 말하는 구어체로 쓰이지만 소설은 구어체보다는 문어체에 가깝게 쓰인다. 가벼운 예시를 들자면 다음과 같다.

시나리오 형식

네온사인이 어지럽게 붙어 있는 어두운 거리.
한상이 입김을 불며 골목 안쪽에 있다.
남자1이 안으로 들어온다.

한상: 씨발, 추워 뒤지는 줄 알았네.
남자1: 물건은.

남자1은 한상이 건넨 물건을 받고 뒤돌아서 골목을 나가려 한다.

한상: 어이, 잠깐.

소설 형식

화려한 네온사인이 벽에 다닥다닥 붙어 있는 거리는 적막하면서도 소란스러웠다. 으슥한 골목길 안쪽에서 한상이 추위에 떨며 누군가를 기다리고 있었다.

'새끼, 왜 안 와.'

그때 한 남자가 골목 안쪽으로 들어왔다. 어두운데도 선글라스를 끼고 있는 것이 평범치는 않아 보였다. 한상이 남자 쪽으로 곧장 다가갔다.

"씨발, 추워 뒤지는 줄 알았네."

남자는 한상의 말에 아랑곳하지 않고 입을 열었다.

"물건은."

한상은 사내의 무미건조한 목소리에 얕은 한숨을 쉬고는 옆에 둔 서류 가방을 건넸다.
사내는 한상이 건넨 가방을 들고 곧장 몸을 돌렸다. 그때 한상이 다급하게 사내의 어깨를 잡고 말했다.

"어어, 잠깐."

같은 상황을 나타낸 것이지만 시나리오와 소설은 형식적으로 다르게 표현된다는 것을 알 수 있다. 이처럼 요즘 만들어지는 웹소설 원작의 드라마와 웹소설이 완전히 같으리라 생각하면 큰 오산이다. 원작이 있는 드라마들은 엄청난 시간과 자본을 들여서 각색 작업을 했기 때문에 다른 형식의 작품이 완성된 것이라고 봐야 한다. 시나리오와 웹소설은 다루는 내용과 형식에 분명한 차이가 있다는 점을 반드시 명심해야 한다.

두 번째는 장르문학인데 웹소설과 장르문학을 구분하지 못하거나, 애초에 같은 것이라고 생각하는 사람이 꽤 많다. 이 두 가지를 마치 칼로 자르듯 명확하게 분리하기는 사실 어렵다. 장르문학에서 웹소설 장르가 갈라져 나와 발전한 형태라고 볼 수 있기 때문이다.

가장 쉽게 두 가지를 구분할 수 있는 방법은 매체를 기준으로 잡는 것이다. 시나리오가 '영상 매체'를 기반으로 만들어지는 텍스트 콘텐츠라면 통상적으로 장르문학은 '책'을 기준으로 삼고 웹소설은 '모바일 디바이스'를 바탕으로 하는 텍스트 콘텐츠라고 보면 된다.

웹소설 강의를 진행하면서 수강생들에게 어떤 종류의 작품을 쓰고 싶은지 물어보면 그중에서는 반드시 이런 답이 나온다. "《반지의 제왕》보고 감동했어요!", "《해리포터》같은 작품을 쓰고 싶습니다!" 문제는 이 두 가지의 작품을 웹소설로 보기는 어렵다는 점이다.

《반지의 제왕》이나《해리포터》같은 작품은 장르문학으로 분류할 수 있다. 위에서 말했듯이 '책'으로 나온 해외 번역서이기 때문이다.《반지의 제왕》,《해리포터》도 물론 장르로 따지면 판타지다. 그럼 웹소설에서 말하는 판타지와 이 판타지 장르를 같다고 볼 수 있을까?

웹소설 판타지와 장르문학 판타지를 가르는 기준은 소재와 서사를 다루는 방식이다. 세계관이나 설정들은 비슷할지 모르지만, 사건을 전개하는 방식이나 다루는 에피소드의 방식은 많이 다르다. 책을 기준으로 나오는 작품들의 경우 문장의 길이와 전개, 구성 등이 도서를 중심으로 이루어진다. 하지만 웹소설은 폭이 좁은 모바일 디바이스를 기준으로 하기 때문에 문장도 최대한 단문으로 이루어져야 한다.

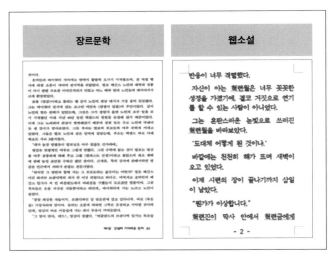

장르문학 VS 웹소설 화면 비교

더불어 웹소설은 연재 방식으로 진행된다. 독자는 5,500자 내외의 연재분을 무료로 읽다가 더 읽고 싶으면 100원씩 추가로 지불하고 구매하며 소비하는 방식이다. 하지만 책은 우선 구매한 뒤에 내용을 읽게 된다. 따라서 중간에 서사가 답답한 내용이나 살짝 어려운 설정 등이 나와도 독자들이 참고 읽을 수 있다. 하지만 웹소설의 경우에는 조금이라도 답답한 내용이 나오면 곧장 흥미가 떨어져 그 다음 화에서 바로 이탈하게 된다. 같은 텍스트로 이루어진 콘텐츠라도 소비하는 방식과 소비자의 성향이 다르기 때문에 장르문학과 웹소설은 서로 다른 방식의 창작법으로 구성될 수밖에 없다.

장르문학 VS 웹소설 분량 및 가격 비교

웹소설 지망생 중에서 2000년대 대여점에서 퓨전 판타지나 무협을 읽었던 경험을 바탕으로 글쓰기를 시작하는 경우가 있다. 엄밀히 말하면 현재의 웹소설은 그 당시의 판타지, 무협 소설을 계승해서 모바일 디바이스로 이식된 것은 맞다. 하지만 그 당시에 읽었던 작품들의 레퍼런스만을 가지고 지금의 웹소설을 쓰겠다고 나설 생각이라면 조금 더 준비가 필요하다.

　당시 대여점에서 주로 유통되던 퓨전 판타지나 무협은 종이책을 기준으로 출간됐다. 전개 방식이나 서사의 밀도가 일반 장르문학보다는 조금 더 가독성이 있겠지만, 여전히 웹소설의 기준으로 보면 독자들이 답답하다고 느낄 수 있다.

　무협 장르를 예시로 그 차이를 설명해보자면 2000년대 당시 무협의 경우 신무협이라는 장르가 유행했다. 신무협의 특징은 영웅적인 면모를 지녔던 주인공에서 탈피해서 주변 인물들에게 초점을 맞춰 캐릭터의 정신적 성장과 감정 변화를 포착한 것이었다. 따라서 주인공이 점소이, 낭인, 사파의 검객 등 영웅적인 캐릭터와는 동떨어진 경우가 많았다. 이럴 경우 전형적인 영웅적 주인공에서 탈피해 좀 더 사람 냄새 나는 캐릭터들을 다룰 수 있다는 장점이 있지만, 필연적으로 주인공의 캐릭터가 수동적일 수밖에 없고 내용이 느리게 전개된다.

　만약 이런 방식의 서사를 오늘날의 웹소설 무협에 넣으면 어떻게 될까? 이런 신무협의 향수를 가진 독자들은 좋아할 수도 있지만 더 넓은 범위의 독자층을 놓치게 될 가능성이 높다. 앞서 설명했듯 웹소설은 장편 연재로 진행되기 때문에 긴장감을 유지하고 지속하는 것이 굉장히 중요하다. 중간에 주인공이 조금이라도 수동적인 면모를 보이거나 적에게 당해서 답답한 상황이 오랫동안 이어지면 독자 이탈률이 높아지기 때문에 상위권 작품으로 올라가기는 쉽지 않다. 이런 부분은 무협뿐만이 아니라 판타지의 경우도 마찬가지다.

웹소설에 익숙하지 않은 지망생들은 현재 웹소설이 유통되는 주요 플랫폼(카카오페이지, 네이버 시리즈, 문피아, 리디북스, 원스토어 등)에서 자신이 쓰고자 하는 장르 카테고리의 상위 작품 세 가지 정도는 꼭 읽어봐야 한다. 그래야 요즘은 어떤 방식의 전개를 독자들이 좋아하는지 가늠할 수 있다. 이런 레퍼런스 작업이 선행되어야 더욱 효율적으로 웹소설 창작을 시작할 수 있다.

웹소설 장르 카테고리 구분

웹소설은 다른 텍스트 콘텐츠보다 카테고리가 명확하게 나뉘어 있고 그 장르를 읽는 독자층이 정확히 구분된 편이다. 따라서 내가 어떤 장르 카테고리의 웹소설을 쓸지 파악하고 시작하는 것이 좋다.

로맨스 카테고리	판타지·무협 카테고리
현대 로맨스	정통 판타지
로맨스 판타지	헌터물(레이드물, 성좌물, 탑등반물 등)
사극 로맨스	게임 판타지(게임 빙의물, 인방물 등)
여주 판타지	현대 판타지(전문가물, 아이돌물 등)
	무협
	스포츠, 대체역사

웹소설 카테고리

웹소설의 장르 카테고리를 구분하면 다음과 같다. 우선 로맨스 장르는 현대 로맨스, 로맨스 판타지, 사극 로맨스, 여주 판타지로 나뉜다. 판타지·무협은 정통 판타지, 현대 판타지, 헌터물, 게임 판타지, 무협, 스포츠 및 대체역사물로 나눌 수 있다. 이 작법서는 판타지·무협 웹소설을 중심으로 진행되기 때문에 로맨스 장르에 대해서는 간단하게 언급하고 넘어가고자 한다.

1. 로맨스 카테고리

Check 1. 현대 로맨스

현대 로맨스는 우리가 흔히 생각하는 지금의 현실을 배경으로 하는 로맨스물이라고 할 수 있다. 보통 로맨스 드라마와 비슷하다고 생각하기 쉬운데 엄밀히 말하면 웹소설의 현대 로맨스와 드라마 로맨스는 전개 방식이 다르다. 로맨스 드라마의 경우에는 영상물이기 때문에 영상 미장센과 사운드 등의 연출 효과가 포함되어 있다. 그렇기 때문에 극 중 전개 속도가 느리거나 다양한 조연들이 출연하는 에피소드들이 있어도 시청자들이 넘어갈 수 있다.

하지만 웹소설의 경우에는 기타 연출 없이 오로지 텍스트로만 진행되어야 하기 때문에 전개 속도가 훨씬 빠르고 자극적인 소재들이 많이 나오는 편이다. 드라마를 생각하고 웹소설 현대 로맨스를 쓰겠다고 생각하는 지망생이 있다면 이 부분을 감안해야 한다.

카카오페이지의 로맨스 탭과 네이버 시리즈의 로맨스 탭, 리디북스의 로맨스 탭을 참고해서 상위권에 있는 작품들을 보고 어떤 소재와 전개 방식을 독자들이 원하는지 미리 파악할 필요가 있다. 웹소설 현대 로맨스에서 독자들이 바라는 방식이 있는데 창작자 본인의 취향과 맞지 않다고 해서 마치 TV 드라마 같은 전개 방식을 가져가게 되면 런칭도 힘들뿐더러 상위권에 오르기 쉽지 않을 것이다.

Check 2. 로맨스 판타지

로맨스 판타지는 웹소설 전체 시장에서 판타지와 함께 가장 큰 수익성을 보이는 장르 카테고리라고 할 수 있다. 로맨스 판타지 장르의 소설을 한 번도 읽어보지 않은 지망생은 어떤 장르인지 감이 잘 오지 않을 수도 있다. 간단히 설명하면 중세 판타지를 배경으로 한 여성 주인공 성장 서사물이라고 볼 수 있다.

귀족 영애물, 악녀물, 육아물, 피폐물 등등 다양한 설정들이 로맨스 판타지에 포함되어 있다. 같은 카테고리 하나에서도 다양한 설정들로 나누어질 수 있기에 초반 진입 장벽이 높은 편이다.

요즘은 판타지 배경이 아닌 무협 배경을 활용한 로맨스 판타지물이나 헌터물과 같은 현대 판타지의 설정을 차용한 소설도 큰 인기를 끌면서 그 범위를 점차 늘려가고 있다. 로맨스 판타지 장르를 도전할 지망생은 반드시 이 장르에서 통용되는 법칙들을 잘 숙지할 필요가 있다.

Check 3. 사극 로맨스

사극 로맨스는 배경이 조선이나 고려, 고대 중국 등인 대체역사

로맨스 장르다. 애초부터 소설의 배경이 사극인 경우도 있고, 현대인이 사극 드라마나 게임, 소설 속에 빙의하는 경우도 있다. 서양 중세가 배경인 로맨스 판타지보다는 수요가 적지만 드라마화가 가능하다는 큰 장점이 있다.

이때 사극 로맨스와 비슷하지만 다른 갈래로 나온 것이 무협 로맨스 판타지다. 무협 세계 속으로 여주인공이 들어가서 성장하는 과정을 다룬 장르인데, 서양 중세 배경의 로맨스 판타지의 세계관이 무협 세계관으로 대체된 것이다. 윌브라이트 작가의 《무협지 악녀인데 내가 제일 쎄!》 같은 작품을 예로 들 수 있다. 웹소설에서는 마이너 장르라고 할 수 있는 동양 판타지 세계관 혹은 선협물 대신 무협 세계관을 바탕으로 한 로맨스 장르가 만들어졌다고 볼 수 있다.

Check 4. 여주 판타지

마지막 여주 판타지는 '여주인공 판타지'의 줄임말이다. 통상적으로 핵심 주인공이 여자인 모든 판타지 소설을 일컫는다. 다른 로맨스 판타지와 다른 점은 여주 판타지는 로맨스가 아닌 여주인공의 성장 그 자체에 초점을 맞춘다는 뜻이다. 보통 로맨스 장르의 가장 최종적인 목표는 여주인공과 남주인공의 사랑의 결실이다. 하지만 여주 판타지는 그런 로맨스적인 부분을 최소화하고 여주인공의 성장 그 자체에 초점을 맞춤으로써 판타지 무협 장르의 세계관을 차용한 서사 방식이다.

2. 판타지·무협 카테고리

판타지, 무협 웹소설 장르는 크게 정통 판타지와 현대 판타지, 무협 세 가지로 나눌 수 있다. 이 세 가지 장르의 공통점이 있는데 모두 '영웅 성장 서사'를 기초로 한다는 점이다.

Check 1. 정통 판타지

우선 정통 판타지는 장르문학형 판타지와 비슷한 서양 중세 배경의 용, 마법, 기사가 나오는 판타지의 내용을 통칭한다. 주로 1세대 통신 연재 판타지들인 《드래곤 라자》, 《하얀 로냐프강》, 《룬의 아이들》 등의 소설들이 여기에 속한다.

이런 정통 판타지에서 갈라져 나온 소설이 게임 판타지다. 주인공이 가상현실 게임 속으로 들어가 레벨업을 하며 성장하는 과정을 다룬다. 여기에서 또 변형되어 나온 것이 '헌터물'이라 불리는 판타지 장르로 게이트가 열려 판타지 세계 속 몬스터들이 출현하고 이를 잡을 수 있는 시스템 각성자들이 등장해 마치 현실 세계가 게임 속 세상처럼 되었다는 세계관을 갖고 있다.

Check 2. 현대 판타지

현대 판타지는 주로 '전문가물'이라고 불린다. 의사, 변호사, 검사, 세무사, 요리사 등 전문적인 능력을 갖춘 주인공이 초능력이나 스킬 같은 능력을 얻어서 빠르게 성장하고 고난을 해결해나가는 서사 구조로 이루어져 있다. 전문가물의 특성상 전문 직업 자체가 소재가 되기 때문에 그 분야에 대해 직업적 경험이 있는 사람이라면 상대적으로 쉽게 소설을 쓸 수 있다. 강사 활동을 해본 사람이라면 주인공이 일타 강사가 되는 내용을, 성악 공부를 해본 사람이라면 주인공이 성악 천재가 되는 내용을 써볼 수 있는 것이다. 이렇게 현실을 배경으로 하기 때문에 웹소설을 처음 접하는 독자 입장에서도 판타지나 무협보다 쉽게 진입할 수 있다는 장점이 있다.

특히 현대 판타지에서 인기 있는 소재는 경제, 투자에 관한 것인데, 현실에서는 충족하지 못한 대박의 꿈을 소설을 통해 대리만족하고자 하는 독자층의 심리가 반영되어 있다. 주인공이 과거로 회귀해서 주식, 부동산, 코인 등에 성공적인 투자를 해서 큰 부자가 되거나 재벌이 되는 스토리가 상당히 많은 편이다. 현대 로맨스와 마찬가지로 현대 판타지 역시 현실을 배경으로 하기 때문에 비교적 영상화가 쉬운 편이라 IP(지적재산권) 가치가 높다고 할 수 있다.

Check 3. 무협

무협은 '중원'이라는 중국을 배경으로 한 가상의 세계에서 일어나는 영웅성장물을 뜻한다. 중국, 대만에서 만들어진 무협지가 한국에 들어와 여러 가지 요소가 결합하여 오늘날의 무협 장르로 자리잡게 되었다. 구무협, 신무협, 웹소설 무협을 통틀어 공통으로 나타나는 요소는 무림이라는 무대에서 무공을 익힌 무림인들이 의義와 협俠을 위해 대결을 펼치고 성장하는 과정을 다룬다. 무협의 주인공은 기연을 통해 빠르게 무림의 영웅으로 성장하여 악의 무리와 맞서 싸우는 영웅적 면모를 보인다.

무협은 판타지 또는 현대 판타지에 비해서는 진입 장벽이 높은 장르다. 구파일방, 오대세가, 내공심법, 중원 등등 내용을 이해하기 위해서 알아야 할 명칭과 용어가 상당히 많기 때문이다. 그래서 초기 웹소설 무협 독자들은 과거 대여점 시절의 무협 소설을 읽던 40대 이상의 남성 독자층들이 주를 이루었지만, 요즘은 점점 독자의 연령대가 낮아지고 있고 여성 독자층의 비중 역시 늘어나는 추세다. 카카오페이지의 《무당기협》이나, 네이버 시리즈의 《화산귀환》처럼 회귀, 환생, 빙의 등의 소재를 활용해 가볍고 재밌게 읽을 수 있는 무협들이 늘어나면서 무협의 소비자층도 더욱 확대되고 있다.

장르문학과 웹소설의 차이

앞서 설명한 장르문학의 소설들과 웹소설의 가장 큰 차이점은 세 가지가 있다. 첫 번째는 웹소설이 분량이 더 많다는 점이다. 기본적으로 200화에서 300화, 길게는 500화를 넘기게 된다. 500화는 단행본으로 20권이 넘는 분량이기에 이 긴 분량 동안 사건의 긴장감이 떨어지지 않도록 에피소드를 배치하는 것이 중요하다. 때문에 주인공이 당한다거나 답답한 사건이 많이 나오지 않아야 한다.

두 번째는 주인공의 성장이 장르문학보다 웹소설이 더 빠르다는 점이다. 앞서 설명한 것처럼 에피소드를 긴장감 있게 전개하기 위해서는 주인공이 적들에게 당하기만 해서는 안 된다. 고난을 헤쳐나가며 빠르게 성장해야만 한다. 웹소설 판타지나 무협에서 회귀물

(죽었다가 과거로 돌아가서 살아나는 것), 환생물(죽었다가 다른 사람의 몸으로 다시 태어나는 것)과 같은 설정이 붙는 이유도 이런 맥락에서 해석할 수 있다. 치트키 설정이 있어야 주인공이 빠르게 성장하고 강해지는 것에 대한 논리적인 근거가 되기 때문이다.

세 번째는 장르 세계관의 틀을 활용한다는 점이다. 장르문학의 경우에는 창작자만의 독특한 세계관 설정을 바탕으로 사건이 전개되는 경우가 많다. 문제는 서사 초반에 세계관에 대한 설명과 주인공의 성장 서사를 함께 진행해야 한다는 것이다. 웹소설처럼 빠른 전개가 필요한 콘텐츠에서 지나치게 복잡하고 독특한 세계관을 활용할 경우 초반이 묘사나 설명으로 채워지기 때문에 독자 이탈률이 높아진다.

웹소설에서는 판타지나 현대 판타지, 무협에서 자주 사용하는 기존의 세계관 설정에서 독특한 설정을 조금만 넣어 추가하거나 비트는 방식을 사용한다. 이럴 경우 이미 이 장르를 잘 알고 있는 독자들은 금방 세계관의 설정을 파악할 수 있어서 초반 전개가 빨라지고 주인공의 성장에 초점을 맞출 수 있다. 대신 기존의 세계관을 알지 못하는 독자들의 진입이 어렵다는 단점이 있다. 로맨스 판타지도 비슷한 이유로 현대 로맨스물보다 진입 장벽이 높은 편이다.

이런 점 때문에 대부분의 웹소설 독자들은 자신이 보던 카테고리의 콘텐츠를 먼저 소비하는 경향이 있다. 만약 무협에 익숙하지 않은 독자라면 판타지나 현대 판타지 웹소설 위주로 소비할 가능성이 높고, 반대로 무협에만 익숙한 독자는 판타지나 현대 판타지 소비의 비중이 작을 것이다.

　다만 오늘날에 이르러서는 웹소설 시장이 커지고, 다양한 장르 설정들이 나오면서 각 장르의 특징들이 전이되어 복합장르로 발전하고 있다. 판타지 장르에 무협적 소재가 나오기도 하고, 로맨스 판타지의 배경이 무협으로 변하기도 한다. 이는 그만큼 장르 카테고리를 넘나들며 웹소설을 소비하는 독자층들이 더욱 많아지고 있다는 것이고, 더욱 다양한 주제와 종류의 카테고리들이 나올 수 있다는 의미이기도 하다.

　위와 같은 복합장르의 웹소설을 쓰기 위해서는 먼저 각 장르의 특징을 알아야 할 필요가 있다. 적어도 판타지, 무협 웹소설을 쓰기 위해서는 판타지, 현대 판타지, 무협 등의 기본적인 전개 방식이나 공통으로 쓰이는 소재, 세계관 지식 등은 알아야 한다는 뜻이다.

　이런 것을 익히기 위한 가장 좋은 방법은 많은 독자가 있는 웹소설 플랫폼을 사용해 보는 것, 그리고 그 플랫폼의 상위 작품들을 읽어보는 것이다. 의외로 웹소설 작가 지망생이지만 카카오페이지나 문피아, 네이버 시리즈 앱을 한 번도 사용해 보지 않은 경우가 많다. 앱을 사용해 보지 않으면 그 플랫폼의 장르 카테고리는 어떻게 구성되어 있는지, 각 카테고리에서 어떤 소설이 인기 있는지, 요즘 트렌드는 어떻게 흘러가는지를 전혀 알 수 없다.

　이런 레퍼런스 조사 없이 막연히 잘 쓸 수 있을 것 같다는 자신감 하나만으로 웹소설을 쓰게 될 경우 적응이 느려질 수밖에 없다. 웹소설은 기본적으로 상업성이 강한 대중 콘텐츠이기 때문에 투고를 받는 매니지먼트사는 더 많은 독자에게 어필할 수 있는 경쟁력 있는 상품을 발굴해 계약하고자 한다. 지나치게 독특하거나 기존의 웹소설 문법에 맞지 않는 작품의 경우 위험성이 크기 때문에 선뜻 계약하지 않는다.

자신이 쓰고 싶은 웹소설의 장르 카테고리를 먼저 명확하게 정하고, 그 장르의 문법에 맞는 룰을 정확하게 지키는 것. 쉬워 보이지만 의외로 지키기 어려운 것이 이 원칙이다. 무협은 무협답고, 판타지는 판타지다운 것이 가장 좋다.

웹소설을 설명할 때 항상 많이 드는 예시가 부대찌개다. 웹소설은 식당마다 조금씩 다른 음식 메뉴라고 할 수 있다. 만약 내가 부대찌개 집을 차렸는데 완전히 새로운 부대찌개를 개발하면서 햄과 소시지가 없는 부대찌개를 손님에게 낸다고 치자. 음식을 만든 사람이 "이건 부대찌개야!"라고 주장할 수는 있다. 또한, 소수의 손님은 좋아할 수도 있다. 하지만 대부분의 손님은 그 부대찌개를 부대찌개로 인정하지 않고 가게를 나올 가능성이 높다. 더 많은 소비자를 대상으로 부대찌개라는 상품을 팔고 싶다면 기존의 형태를 유지하는 것이 중요하다.

기존의 형태를 갖추되 그 안에서 나만의 독특한 무엇인가를 넣어서 변화를 주는 것이 더 많은 소비자들에게 어필할 수 있는 방법이다. 부대찌개에 들어가는 햄을 수제 햄으로 바꾸거나, 육수를 독특하게 만들거나, 밥을 다른 방식으로 준비하거나, 추가 구성품을 다양하게 만드는 등 부대찌개의 고유한 형태를 유지하면서도 그 안에서 다른 점을 어필할 방법은 매우 다양하다.

웹소설 시장이 점차 성장할수록 이런 장르별 설정의 진입 장벽은 더욱 높아질 것이다. 시작부터 지나치게 새로운 것을 시도하기보다는 먼저 기존의 것을 습득한 뒤 그 안에서 자신의 개성을 찾아 적용해볼 필요가 있다. 이 과정에서 자신이 쓰고 싶은, 또한 자신이 가장 잘 쓸 수 있는 웹소설 장르를 찾는 것이 중요하다.

웹소설 플랫폼에 대한 이해

웹소설 장르 카테고리 분류에 이어서 이번에는 웹소설 플랫폼에 대한 전반적인 설명을 하고자 한다. 소설을 쓰는데 굳이 이런 것까지 알아야 하느냐. 그냥 내 작품이 좋고, 잘 쓰면 저절로 인기가 많아지는 것 아니냐. 이런 생각을 하는 지망생들도 분명 있을 것 같다. 물론 맞다. 작품이 좋고 재밌으면 당연히 인기가 많다. 그럼 반대로 질문하고 싶다. 과연 '잘 쓴 웹소설'은 무엇일까?

이 질문에 대한 답을 내리기 전에 짚고 넘어가야 할 것이 있다. 스스로가 웹소설을 쓰고자 하는 목적이 무엇인지를 명확히 해야 한다는 점이다. 취미 삼아 한 번 써보고 싶어서 웹소설에 도전한다면 사실 상관없다. 이때는 자기만족을 위해서 쓰는 것이기 때문에 자신의 머릿속에 있는 환상적인 세계를 풀어내는 것이 중요할 수 있다.

하지만 대부분의 지망생은 웹소설을 써서 판매고를 올리고 수익을 올리려는 목적이 더 클 것이라 생각한다. 이럴 경우에는 목표가 '많이 팔릴 수 있는 웹소설'을 쓰는 것이 된다. 여기서 다시 질문을 하고 싶다. 많이 팔리는 웹소설이 잘 쓴 웹소설일까?

　작가들마다 여러 가지 의견이 있을 수 있겠지만 우선 필자의 입장에서는 꼭 그렇지는 않다고 답변하고 싶다. 왜냐하면 '잘 쓴 웹소설'이라는 단어 속에는 너무나도 많은 의미가 담겨 있기 때문이다.

　예를 들어 세계관이 정말 독특하고 설정이 흥미로운 소설이 있다고 해보자. 그럼 이 소설은 잘 쓴 웹소설일까? 또는, 문장이 정말 수려하고 아름다운 소설이 있다고 가정하자. 이 소설은 잘 쓴 웹소설일까? 캐릭터가 생동감 있게 살아 있는 소설이나 배경 묘사가 세밀한 소설은 어떨까?

　위에서 예시로 든 것은 웹소설을 구성하는 하나의 요소들이다. 세계관이 잘 만들어진 것, 문장이 아름다운 것, 캐릭터가 입체적인 것 등 각 요소가 완벽하다고 해서 그 소설이 잘 쓴 소설이라고 보기는 어렵다. 왜냐하면 이런 요소들은 읽는 사람마다 판단 기준이 다르기 때문이다.

　보통 우리가 콘텐츠나 예술 작품을 이런 미적 요소들로 판단할 때 기준을 세우는 것이 바로 평론가들이다. 영화도 평론가들이 준 권위 있는 상은 받았지만 대중에게는 그다지 인기가 없는 작품이 있는 것과 비슷한 맥락이다. 웹소설 역시 문예사적으로, 미학적으로 작품성이 뛰어난 것들을 평가하는 작업도 분명 이뤄지고 있다. 하지만 이 기준에 맞다고 해서 반드시 '잘 팔린다'고 보기는 어렵다.

　다시 앞으로 돌아와서 우리가 왜 웹소설 플랫폼에 대해 알아야 하는지에 대해 설명하자면, 웹소설을 쓰고자 하는 많은 지망생들은 소위 말하는 '글먹', 그러니까 글로 먹고살 수 있는 수익성을 갖는 것을 목표로 삼고 도전한다고 생각한다. 이는 필연적으로 웹소설은 독자들에게 팔아야 한다는 뜻이다. 그래서 우리는 목표의 기준을 제대로 세워야 한다. 잘 쓴 웹소설이 아닌 '잘 팔릴 만한 웹소설'을 쓰자고 말이다.

그럼 잘 팔리는 웹소설을 쓰기 위해서는 어떻게 해야 할까? 무언가를 판매할 때는 우선 판매가 되는 곳을 꼼꼼히 살펴봐야 한다. 웹소설의 경우에는 플랫폼이 될 것이다. 적어도 내가 웹소설을 써서 올리고 싶은 판매처인 플랫폼이 어떤 특징을 가지고 있고, 어떤 상품이 많이 팔리는지를 알아야 내가 쓰고자 하는 웹소설의 집필 방향을 정할 수 있다. 몇 달 동안 열심히 썼는데 정작 내가 쓴 웹소설이 플랫폼에서 전혀 인기가 없는 장르이거나, 상위권에 있는 작품과 방향성이 너무 다르다면 그 작품으로는 수익성을 기대하기 어렵다. 웹소설 플랫폼에 대해 철저한 분석이 필요한 이유다.

웹소설 플랫폼 : 카카오페이지·문피아·네이버 시리즈

그럼 이제 웹소설이 주요하게 판매되는 플랫폼에 대해 자세히 알아보도록 하자. 우선 웹소설의 주요한 플랫폼은 크게 세 가지라고 볼 수 있다. 카카오페이지, 문피아, 네이버 시리즈. 가장 대중적이고 규모가 큰 곳은 바로 카카오페이지고, 문피아와 네이버 시리즈는 비슷하다고 볼 수 있다. 여기서 주요하게 다룰 플랫폼은 각각 성격에 차이가 있는 카카오페이지와 문피아다.

우선 카카오페이지와 문피아의 가장 큰 차이는 마켓의 형태다. 카카오페이지는 일종의 방송국 역할을 한다고 볼 수 있다. 카카오페이지에서는 직접 웹소설을 제작하거나 작가들과 직계약을 하지 않고 보통 매니지먼트라고 부르는 외부 출판사와 계약을 해서 그 출판사의 작품을 플랫폼에 올린다. 구조를 따져보면 연예계와 비슷하다. 카카오페이지가 방송국, 출판사가 매니지먼트, 작가는 연예인으로 생각해볼 수 있다. 이럴 경우 판매 수익을 카카오페이지와 출판사, 작가가 계약 비율을 나누어서 정산 수익을 받게 된다.

카카오페이지와 출판사, 작가의 구조

수익 구조에서도 차이가 있다. 카카오페이지의 경우 판매액 100원 중 45%인 45원을 카카오페이지가 가져가게 된다. 그리고 남은 55원을 출판사와 작가가 나누게 된다. 예를 들어 출판사가 3, 작가가 7인 구조로 계약했다면, 작가는 55원의 70%인 38.5원을 가져가는 것이다.

최소 수익 보장(보장 인세 혹은 미니멈 개런티라고도 불리며 판매량과 상관없이 최소 해당 금액만큼은 지급하겠다고 약속하겠다는 것)이 있거나, 여러 상황에 따라 계약 비율은 변경될 수 있다.

카카오페이지 수익 100원 정산 기준

문피아의 경우에는 구조가 카카오페이지와 다르다. 문피아의 가장 큰 특징은 다른 출판사를 끼지 않고 작가가 직접 플랫폼에 무료 연재를 할 수 있다는 점이다. 본인이 무료 연재를 진행하다가 유료화 전환 조건을 채우면 언제든 올린 작품을 유료로 전환해 문피아 플랫폼에서 판매가 가능하다. 출판사를 끼고 투고 및 심사를 통과해야 플랫폼에 올릴 수 있는 카카오페이지와는 진입 방식이 다르다고 볼 수 있다.

문피아 직접 업로드 방식

문피아 플랫폼에 직접 올려서 수익을 낼 경우 매니지먼트 수수료가 없다(물론, 문피아 플랫폼 수수료는 존재한다). 문피아 독점작이 아니고 작가가 매니지먼트(출판사)와 계약한 경우, 아래 그림과 같이 문피아 외에 다른 플랫폼에도 연재가 가능하다.

문피아와 출판사, 작가의 구조

이런 카카오페이지와 문피아의 구조적 차이는 상위권 작품의 장르나 내용 전개, 설정에서도 많은 차이를 보인다. 플랫폼의 상위권 작품들을 보고 나와 더 맞는 플랫폼이 어디인지를 정해야 하는 이유가 여기에 있다.

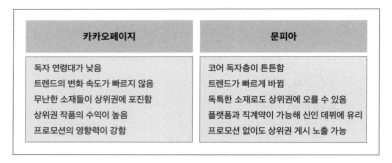

카카오페이지	문피아
독자 연령대가 낮음 트렌드의 변화 속도가 빠르지 않음 무난한 소재들이 상위권에 포진함 상위권 작품의 수익이 높음 프로모션의 영향력이 강함	코어 독자층이 튼튼함 트렌드가 빠르게 바뀜 독특한 소재로도 상위권에 오를 수 있음 플랫폼과 직계약이 가능해 신인 데뷔에 유리 프로모션 없이도 상위권 게시 노출 가능

카카오페이지와 문피아의 장단점

플랫폼에 올라오는 작품들의 성격을 구분해서 보자면 카카오페이지가 문피아보다 좀 더 넓은 범위의 대중을 대상으로 웹소설을 유통하고 있다. 판타지, 현대 판타지, 무협을 기준으로 본다면 연령대도 카카오페이지 쪽이 좀 더 낮다. 독자층이 넓은 만큼 상위권 작품으로 올라갈 경우 얻을 수 있는 수익도 다른 웹소설 플랫폼보다 높다고 볼 수 있다.

문피아의 경우에는 코어 독자층이 튼튼한 편이다. 내가 약간 마이너한 소재를 가지고 쓴다고 하더라도 그 장르를 좋아할 만한 독자층이 존재하고, 연재를 잘 유지만 한다면 충분히 수익을 낼 수 있는 토대가 마련되어 있다. 현재 문피아 쪽 상위권에 있는 작품들 역시 소재 자체는 마이너하지만 웹소설적 작법을 통해 흥미롭게 풀어낸 작품들로 볼 수 있다.

내가 쓰고자 하는 웹소설의 성격을 잘 분석해서 플랫폼을 정하는 것이 중요한 이유는 문피아에서 인기가 없다고 해서 카카오페이지에서도 인기가 없다고 확정하기 어렵기 때문이다. 실제로 문피아에서는 인기가 없었는데, 카카오페이지에서는 큰 인기를 끌어 상위권으로 간 작품들도 더러 있다. 반대로 카카오페이지에서는 인기를 끌기 어려운 마이너 소재인데, 문피아에서는 타깃 독자층과 잘 맞아서 순위권에 오르는 경우도 있다.

플랫폼의 성격을 잘 이해하고 내가 어떤 작품을 쓸지를 제대로 파악한다면 어떤 공모전에 작품을 넣을지, 어떤 매니지먼트에 투고를 해서 어떤 플랫폼에서 연재할지를 좀 더 쉽게 정할 수 있다.

이런 준비 없이 그냥 무작정 쓴다면 그 플랫폼에서 바라는 바를 제대로 인지하지 못하고 헛발질을 하게 될 가능성이 높다. 작가에게 가장 중요한 자원은 다른 무엇도 아닌 시간이다. 적은 시간 동안 높은 수준의 퍼포먼스를 내기 위해서는 이런 전략들이 꼭 필요하다.

제2장

실패 없는
웹소설 시작하기

01
웹소설 장르 이해하기

웹소설을 쓰기에 앞서 먼저 해야 할 것은 웹소설의 장르를 이해하는 것이다. 왜 웹소설의 장르를 이해하는 것이 중요할까? 생각보다 웹소설에는 상당히 많은 장르가 존재하기 때문이다. 웹소설을 쓰고 싶다고 막연하게 생각할 수는 있다. 하지만 정작 내가 웹소설 중에서 어떤 장르를 쓰고 싶은지조차 모른 상태에서 그냥 웹소설을 쓰겠다고 무작정 컴퓨터 앞에 앉아 하얀 화면만 띄워 놓는다면 막막하기만 할 뿐이다.

웹소설에는 세부 장르가 지금도 많은 편이고, 실시간으로 장르가 더 많아지고 있다. 그 이유는 웹소설이 성장하는 시장이기 때문이다. 성장하지 않는 인기 없는 콘텐츠 시장은 장르가 세부적이지 않다. 대부분이 하나로 뭉뚱그려져 있다. 예를 들어보면 한국 출판시장에서 호러는 상당히 마이너한 장르에 속한다. 그러다보니 호러라는 장르 자체도 독립적으로 분류되지 못하고 항상 미스터리, 추리, 스릴러와 함께 묶여 있다. 엄밀히 말하면 이 장르들은 모두 다른 카테고리이며, 심지어 호러의 경우에는 이 안에서도 세부적인 하위 장르들이 상당히 많은 편이다. 하우스 호러, 코스믹 호러, 슬래셔, 오컬트 등. 호러가 잘 팔리는 영미 문화권에서는 우리가 모르는 호러의 세부 장르도 존재한다.

이와 비슷하게 웹소설은 많은 독자층이 존재하고, 그들이 자신들의 취향을 찾아가면서 계속 새로운 장르들을 만들어간다. 대여점 시절에는 두 가지 장르밖에 없었다. '판타지'와 '무협'이었다. 그때는 판타지에 별다른 장르적 구별이 없었다. 정통 판타지, 게임 판타지, 육아 판타지, 로맨스 판타지 등 모든 것이 다 하나로 묶여서 독자의 성별이나 연령층에 구분 없이 그냥 있는대로 봤었다.

하지만 지금은 그때와 다르다. 내가 재밌게 느끼는 장르가 헌터물인지, 그 안에서도 성좌물 쪽인지 탑등반물 쪽인지를 명확하게 구분할 수 있어야 한다. 웹소설의 장르를 제대로 구분하지 못하는 지망생은 그만큼 웹소설을 제대로 읽어보지 않았다는 의미로 해석할 수 있다. 적어도 웹소설을 쓰고자 한다면 웹소설의 장르가 무엇이 있는지를 살펴보고 내가 쓰고 싶은 장르가 무엇인지, 그 장르에서 인기 있는 상위권 작품은 무엇인지 정도는 알아보는 노력이 필요하다.

판타지

Check 1. 하이 판타지(에픽 판타지)

웹소설 시장에서 판타지가 차지하는 비중이 다른 장르를 모두 합친 것의 몇 배가 될 만큼 크다. 그만큼 웹소설에서 판타지 카테고리야말로 가장 경쟁이 치열한 무대라는 뜻이다. 웹소설 판타지를 크게 나누면 판타지와 로맨스 판타지로 구분할 수 있는데, 여기서는 통칭 로판이라 불리는 로맨스 판타지를 제외하고 판타지에만 집중하고자 한다.

우선 판타지 장르의 전반적인 콘셉트에 대해 이해하고 넘어가야 한다. 통상적으로 '판타지'란 우리가 흔히 아는 서양 중세를 배경으로 한 검과 마법, 용이 나오는 장르를 뜻한다. 대중적으로 많이 알려진 작품으로 《반지의 제왕》을 떠올리면 쉽게 이해할 수 있을 것이다. 《반지의 제왕》은 동서양을 통틀어 현대 판타지 세계관의 원형이 되는 작품이다. 영국의 영어학 교수이자 언어학자인 톨킨은 각 문화의 다양한 신화, 민담, 전설 속에 등장하는 소재들을 차용해 소설의 세계관과 설정을 구상했다. 판타지에서 많이 나오는 종족인 엘프나 몬스터인 오크, 트롤 등이 톨킨의 작품에서 비롯되었다.

이런 《반지의 제왕》과 같은 고전 판타지 장르를 '하이 판타지' 혹은 '에픽 판타지'로 분류한다. 음악으로 치자면 고전 클래식과 같다고 볼 수 있다. 이런 하이 판타지에 속하는 작품은 《반지의 제왕》과 함께 현대 판타지 장르 세계관의 기초 설정을 다진 〈던전 앤 드래곤〉, HBO 드라마로 인기가 많았던 〈왕좌의 게임〉의 원작 소설인 《얼

음과 불의 노래》, 넷플릭스 드라마와 게임으로 유명한 〈위처〉 시리즈
가 있다. 한국 작품으로는 이영도 작가의 《드래곤 라자》, 《눈물을 마
시는 새》 등을 들 수 있다.

하이 판타지 장르는 모바일 매체를 기반으로 하기보다는 대부
분 책으로 출간된다. 작가가 창조한 고유한 세계관을 통해 장대한
서사가 펼쳐지며, 다양한 인물들이 보여주는 군상극의 구조를 띄고
있다. 주인공이 동료들을 만나고 고난을 겪으며 서서히 성장해 나가
는 모험극의 서사를 통해 영웅의 고뇌와 극복의 과정을 지난하게 보
여준다. 국내 작품보다는 해외 작품들이 더 많은 편이며, 독특한 세
계관의 매력으로 탄탄한 마니아층을 가진 장르라고 할 수 있다.

판타지의 클래식 장르로 나온 지 수십 년이 넘은 작품들도 있
지만, 요즘은 영상과 게임으로 제작되면서 마니아층을 넘어 더 많은
대중에게도 다가갈 수 있도록 진입 장벽이 낮아지고 있다. 한국의 웹
소설은 이런 고전 판타지 장르의 세계관을 바탕으로 다양하게 변화
를 거쳐 새로운 장르로 진화했다고 볼 수 있다. 다만 자신이 이런 하
이 판타지 장르를 즐겨 읽고 좋아해서 웹소설 판타지에 도전하겠다
는 생각을 한다면 고민을 해보는 것이 좋다. 하이 판타지 장르 독자
층과 웹소설 판타지 독자층은 완전히 다른 소비자층이기 때문이다.

Check 2. 정통 판타지와 퓨전 판타지

정통 판타지는 앞에서 설명한 하이 판타지가 90년대에서 2000
년대 PC통신을 통해 한국으로 넘어오면서 정립된 1세대 판타지인

올드 판타지를 잇는 계보라고 할 수 있다. 당시에는 구하기 어려웠던 해외의 하이 판타지, SF 작품들의 원문을 구해 읽고 스스로 번역해 게시물로 올리면서 이를 바탕으로 팬픽을 쓰고 즐기던 과정에서 나온 것이 바로 1세대 판타지 작품들이다. 1세대 판타지로 분류되는 작품은 이영도 작가의 《드래곤 라자》, 김상현 작가의 《탐그루》, 전민희 작가의 《룬의 아이들》, 이상균 작가의 《하얀 로냐프강》 등이 있다.

1세대 판타지는 PC 통신을 통해 연재되다가 인기를 끌고 출판사와 계약해 책으로 출간되는 방식이었다. 엄밀히 말하면 1세대 판타지 역시 온라인 통신으로 연재가 되던 웹소설이라 할 수 있다. 하지만 당시 PC 통신 연재는 지금처럼 유통 플랫폼이 있는 것이 아니라 게시판에 무료로 올리고 다른 사람들과 공유하는 정도였기에 유료로 판매한다는 개념 자체가 없었다. 본격적인 유통과 판매는 출간된 책으로 이루어진다(여담이지만, 현재 일본은 웹소설 투고 사이트가 여전히 이런 방식으로 이루어지고 있다. 무료로 연재하다가 출간 계약을 하면 수정과정을 거쳐 문고본으로 출간하는 것이다).

이런 1세대 판타지는 사이버 문학이라는 이름으로 새로운 형태의 서브 컬처로 조금씩 자리를 잡아갔다. 처음에는 하이 판타지에 영향을 받은 작품들이 주를 이루었다가 시간이 흐르면서 그 세계관을 바탕으로 한 층 더 진입 장벽이 낮은 퓨전 판타지 장르가 나타났다. 이상규 작가의 《사이키델리아》, 이경영 작가의 《가즈나이트》, 전동조 작가의 《묵향》, 검류혼 작가의 《비뢰도》, 임무성 작가의 《황제의 검》, 임경배 작가의 《카르세아린》, 홍정훈 작가의 《비상하는 매》 등이 2세대 판타지 작품에 속한다.

지금의 웹소설 인기 키워드인 회빙환(회귀, 빙의, 환생)처럼 당시에는 차원 이동물이 대세 키워드였다. 특히 고등학생이 이세계로 넘어가는 차원 이동물이 주류를 이뤘는데, 보통 줄여서 '이고깽(이계로 간 고등학생이 깽판을 친다)'라고 부른다. 현대인이 차원이동하여 이세계로 간다는 설정은 변형 및 파생되어 현재 웹소설 판타지로도 명맥이 이어지고 있다.

퓨전 판타지는 정통 판타지에 갖가지 다른 요소가 결합되면서 다양한 소재와 새로운 설정을 만들어냈다. 판타지와 무협의 결합, 판타지와 SF의 결합, 판타지와 육아물의 결합, 판타지와 로맨스물의 결합, 여주판타지의 원형 등 지금 웹소설 판타지에서도 볼 수 있는 다양한 복합 설정들이 이때 많이 등장했다.

하지만 그 당시 퓨전 판타지와 현재 웹소설 판타지의 전개 방식은 상당한 차이점이 존재한다. 퓨전 판타지는 대부분 도서 형태로 대여점에서 유통되었는데, 분절의 단위가 책 한 권을 기준으로 잡았다. 그러다 보니 앞부분의 서사 전개 속도가 느리더라도 독자들이 중간에 이탈하지 않고 한 권의 책을 모두 읽었다. 하지만 지금의 웹소설은 1화에서부터 빠르게 내용을 전개하지 않으면 곧장 독자들이 이탈해버린다.

만약 자신이 그 당시 퓨전 판타지를 많이 읽었으니 웹소설 작품을 읽어보지 않고도 판타지를 쓸 수 있다고 여긴다면 큰 오산이다. 1세대 정통 판타지, 2세대 퓨전 판타지와 오늘날의 웹소설 판타지는 아예 다른 카테고리라고 생각해야 한다.

Check 3. 게임 판타지

퓨전 판타지의 등장으로 판타지 소설은 대여점을 통해 전성기를 이루었다. 이 당시 정말 많은 작품이 쏟아져 나왔는데, 이들을 소위 말하는 '양판소(양산형 판타지 소설)'라고 부르기도 한다.

3세대 판타지로도 일컬어지는 이 당시 작품들은 정형화된 클리셰와 기존 설정의 반복, 1차원적 스토리와 부족한 개연성 등이 문제로 지적되면서 시장의 침체기를 불러왔다. 물론 시장의 침체에는 열악한 창작 환경과 확장성이 부족한 시장, 콘텐츠 불법 유통 등의 요인도 포함되어 있다. 결국, 종합적으로 창작자들에게는 어려운 시기였다.

하지만 다행스럽게도 판타지 소설에 대한 수요는 늘 꾸준히 존재했다. 더불어 다양한 방식으로 퓨전 판타지의 소재들이 진화했는데, 이때 새로운 장르 카테고리가 등장하게 된다. 바로 '게임 판타지'가 그 주인공이다. 게임 판타지 소설은 '스타크래프트'와 같은 전략시뮬레이션 게임 이후 선풍적인 인기를 끌었던 온라인 게임인 '바람의 나라'와 '리니지', 더 뒤로 가서는 '월드 오브 워크래프트' 등의 영향을 강하게 받은 장르라고 할 수 있다.

게임 판타지는 주인공이 가상현실 기기를 이용해 온라인 게임 세계 속 캐릭터가 돼서 퀘스트를 깨고 보상받아 성장하는 변형된 판타지 모험물을 다루고 있다. 게임 판타지 소설이 이전의 판타지 소설과 가장 크게 달라진 점은 다름 아닌 '상태창'의 등장이다.

상태창의 도입은 판타지 소설에서 혁명적이라고 할 수 있을 만큼 중요한 개념이다. 상태창은 본래 게임에서 캐릭터의 레벨이나 능력치, 보유 아이템을 표기하는 일종의 시스템을 뜻한다. 이 개념이 도입됨으로서 가장 크게 바뀐 점은 독자들이 판타지에 유입되는 진입 장벽이 낮아졌다는 것과 더불어 작가들이 판타지 소재를 익숙한 게임 시스템을 통해 풀어낼 수 있게 되었다는 점이었다.

전통 판타지에서는 주인공이 고난과 역경을 통해 성장하고, 새로운 아이템을 얻어 강해지는 과정을 그려내는 것이 표면적으로 잘 드러나지 않았다. 퓨전 판타지에서는 이를 직관적으로 표현하기 위해 무협에서 차용한 '경지'의 일람표를 도입한다. 소드 마스터나 그랜드 마스터와 같은 강함을 측정할 수 있는 경지의 표현이 생겨난 이유가 여기에 있다.

하지만 상태창이 생겨나면서 작가들은 이전보다 쉽게 주인공의 성장 과정을 수치로 표현하는 것이 가능해졌다. 몬스터를 죽이고 경험치를 얻어 레벨이 얼마나 올라갔는지, 이때 얻은 포인트로 근력이나 마력을 얼마나 올렸는지를 이전보다 세부적이면서도 직관적으로 표현하는 것이 가능해진 것이다. 더불어 판타지 세계관을 이해하지 못해도 게임 시스템에 대한 이해는 내재되어 있으니 게임 판타지 소설은 누구나 쉽게 읽을 수 있어 독자층 유입이 훨씬 쉬워졌다.

이런 게임 판타지의 기념비적인 작품이 바로 2007년부터 연재된 《달빛 조각사》다. 이 작품은 판타지 소설과 웹소설로 넘어가는 과도기 전체를 아우르는 작품이라고 할 수 있는데, 돈에 집착하는 생존력이 강한 '위드'라는 캐릭터를 중심으로 '로열로드'라는 가상현실 게임에서 일어나는 모험활극을 담고 있다. 2007년부터 2019년까지 연재를 진행하며 58권으로 완결됐다. 이 소설은 초기에 대여점 유통으로 시작하여, 대여점 시장의 붕괴 이후 판타지 소설의 암흑기에도 꾸준히 매출을 올리며 계속 연재를 진행했다. 그리고 전자책 시장이 생기는 과도기를 지나 결국 카카오페이지에 정착해 웹소설 시장에서 완전히 자리잡게 된다.

《달빛 조각사》 이후 다양한 게임 판타지 소설이 출간되어 장기 연재를 지속하며 웹소설 플랫폼의 상위권에 자리잡고 있다. 카카오페이지 판타지 탭에서 부동의 1위 박새날 작가의《템빨》역시 게임 판타지 장르 작품으로 오랫동안 연재를 해온 만큼 고정 팬이 많다. 글 쓰는 기계 작가의《나는 될 놈이다》, 디다트 작가의《BJ 대마도사》, 하이엔드 작가의《천재의 게임방송》등의 작품도 게임 판타지 소설이라고 할 수 있다.

Check 4. 헌터물 판타지(레이드물)

웹소설 시장의 정립 및 발전과 함께 한국 판타지 카테고리에서 가장 두드러지게 발전한 장르가 바로 헌터물 판타지라고 할 수 있다. '레이드물'이라고도 불리는 헌터물 판타지는 게임 판타지에서 파생, 독립된 새로운 장르라고 할 수 있다.

게임 판타지가 전통 판타지를 더욱 쉽게 소비하기 위해 게임 시스템과 결합하여 변형된 것이라고 한다면 헌터물 판타지는 가상현실에 머물러 있던 게임 속 판타지 세계를 다시 현실로 끌어내기 위해 새로운 설정을 부여한다. 그것이 바로 '게이트'와 '시스템'이다.

헌터물 판타지는 주로 서울 창공에 게이트가 열리는 것으로 시작된다. 게이트에서 게임 속에서나 보던 판타지 세계의 몬스터들이 쏟아져 나온다. 이때 시스템의 선택을 받아 몬스터와 맞서 싸울 수 있는 능력을 갖춘 '각성자'라는 존재들이 생겨난다. 이들은 '헌터'라고 불리며 게임 속 캐릭터처럼 상태창을 불러올 수 있고, 몬스터를 사냥함으로서 능력을 향상시킬 수 있다. 게임 판타지가 가상 세계에서 레벨 업을 하는 방식이라면, 헌터물은 우리의 일상 속에 침투한 몬스터들을 사냥해 레벨 업을 하는 성장 서사를 다루고 있다.

헌터물은 한국식 판타지 소설의 모든 소재와 설정이 총집합한 복합적 장르로, 어떻게 보면 가장 한국적인 판타지 장르라고 할 수 있다. 게임 판타지에서 사용되던 상태창과 게임 시스템을 그대로 차용했을 뿐 아니라, 배경을 현대의 지구 혹은 대한민국으로 설정하기 때문에 이런 장르를 처음 접하는 독자도 거부감 없이 쉽게 읽을 수 있다. 현대 배경(주로 서울)에서 익숙한 게임 시스템 설정(레벨 업 및 던전 레이드), 익숙한 판타지 식 몬스터 및 아이템들을 활용할 수 있기 때문에 클리셰를 활용하기가 용이해 작가 입장에서도 초반 서사를 이끌어 가는 것이 상대적으로 수월하다.

헌터물 판타지는 초기에 현대 판타지라는 독립 카테고리로 분류됐다가 지금은 오히려 대세 장르가 되어버려 판타지 카테고리에 다시 합쳐졌다. 지금은 기존의 헌터물에서도 다양한 소재들이 더 붙어 '탑등반물'이나 '성좌물' 등으로 세부 장르가 갈라지기도 한다.

헌터물 판타지 소설로 가장 유명한 작품은 추공 작가의 《나 혼자만 레벨 업》이다. 카카오페이지에서 연재했으며, 이를 원작으로 한 동명의 웹툰이 엄청난 인기를 끌어 헌터물 판타지의 전성기를 이끌었다. 이런 헌터물 판타지에 신선한 소재와 새로운 설정을 결합하여 제목 자체가 장르가 되어버린 작품이 또 하나 있으니, 바로 싱숑 작가의 《전지적 독자 시점》이다.

두 작품 모두 슈퍼 IP(지적재산권)로 엄청난 인기를 끌며 메가 히트를 친 작품이다. 특히 《전지적 독자 시점》의 경우에는 웹툰은 물론 영화, 드라마 판권까지 팔리면서 새로운 형태의 한국형 판타지의 확장 가능성을 보여주었다고 할 수 있다. 헌터물 판타지 장르 작품은 각 웹소설 플랫폼에 상당히 많은 작품이 연재 중이니 상위권에서 자신의 취향에 맞는 작품을 선택하여 보는 것이 좋다.

Check 5. 현대 판타지

한국 판타지 카테고리에서 새롭게 나타난 흐름 중 하나가 바로 '현대 판타지', 줄여서 '현판'이라고 불리는 장르다. 개인적으로는 현대 판타지 장르의 발전 가능성과 잠재력이 높다고 생각한다.

현대 판타지는 다른 표현으로 '전문가물'이라고 지칭을 할 수 있다. 카테고리의 제목대로 현대에서 일어나는 판타지스러운 일을 모두 통칭한 장르라고 할 수 있는데, 이 중에서 전문직을 주인공으로 내세운 소재가 주류를 이루기 때문이다.

가장 많이 활용되는 소재는 다름 아닌 '의사물'이다. 카카오페이지에서 장기 연재를 하며 큰 인기를 끌었던 조석호 작가의《닥터 최태수》를 비롯해 다양한 메디컬 소재의 현판 작품들이 큰 인기를 끌고 있다. 의사뿐만 아니라 한의사, 약사 등 의료 관련 직업을 주인공으로 내세운다. 검사, 판사, 변호사 등과 같은 법조인 계열 직업이나 세무사, 회계사 등도 전문가물의 소재로 많이 사용된다.

현판 전문가물의 특징은 전문직을 가진 주인공이 특수한 능력을 얻어 현실의 고난과 역경을 이겨내고 불가능을 가능하게 하는 성장 서사를 중심으로 한다는 점이다.《닥터 최태수》의 경우에도 지방의대 출신인 최태수가 세계적으로 명성이 높은 흉부외과 전문의 카프레네의 기억을 전이 받는다는 판타지적 소재가 활용된다. 이를 통해 최태수는 한국 의료기관에 팽배한 악습을 깨부수고 진정한 의사로서의 신념을 발휘하며 고난과 역경을 극복하게 된다. 배경이 현대일 뿐 특수한 능력을 발휘하고 영웅적 면모를 보이며 성장해나간다는 기본적인 서사의 방향은 기존 판타지 소설과 다르지 않다.

이런 판타지적 소재가 현대 판타지 장르에서 허용되면서 다양한 설정들이 붙게 되는데, 그중 가장 많이 활용되는 것이 바로 '회귀'다. 과거로 돌아가서 내가 실수하거나 놓쳤던 일들을 바꿔 더 나은 기회를 잡고자 하는 인간의 본능적인 바람을 가장 직관적으로 충족시키는 설정이라고 할 수 있다. 때문에 회귀 설정을 사용하는 현판에는 주로 경제적인 소재가 많이 활용된다. 회귀해서 주식이나 코인으로 큰돈을 벌거나, 부동산을 하거나, 회사를 운영하는 등의 소재들이 여기에 해당한다.

산경 작가의 《재벌집 막내아들》은 위와 같은 소재에 재벌가를 배경으로 한 기업물 현대 판타지 소설로 큰 인기를 끌었다. 영상 판권이 팔려 드라마로 방영될 예정이다. 일반 판타지 소설은 주로 웹툰화에 집중되어 있지만, 현대 판타지 소설은 다른 장르에 비해 영상화가 용이하다는 큰 장점이 있다.

더불어 요즘 현대 판타지 장르에서 큰 인기를 끌고 있는 '아이돌물'의 경우에는 웹소설 자체로도 큰 수익을 기대할 수 있을 뿐 아니라 다양한 2차 저작권 기회가 열려 있기에 주목할 만한 장르다. 백덕수 작가의 《데뷔 못 하면 죽는 병 걸림》은 아이돌물 현판 장르 소설로서 선풍적인 인기를 끌었으며, 소설 속 세계관과 아이돌을 활용해 실제 카카오 엔터테인먼트에서 글로벌 메타버스 아이돌로 활용할 수 있다는 가능성을 내비쳤다.

이러한 흐름으로 볼 때 현대 판타지는 IP 시장에서 중요한 위치를 차지할 잠재력을 갖추었다고 볼 수가 있다. 웹소설 시장의 성장과 함께 타 매체의 창작자 역시 웹소설 창작에 도전하려는 시도가 점점 많아지고 있다. 만약 자신이 다른 장르에서 창작해본 경험이 있다면 일반 판타지로 바로 시도하는 것보다 먼저 현대 판타지 장르에서 소재를 잡아 도전하는 것을 추천하고 싶다.

Check 6. 라이트 노벨

라이트 노벨은 일본에서 시작한 장르 중 하나로 애니메이션, 게임, 만화 등의 장면을 연상케 하는 서술 방식이 특징이다. 보통 '모에' 한 삽화가 들어가 있으며 일반 소설책 서적보다 크기가 작은 판형으로 이루어져 있다. 능력자 배틀물, 어반판타지, 학원 배틀물이나 러브 코미디 장르 등 다양한 소재들을 다룬다. 현재는 일본식 이세계물의 소재가 큰 인기를 끌고 있다. 한국에서 2000년대 초에 흔히 말하는 '이고깽(이세계 고교 깽판물)'이라는 차원 이동 장르가 큰 인기를 끌었다가 웹소설에서는 크게 다루지 않게 된 것에 비해 일본 라이트 노벨은 여전히 차원 이동물이 주요 소재로 쓰이고 있다.

평범한 현대인이 트럭에 치여 죽은 뒤에 신에게 능력을 받고 이세계로 환생한다는 설정이 클리셰처럼 쓰인다. 이런 설정이 많이 반복되다 보니 그 트럭을 '환생 트럭'이라 부르기도 할 정도다. 현대에서는 특별할 것 없던 주인공이 이세계에 가서 모두에게 사랑받고, 인정받게 된다는 부분은 한국의 웹소설과 유사하다. 다만 라이트 노벨은 주인공과 히로인 캐릭터들 사이의 관계성이 부각되는 반면, 한국 웹소설은 주인공의 외적 성장 그 자체에 집중한다는 차이가 있다.

국산 라이트 노벨은 2007년에 라이트 노벨 레이블인 시드노벨이 창간되면서부터 시작됐다. 2007년 출판된 반재원 작가의 《초인동맹에 어서오세요》를 비롯해 한국식 라이트 노벨이 꾸준히 출간되다가 결국 국내에서는 자리잡지 못했다. 그 과정에서 라이트 노벨 작가들이 웹소설 쪽으로 옮기게 되고, 라이트 노벨 자체도 웹소설 판타지 카테고리 안으로 흡수된다.

애초에 라이트 노벨 자체가 마니아층 성향이 강하다 보니 독자층을 넓혀가지 못했고 필연적으로 국내 시장을 제대로 확보하지 못한 것이었다. 웹소설 판타지로 흡수된 라이트 노벨은 주요 소재들을 웹소설식 전개와 결합하여 오히려 독자층을 넓혀가는 추세다.

웹소설 판타지에서 인기 있는 소재 중 하나인 '아카데미물'의 경우 라이트 노벨식 학원 배틀물과 러브 코미디 장르의 소재가 판타지에 섞여서 만들어진 것으로 볼 수 있다. 지갑송 작가의《소설 속 엑스트라》,《악당은 살고 싶다》의 경우 라이트 노벨적 소재 및 감성과 웹소설적 전개 방식을 결합해 대중적 인기를 얻은 작품이다.

무협

Check 1. 구무협

'판무 시장'이라는 말이 있을 만큼 웹소설 업계에서 판타지와 함께 큰 축을 맡고 있는 영역이 바로 무협이다. 전체적인 시장 크기로 볼 때는 판타지 쪽이 큰 것은 사실이지만, 무협은 꾸준한 수요와 고정 독자층이 있다. 90년대에 PC 통신을 통해 안착한 1세대 판타지 소설보다 60년대부터 번안 소설로 들어온 무협 소설이 역사가 더 길다.

60~70년대 사이에는 대만, 중국 무협 소설을 번안 혹은 의역하여 출간하고 이를 '대본소(도서대여점)'를 통해 유통했다. 그러던 중 80년대에 이르러 번안 소설로는 수요를 감당하지 못하자 한국 작가

들의 오리지널 작품들이 출간되는 움직임을 보인다. 이 시기를 한국 무협 소설 1세대 또는 '구무협' 시기로 분류하며 사마달, 서효원, 금강, 야설록, 검궁인이 대표 작가라고 할 수 있다.

이런 구무협은 영웅의 운명을 타고난 주인공을 앞세운 작품들이 주를 이루었다. 출생의 비밀을 가진 영웅적인 면모의 주인공이 기연을 독식하고 천하제일 고수가 되어 무림을 위협하는 적을 무찌르는 것을 기본 서사로 삼는다. 그러다 보니 서사적 개연성 자체보다는 자극적인 소재와 내용을 중심으로 하는 작품들이 많은 편이었다.

문제는 80년대 중반으로 넘어가면서 지나치게 자극적인 성적 묘사와 반복되는 식상한 서사, 대필 작가를 사용한 대명 무협의 범람, 낙후된 창작 환경 등등 다양한 요인들로 인해 무협 시장에 먹구름이 드리운다. 이런 상황을 타파하기 위해 90년대부터 다른 방식의 무협을 추구하는 2세대 무협, '신무협'의 시대가 시작된다.

Check 2. 신무협

2세대 무협은 1세대 판타지처럼 PC 통신을 통해 연재되다가 책으로 출간되는 방식이었다. 이런 신무협의 시작을 용대운 작가의 《태극문》으로 열게 된다. 고전 소설을 연상케 하는 구무협과 달리 신무협은 기연과 같은 우연성을 최대한 줄이고 서사적 개연성에 집중하는 것이 특징이다. 영웅적인 면모를 지닌 주인공에게 초점을 맞추기보다는 강호라는 무대 자체를 생생하게 그려내면서 구무협에서 다루지 않던 소재들과 사건들을 다채롭고 입체적인 방식으로 표현했다는 큰 차이점이 있다. 대표적인 신무협 작가로는 좌백, 진산, 용대운, 풍종호 등을 꼽을 수 있다.

이런 신무협 작가들의 작품은 진정성을 추구하며 입체적인 인물들의 생생한 묘사와 치밀한 고증을 선보이며 작품성 면에서는 큰 성장을 이루었다. 하지만 반대급부로 완성도에 몰입해 집필하다보니 집필 기간이 길어져 안정적으로 출간하는 작가를 찾아보기 힘들 정도가 되었다. 그러다 보니 신무협의 전성기 또한 점차 저물어 가는데 이때 등장한 것이 바로 2000년대 들어서 나타난 판타지와 무협이 결합한 퓨전 판타지 장르다. 그렇게 탄생한 작품이 바로 판협지의 대표적인 작품인 《비뢰도》와 《묵향》이다.

Check 3. 퓨전 판타지

2000년대로 넘어오면서 대여점에 1, 2세대 판타지 소설과 신무협 소설이 같은 카테고리로 묶이며 함께 소비됐다. 이때부터는 무협 작가들이 판타지를 쓰기도 하고, 판타지 작가들이 무협을 쓰기도 하면서 자연스럽게 서로 영향을 주게 된 것이다.

'퓨전 판타지' 혹은 '판협지'라 부르는 장르의 대표 격인 작품은 아직까지 연재 중인 《묵향》이다. 판타지와 무협을 섞은 퓨전 판타지라는 장르 자체를 개척한 기념비적인 작품으로, 1부에서는 마교의 고수인 묵향의 일대기를 다루었고, 2부에서는 주인공인 묵향이 차원 이동으로 판타지 세계로 넘어갔다가 저주에 걸려 여자 기사가 된다는 설정이다.

이 과정에서 필연적으로 1부의 무협 세계에서 차용했던 고수들의 등급을 2부의 판타지 세계에서 그대로 적용하면서 무협과 판타지 세계의 경지를 나누는 등급이 정립된다. 무협의 '절정고수'는 판타지에서 '소드 그래듀에이트', '화경'을 '소드 마스터', '현경'을 '그랜드 마스터'로 치환한다. 무협의 수련 과정 역시 판타지로 치환되는데 '내공심법'을 '마나심법'으로, '검기'가 '오러소드'로, '단전'은 '마나하트' 혹은 '마나홀' 같은 용어로 정의된다. 묵향에서 만들어진 용어들은 2~3세대 판타지에서 다양하게 응용되어 쓰이다가 게임 판타지의 상태창 개념이 도입된 이후로는 많이 사라진 상태다. 1부인 〈묵향 디 오리진〉과 2부 〈묵향 다크 레이디〉는 웹툰으로 카카오페이지에서 연재 중이며 원작 소설은 현재 카카오페이지에서 4부를 연재 중이다.

또 다른 퓨전 무협의 대표작인 검류혼 작가의 《비뢰도》는 오늘날의 웹소설로 치자면 라이트 노벨식 아카데미물을 무협지 세계에 펼쳐놓은 것이라고 할 수 있다. 주인공인 비류연이 무림 후기지수들이 모여 있는 천무학관에 입관하며 벌어지는 이야기와 그의 사문인 비뢰문에 얽힌 떡밥들로 큰 인기를 끌었다. 《비뢰도》 역시 카카오페이지에서 웹툰 연재 중이며 원작은 아직 완결되지 않았다.

Check 4. 웹소설식 무협

무협 장르는 60년대에서부터 시작해 지금까지 전반적인 틀은 유지해오면서 다양한 소재와 설정들을 결합하여 새로운 방식으로 독자들을 찾아왔다. 구무협과 신무협, 퓨전 무협을 거쳐 오늘날 웹소설 플랫폼에 안착하면서 웹소설에 맞는 방식으로 변화한 것이다.

앞서 말했듯 웹소설에서 가장 큰 비중을 차지하는 장르는 바로 판타지다. 하지만 우리가 '판무 소설'이라고 붙여서 부르듯 판타지와 무협은 떼려야 뗄 수 없는 장르라고 할 수 있다. 판타지와 무협의 세계관은 다르지만 주인공의 성장 과정과 활약상은 거의 같다고 할 수 있다. 무엇보다 판타지와 무협 모두 웹소설 플랫폼에 장르가 이식되면서 웹소설식 전개 방식에 따라 많은 변화를 맞이하게 된다.

90년대 무협 소설을 즐겨봤던 독자들은 신무협식 소재와 전개에 익숙할 것이다. 당시에 이런 방식의 무협 소설에 익숙한 독자가 오늘날의 웹소설식 무협을 쓰겠다고 한다면 상당한 어려움을 겪을 가능성이 높다. 그 이유는 재미를 느끼는 포인트가 완전히 다르기 때문이다.

신무협에서는 강호라는 가상의 공간을 얼마나 생생하게 그려낼 수 있는지, 입체적인 캐릭터들을 어떻게 나타낼 수 있는지에 초점이 맞춰져 있었다. 지나친 기연을 남발하는 구무협의 전개 방식에 대한 반발로 진정성을 중요시 여기며 무협의 중심인 '강호'라는 것을 깊이 탐구하고 그 안에 얽힌 인물들의 관계와 인물상을 보여주며 독자들에게 여운을 남기고자 했다. 그러다 보니 내용 전개가 느리고 직관적으로 스토리를 이해하기 어렵다는 단점이 생긴다.

웹소설식 스토리는 이보다는 조금 더 직관적인 전개를 요구한다. 앞서 설명했듯 웹소설은 도서가 아닌 5,000~5,500자로 이루어진 1화로 단위가 분절된다. 이렇게 나뉘어진 회차 중 무료로 공개된 것을 먼저 읽다가 유료로 전환돼서 수익을 얻는 구조로 만들어져 있다. 앞부분에서 전개가 느리고 주인공의 성향이 빠르게 파악되지 않으면 독자들은 참지 않고 금세 이탈한다.

그렇기 때문에 웹소설식 무협에서는 소설 초반부터 주인공이 얼마나 특별한 존재인지, 그가 어떻게 강해질 것이고, 어떻게 고난과 역경을 극복할 것이며, 목표가 무엇인지를 매우 뚜렷하고 선명하게 제시해야 한다. 그래야 독자들이 무료 분의 분량을 읽고 유료 분으로 이탈하지 않고 따라붙을 수 있기 때문이다. 구무협이나 신무협처럼 주인공이 역경과 고난만 주야장천 겪으면서 느린 성장을 보이게 되면 소위 말하는 '고구마식' 전개라고 생각하며 쉽게 이탈할 가능성이 높다. 이런 독자의 요구에 맞게 웹소설식 무협은 시원스러운 전개를 상징하는 '사이다'가 굉장히 중요하다. 주인공이 우유부단하거나, 남의 말에 잘 휩쓸리는 호구 같은 성격을 가지고 있다면 독자들은 견디지 못한다.

이런 성향에 맞게 웹소설식 무협은 회귀, 빙의, 환생의 소재를 적극 사용하여 주인공이 빠르게 성장하고 다른 이들에게 휩쓸리지 않는 단호한 면모를 보여준다. 은열 작가의 《무당기협》, 비가 작가의 《화산귀환》, 유진성 작가의 《광마회귀》가 대표적인 웹소설 무협 작품이다. 점점 무협을 읽는 독자층이 확대되면서 무협 역시 진입 장벽을 낮추고 가볍고 시원스럽게 읽을 수 있는 스토리로 변화하고 있다.

웹소설의 노른자 무협

무협은 웹소설의 노른자라고 할 수 있다. 그만큼 실속 있는 장르라는 뜻이다. 보통 무협을 처음 도전하려는 지망생들은 한자로 가득한 복잡해 보이는 무협의 설정에서 겁을 먹고 시도하는 것 자체를 두려워한다. 하지만 오히려 무협은 설정들이 정확하게 잡혀 있기 때문에 조금만 익숙해지면 훨씬 쓰기 편한 면이 있다.

다수의 지망생이 선호하는 장르는 주로 판타지다. 하지만 판타지는 클리셰의 범위가 넓고, 파워 밸런스를 맞추기 어렵기 때문에 내용을 온전하게 끌고 나가는 것이 어려운 편이다. 하지만 무협은 클리셰나 설정, 세계관의 범위가 정해져 있기 때문에 완결까지 끌고 가는 것이 판타지보다 용이한 편이다.

이런 숨겨진 노른자인 무협을 쓰기 위해 신경을 써야 할 부분은 다름 아닌 웹소설에 맞는 시원스러운 전개와 캐릭터 설정이라고 생각한다. 이는 무협뿐만이 아니라 판타지를 쓰는 지망생에게도 공통적으로 통용된다. 앞서 말한 것처럼 대부분 무협을 즐겨 보았던 세대는 90년대 신무협 혹은 퓨전 무협을 읽었을 것이다. 더 위로 올라가면 김용 선생의 《영웅문》 시리즈를 읽었을 수도 있다.

이와 같은 레퍼런스에 익숙한 상태에서는 웹소설식 무협의 전개 방식을 이해하기가 쉽지 않다. 항상 강조하는 것이지만 만약 무협 장르로 웹소설을 쓰고자 한다면 적어도 웹소설 플랫폼에서 연재하고 있는 유의미한 성적을 거둔 상위권 작품들을 읽어봐야 한다고 생각한다. 그래야 요즘 무협 독자들이 읽는 트렌드를 따라가서 그에 맞는 인물 설정과 전개 방식을 익힐 수 있다.

　웹소설식 무협의 대표적인 작품은 정준 작가의 《화산전생》, 은열 작가의 《무당기협》, 비가 작가의 《화산귀환》 등이 있다. 필자는 대여점 시절의 신무협과 웹소설 무협 사이의 과도기적 작품을 황규영 작가의 《잠룡전설》이라고 생각하는데, 2006년도에 출간된 작품이지만 놀라울 만큼 요즘 웹소설식 전개 방식을 갖추고 있으니 참고삼아 읽어보기를 권한다.

　무협은 판무 장르의 큰 축이기에 제대로 살펴보지도 않고 미리 포기해버리는 건 가능성을 스스로 버리는 것과 다름 없다. 위에서 언급한 헌터물과 이를 통해 파생된 여러 퓨전 장르 역시 무협의 개념과 소재들을 많이 차용하는 편이다. 무협에 대한 이해도가 낮을 경우 이런 복합장르의 소재와 설정을 제대로 활용하기 어렵다. 판무 웹소설 지망생이라면 판타지뿐 아니라 무협에 관한 내용도 습득해야 하는 이유다. 특히 무협의 경우에는 수요보다 공급이 부족한 편이기 때문에 판타지 보다 상대적으로 데뷔가 쉽다는 장점이 있다. 무협을 쓰면서 웹소설식 전개를 공부하고, 웹소설 자체에 익숙해진 뒤에 신작을 판타지 장르로 준비한다면 기초를 다지면서 훨씬 안정적으로 연재를 준비할 수 있다.

웹소설 주요 키워드 : 회귀, 빙의, 환생, 귀한, 천재

　판타지와 무협이라는 웹소설의 큰 축을 세세한 장르로 나누어서 설명한 이유는 웹소설을 쓰기 앞서 자신이 알고 있는 판무의 구조가 무엇이며, 부족한 부분이 무엇인지를 미리 알아야 하기 때문이다. 물론 이것만으로 판타지, 무협 전체 장르의 레퍼런스를 모두 알았다고 하기 어렵다. 가장 중요한 것은 꾸준히 상위권 작품들을 읽으면서 자신이 쓰고자 하는 웹소설의 소재와 설정의 방향을 잡아야 한다는 것이다.

웹소설을 쓰기 위해 가장 중요한 것은 바로 다름 아닌 주인공이다. 웹소설뿐만 아니라 사실 모든 스토리 콘텐츠에서 주인공은 핵심이다. 특히 판타지, 무협 웹소설은 성장형 영웅 서사를 중심으로 하는 콘텐츠이기에 주인공의 중요도가 가장 큰 콘텐츠라고 할 수 있다. 판무 웹소설의 핵심은 바로 '대리만족'이다. 독자들이 주인공에게 몰입해서 마치 내가 소설에 들어간 것과 같은 간접 경험으로 스토리를 즐긴다는 의미다.

고전적인 성장형 영웅 서사 속의 주인공은 자신이 영웅이라는 사실을 자각하고 각성하는 과정이 상당히 길게 잡혀 있다. 3막 구조로 치자면 이 부분이 거의 전체 스토리의 3분의 1을 할애한다. 만약 웹소설을 기준으로 했을 때 전체가 300화라면 100화 동안 주인공이 고난과 역경에 시달린다는 것이다.

하지만 웹소설은 같은 서사를 바탕으로 하면서도 이 주인공의 자각과 각성 과정이 극단적으로 짧은 콘텐츠라고 할 수 있다. 즉 기존 영웅들은 자신이 지닌 특별한 힘에 대해 고뇌하고 이를 통해 초인적인 힘과 그에 걸맞은 마음을 갖추는 것이 각성의 조건이었다. 신화 속 영웅이나, 마블의 히어로들을 보면 주인공이 영웅으로 성장하기까지의 지난한 과정들이 존재한다. 하지만 웹소설은 콘텐츠의 특성상 이런 부분을 과감하게 생략하고 빠르게 전개해야 한다.

이런 이유로 웹소설에서 주요하게 다루는 특이점이 바로 회귀, 빙의, 환생, 줄여서 '회빙환'이다. 각 개념을 풀어서 설명하면 회귀는 주인공이 죽어서 다시 과거로 돌아가는 것을 뜻하고, 빙의는 작품에 들어가 특정 캐릭터가 되는 것, 환생은 죽었다가 깨어나니 다른 누군가로 다시 태어나는 것을 뜻한다. 여기에 귀환과 천재 키워드도 추가로 붙게 되는데, 귀환은 주인공이 이세계로 가서 절대자가 된 뒤 다시 원래 세계로 돌아와 먼치킨적인 능력을 갖추게 되는 것이고, 천재는 원래부터 그냥 천재적인 재능을 타고났다는 설정을 뜻한다.

웹소설에서 이런 회빙환과 귀환, 천재와 같은 키워드가 주요하게 다루어지는 이유는 앞서 말한 것처럼 주인공의 영웅적 각성을 극단적으로 축약하기 위함이다. 웹소설은 초반 부분에서 독자층을 유입시키는 것이 매우 중요하다. 그런 상황에서 앞부분에 지루한 이야기를 늘어놓게 되면 독자들이 쉽게 이탈한다. 그러니 이런 기타 배경 설명들을 축약하고 가장 재미있는 부분부터 치고 나가야 할 필요가 있는데, 회빙환의 설정을 사용하면 효과적으로 초반에 하이라이트를 배치하는 것이 가능하다.

회귀, 빙의, 환생, 귀환, 천재. 이 키워드들의 공통점을 살펴보면 주인공이 이미 완성되어 있으며 고난과 역경을 해결할 방법들을 가지고 있다는 점이다. 회귀의 경우에는 이전 삶에서 이룬 것이 있으니 처음부터 다시 시작할 때 훨씬 쉽게 성취를 이룰 수 있고, 어려운 문제 역시 피하거나 해결할 방법을 갖추고 있다. 빙의 역시 작품을 읽어 내용을 이미 다 알고 있으니 어떻게 하면 문제를 해결할지 해답을 갖고 있다. 환생은 전생에서 내가 이뤄온 성취를 새로운 삶에서 펼치기만 하면 되기 때문에 문제 해결이 용이하다. 귀환도 절대자로서의 능력을 갖춘 뒤 다시 원래 세상에서 삶을 시작하는 것이기 때문에 문제를 쉽게 해결할 수 있다. 천재는 천재라는 말 자체로 모든 것이 용인된다.

웹소설의 주요 키워드의 특징은 주인공이 다른 이들보다 특출나게 빨리 성장을 해야 한다는 점이다. 일종의 치트키와 같은 역할을 하는 건데, 이런 설정들은 주인공이 빠르게 성장하고 강해지는 것에 대한 논리적인 근거가 될 수 있다. 이를 통해 초반 부분에서 재미있는 내용을 배치하여 독자들을 확 끌어당기고 유입을 높이는 방식으로 내용을 전개하는 것이다.

판무 웹소설을 쓸 때 반드시 이 회빙환의 설정을 넣어야 하는 것은 아니지만 왜 이런 설정이 많이 쓰이는지 고민해볼 필요가 있다. 반대로 기계적으로 이 회빙환의 설정을 넣기만 할 것이 아니라 이 설정이 왜 필요한지, 어떻게 써야 효과적으로 적절히 서사에 녹여서 사용할 수 있을지에 대한 맥락을 이해해야 한다.

카카오페이지 판타지 순위에서 상위권을 놓치지 않는 황제펭귄 작가의 《검술명가 막내아들》의 경우에도 판타지적 세계관과 소재를 앞에 두고 있지만 주인공의 가문인 검술 명가 룬칸델이나 또 다른 검술명가 하이란가, 마법 명가인 지플, 비궁 등의 구성은 무협적 설정에 가깝다고 볼 수 있다. 한국적 판타지 소설은 딱 잘라서 전통적인 중세 판타지 소설 세계관이라고 보기가 어렵고, 다양한 소재와 세계관들이 섞이면서 그 특유의 독특한 특징들을 만들어냈다. 판타지 소설임에도 게임 시스템이 차용되거나, 죽었다가 다시 과거로 회귀하거나, 다른 사람 몸으로 환생하거나 하는 등의 설정들도 이런 특징들에 포함된다.

02
웹소설 창작 시작하기

본인 취향의 웹소설 찾기

웹소설 창작을 시작하기 위해서는 그 무엇보다 자신이 어떤 취향을 가졌는지 파악하는 것이 매우 중요하다. 실제로 웹소설 관련 수업을 하다보면 웹소설을 한 번도 읽어보지 않고 창작을 시도하려는 경우가 꽤 많다. 혹은 요즘 연재하는 웹소설이 아닌 대여점 시절의 신무협이나 퓨전 판타지 등을 읽고 충분히 판타지나 무협에 대해 잘 알고 있다고 생각하는 지망생도 있다. 물론, 아예 읽지 않은 것보다는 나을 수 있겠지만 그 당시에 읽었던 소설들의 레퍼런스만 가지고 치열한 웹소설 시장에 뛰어드는 것은 무모한 도전이다.

웹소설은 위에서 설명한 것처럼 많은 갈래의 장르들로 나누어져 있다. 우리가 집중적으로 다루고 있는 것은 판타지와 무협이기에 이 둘에게 초점을 맞춰 설명하고 있지만, 로맨스나 장르문학 쪽까지 범위를 넓히면 더욱 세부적으로 장르가 갈라지게 된다. 웹소설 작가가 되고 싶다면 이 많은 갈래 중에서 정확히 어떤 소설을 쓰고 싶은지 정하고 자신의 취향이 무엇인지 찾아야 한다.

예를 들어보자. A라는 지망생이 자신은 《해리포터》 같은 소설을 좋아해서 이런 판타지를 웹소설로 쓰고 싶다고 한다. 그러면서 다른 웹소설 플랫폼의 판타지들은 너무 유치하고 가벼워서 잘 읽지 못 한다고 말한다. A는 웹소설 작가로 데뷔할 수 있을까? 정확하게 말하자면 알 수 없다는 것이다. A가 우연찮게 웹소설을 잘 쓸 수 있는 재능을 타고나서 다른 작품을 하나도 읽지 않고도 소설을 정말 재밌게 잘 쓴다면 작가로 데뷔해 큰 수익을 올릴 수 있을 것이다.

하지만 통상적으로 내가 웹소설 관련 수업을 하면서 봐왔던 사례를 보자면 A와 같은 경우에 웹소설식 전개 방식에 쉽게 적응하기 어려운 면모를 많이 보였다. 《해리포터》가 전 세계적으로 엄청나게 인기를 끈 소설이며 그 소재와 서사가 대중성을 띄고 있다는 것을 부정할 수 없다. 하지만 그렇다고 해서 《해리포터》와 같은 소재와 서사를 그대로 모방해서 웹소설 플랫폼에 올린다고 이것이 잘 팔릴 수 있느냐 물어본다면 아니라고 대답할 수 있다.

웹소설을 즐겨 읽는 독자들은 그들이 선호하는 소재와 전개 방식이 분명히 존재한다. 물론 그런 요건들을 넘어설 만큼 매력적인 콘텐츠가 나온다면 얘기가 달라지겠지만, 통상적으로는 타깃 고객층에 맞는, 그들이 좋아할 만한 이야기의 콘셉트를 가져가는 것이 가장 중요하다. 만약 내가 원래부터 웹소설을 좋아했고, 상위권에 존재하는 모든 웹소설을 다 재밌게 읽을 수 있다면 웹소설 작가로서 큰 복을 타고난 것이다. 자신의 취향이 웹소설 독자들의 취향과 일치하니 스스로 재미있게 느낄 내용으로 글을 쓰면 충분히 독자들에게 먹힐만한 작품이 될 가능성이 높기 때문이다.

하지만 모든 작가 지망생이 이런 대중적인 취향을 갖추고 있는 것은 아니다. 앞에서 말한 A처럼《해리포터》를 좋아하는 사람도 있을 수 있고,《반지의 제왕》같은 하이 판타지 마니아가 있을 수도 있고, 신무협에 대한 애정도가 깊은 사람일 수도 있다. 하지만 이런 취향적인 측면을 넘어서 자신이 웹소설을 쓰고자 한다면 적어도 그 카테고리 내에서 상위권에 있는 작품들을 모두 보고 그 안에서 자신의 취향과 어느 정도 맞는 작품이 무엇인지 선별해보는 노력이 필요하다. 이런 노력 없이 독자들에게 무조건 자신의 취향을 강요하는 작품을 쓰기만 하면 시장에서 외면받을 수밖에 없다.

모든 작가들이 자신의 취향대로만 써도 잘 먹고 잘 살 수 있는 세상이 오면 정말 좋겠지만 현실은 그렇지 못하다. 소위 말하는 마이너 취향을 가진 지망생들이 작가로 데뷔하는 것은 정말 어려운 일이다. 적어도 이 책을 읽고 웹소설 작가로 도전하겠다고 하는 사람들은 흔히 '글먹'이라고 부르는 글을 써서 먹고살 수 있는 전업 작가의 삶을 꿈꿀 것이다. 그렇다면 자신의 취향과 대중성 사이의 간극을 줄일 수 있는 노력을 해야 한다. 언젠가는 독자들이 내 취향을 이해해 줄 것이라 생각한다면 그건 아집일 뿐이다. 독자들의 취향을 바꾸는 것보다 창작자 자신의 취향을 조정하는 것이 더 쉬운 일이다.

만약 그럼에도 내가 쓰고 싶은 마이너한 소재가 있고 이걸 써야만 만족할 것 같다면 쓰면 된다. 다만 여기서 목표를 정확히 세워야 한다. 내가 수익을 목적으로 한다면 대중성 있는 글을 써야하는 것이 당연하다. 하지만 레퍼런스 삼아서 내 취향을 가득 담은 작품을 하나 완성해 보겠다고 생각한다면 수익 상관 없이 과감하게 쓴 뒤 반드시 완결을 지어야 한다.

문제는 내 취향의 마이너한 소설을 쓰면서 대중적으로 인기도 끌고 싶다는 이중적인 목표를 가지기 쉽다는 것이다. 자신의 취향을 가득 담은 작품이 인기도 많고 높은 수익도 가져다 준다면 정말 좋겠지만 이런 일은 쉽게 일어나지 않는다. 만약 자신이 전업 작가가 되는 것이 목표라면 레퍼런스와 수익, 이 두 가지를 구분해서 집필의 목적을 명확히 정하는 것이 가장 중요하다.

스스로가 대중적인 취향이라면 망설일 것 없이 가장 잘 쓸 수 있는 소재를 가지고 쭉쭉 쓰면 된다. 반면에 스스로의 취향이 마이너하다는 생각이 든다면 카카오페이지, 네이버 시리즈, 문피아 세 가지의 플랫폼을 핸드폰에 설치하고 상위권에 고정되어 있는 작품들을 계속 읽도록 하자. 그런 뒤 이게 왜 인기가 있는지, 어떤 부분이 웹소설적 전개 방식인지, 만약 내가 쓴다면 내 취향과 어떤 방식으로 접합할 수 있을지를 아주 치밀하게 고민해야 한다. 이 부분이 사실 웹소설을 처음 시작할 때 가장 중요한 지점이다.

어떤 웹소설을 쓰고 싶은지 아이디어 발상하기

내가 가진 취향이 무엇인지 깨달았다면 시작이 좋다. 사실 작가 중에서도 정확히 자신의 취향이 무엇인지 모르고 일단 쓰는 사람들도 많기 때문이다. 어느 정도 글을 쓰는 것이 손에 익다 보면 사실 자신의 취향과 관계없이 일단 내용을 쓰는 것이 가능해진다. 문제는 결정적인 순간에 자신의 취향이 소설 안에 드러난다는 점이다.

흔히 우리가 무리수를 두는 순간이 여기서 나타난다. 작업을 하듯 작품을 술술 쓰다 보면 어느 순간 작품 안에 창작자가 살아온 삶의 태도나 취향 등이 자신도 모르게 들어가게 된다. 그러다 보니 작가는 그런 생각을 하지 못하고 평소처럼 연재를 진행하는데 어느 날 댓글창이 난리가 나있는 황당한 경험을 할 때가 있다. 작품의 전체적인 콘셉트와 스토리의 진행 방향이 작가의 취향과 맞지 않아 독자들이 반발심을 표출하는 상황에 직면하게 되는 것이다.

보통 이런 순간은 사실 무난하게 작품을 연재할 때보다 스토리가 잘 풀리지 않아 머리를 싸매고 끙끙거릴 때 자주 찾아온다. 생각하고 생각하다 보면 어쩔 수 없이 작가가 쓰기 편한대로 혹은 자신의 취향대로 스토리를 전개하게 되는데 그때 스토리 전체의 일관성을 해치는 무리수로 연결될 가능성이 높다는 것이다. 이런 의도치 않은, 예측할 수 없는 무리수를 최소화하기 위해서는 자신의 취향을 스스로 잘 파악하고 아이디어 발상 단계에서부터 스토리의 일관성을 유지할 수 있도록 콘셉트를 확실하게 잡는 것이 중요하다.

아이디어를 발산하는 방식은 간단하다. 자신의 머릿속에 있는 내용을 끊임없이 기록해야 한다. 겨우 메모하는 것 정도를 말하는데 이렇게 장황하게 설명하느냐고 생각할 수도 있겠지만 사실 웹소설 수강생들을 가르치면서 이 얘기를 항상 해도 진짜로 이걸 실행하는 사람은 별로 없다.

자신의 생각을 단어와 문장으로 정확하게 기록하기

어떻게 보면 굉장히 쉬워 보이나 막상 하려면 상당히 귀찮고 번거로운 일이다. 예전에는 수첩을 들고 다니면서 메모를 하라고 말했지만 요즘에는 스마트폰이라는 아주 좋은 기기가 있다. 메모장 애플리케이션이나 노트 애플리케이션도 종류가 다양하니 메모하기도 훨씬 쉬워졌다. 그럼에도 이를 실행하는 사람은 별로 없다. 어떤 내용을 쓰겠노라고 구상은 잔뜩 하면서도 이를 기록하는 것에는 상당히 인색하다.

머릿속에 담겨 있는 생각을 단어와 문장으로 정확하게 옮기는 일은 보기보다 꽤 어려운 일이다. 뭔가 개념이 둥둥 떠다니는데 이것을 뭐라고 표현해야 할지 판단이 제대로 서지 않기 때문이다. 대부분의 창작자는 뭔지 알 듯 말 듯 한 기분만 느끼고 그 아이디어에 대해 정확하게 알고 있는 것은 아닌 애매한 상태에 머무르게 된다. 이렇게 되면 머리는 상당히 복잡한데 딱히 내가 구상한 것은 없는 정신적 아노미 상태에 빠지게 된다.

가장 좋은 것은 생각이 나면 메모를 하고 바로 잊어버리는 것이다. 그리고 새로운 아이디어가 떠오르면 또 적어놓고 잊어버려야 한다. 그래야 머릿속이 깨끗해지고 끊임없이 새로운 아이디어가 떠올라 구상도 효율적으로 하게 된다. 이렇게 하지 않을 경우 아이디어가 편중된 상태로 머릿속에 머무르게 된다.

내가 어떤 캐릭터에 대한 아이디어를 떠올렸다고 가정하자. 그 캐릭터에 대한 여러 가지 생각들을 기록해두면 객관적으로 내가 캐릭터에 대한 어떤 아이디어들을 떠올렸는지 한눈에 파악할 수 있다. 캐릭터에 대한 구상이 어느 정도 끝났다면 그와 연관된 다른 아이디어를 떠올릴 수 있다. 캐릭터가 어디 출신인지, 어떤 기술을 쓰는지, 주로 들고 다니는 아이템은 무엇일지 등등 아이디어 발산이 꼬리에 꼬리를 물고 이어진다.

하지만 이를 제대로 기록해두지 않고 캐릭터 구상 자체를 머릿속에서만 진행하면 그 안에 매몰되고 만다. 굉장히 많은 아이디어를 떠올린 것 같으면서도 막상 나중에 이를 활용해 쓰려고 하면 편중되고 중복된 정보만 존재해 스토리에 활용할 재료가 부족해진다.

발산한 아이디어를 잘 기록하고 이 아이디어를 분석해 유의미한 데이터로 가공하는 과정. 이것이야말로 내가 쓰고자 하는 웹소설의 씨앗을 만들어내는 가장 첫 발걸음이다. 내가 판타지가 쓰고 싶은지, 무협이 쓰고 싶은 건지, 먼치킨 주인공을 만들고 싶은지, 천재형 주인공을 만들고 싶은지, 키워드에서 귀환이 좋을지, 환생이 좋을지, 주인공의 성격은 오만방자하지만 속이 깊은 캐릭터가 나올지, 계산적이면서도 철저한 성격이 좋을지 등등 온갖 정보들을 쭉 펼쳐두자. 그리고 자신이 생각하는 스토리 라인과 적합한 정보들을 취사선택하여 다양한 각도로 붙여보고 떼어보고 수정하면서 가공하는 과정을 거쳐야 한다. 그래야 독자들의 눈에 확 띌 수 있는 소재와 콘셉트를 잡을 수 있다.

우리가 스토리를 만들기 위해서는 한 가지 요소만이 아니라 복합적인 요소가 얽혀 있는 다양한 측면의 아이디어들이 필요하다. 내 취향에만 지나치게 매몰되어 있거나, 머릿속으로 공상하듯 생각만 쌓는다면 객관화된 설정과 스토리를 만들어내기가 어렵다. 특히나 웹소설은 팀 작업이 아닌 개인 작업이 대부분이기 때문에 이런 상황이 빈번하게 나타난다. 자신의 생각을 제대로, 객관적으로 파악할 수 있어야 새로운 아이디어들을 발산할 수 있고, 그래야 무리수를 피하고 일관적으로 잘 진행되는 스토리라인을 만들어 낼 수 있다는 점을 잊어서는 안 된다.

제3장

백전백승
웹소설 설계하기

01
아이디어 윤곽 잡기

세계관 : 세계관 생성 원리 이해하기

웹소설, 웹툰, 드라마, 영화 등을 아우르는 스토리 콘텐츠가 큰 성공을 이끌면서 세계관 구성에 대한 관심도도 높아졌다. 콘텐츠 산업 시장에서 본격적으로 세계관에 큰 관심을 가지게 된 계기는 마블의 〈어벤져스〉가 대중적인 인기를 끌면서다. '마블 유니버스'라는 키워드가 대중들에게 인식되면서 각 작품의 스토리를 아우르는 세계관이 얼마나 중요한지 깨닫게 된 것이다.

마블 유니버스처럼 각 작품 간의 주인공들을 하나의 세계관으로 통합하는 작업은 K-콘텐츠에서도 활발하게 이루어지고 있다. 웹툰 회사인 '와이랩'의 '슈퍼스트링' 세계관이 이런 작업의 일종으로 볼 수 있다. 〈신암행어사〉와 〈아일랜드〉의 제작자로 유명한 양경일, 윤인환 작가의 인기 작품들을 포함해 와이랩 회사에서 나온 웹툰들이 하나로 연결되는 독자적인 세계관을 형성하는 프로젝트를 진행하고 있다. 이를 바탕으로 웹툰은 물론 게임도 제작되었다.

웹소설에서도 이런 시도가 있었는데, 웹소설 주요 매니지먼트 회사 중 하나인 '고렘 팩토리'의 대표인 성상영 작가(필명 고렘)가 자신의 작품들을 하나의 세계관으로 통합하여 웹툰으로 확장했다. 네이버에서 연재 중인 〈더 게이머〉가 이 세계관을 바탕으로 한 작품이다. 이 작품 속에 작가의 전 작품인 《신공절학》의 주인공 '진다전'이 '하렘왕'이라는 이름으로 등장하는 등 기존 작품의 인물과 설정을 결합하는 형식의 전개를 보여주고 있다.

이런 스토리 콘텐츠 외에도 요즘은 이미 다양한 분야에서 세계관의 설계 작업이나, 유니버스를 만드는 활동들이 활발하게 이루어지고 있다. BTS의 기획사인 하이브에서는 'BU(BTS 유니버스)'를 통해 드라마와 웹툰, 관련 굿즈 등을 다양하게 제작하고 있다. SM 엔터테인먼트 역시 자체적으로 유니버스를 구성해 독특한 스토리와 설정을 전개한다.

위의 사례에서 볼 수 있듯 스토리 콘텐츠 산업에서 세계관을 구축하고 설계하는 것은 빼놓을 수 없는 핵심 영역이다. 특히나 판타지, 무협 장르에서 세계관은 상당히 중요한 역할을 한다. 세계관 설정이 제대로 되어 있지 않으면 캐릭터가 움직일 무대가 형성되지 않기 때문이다. 그렇다면 과연 세계관이 무엇인지, 이를 만들기 위해 필요한 생성 원리가 무엇인지 살펴보자.

세계관에 관해 얘기할 때 흔히 착각하는 경우가 바로 세계관의 시작점을 '공간'이라고 생각하는 것이다. '세계관'이라는 것은 단순히 공간적인 부분만을 뜻하는 것이 아니라 세계를 인식하는 관점, 방식을 포함한 모든 것이다. 따라서 구성하는 요소 범위가 매우 넓을 수 있다. 또한, 창작자가 어떤 창작물을 만드는지에 따라 세계관에 대한 접근 방법도 달라질 수 있다.

하지만 만약 만들고자 하는 창작물이 스토리를 기반으로 하는 콘텐츠라면 세계관 구성에서 가장 첫 번째로 고려해야 할 점이 있다. 바로 중심점을 정하는 것이다. 중심점이 무엇이냐 하면, 다름 아닌 '주인공'이다. 스토리는 주인공을 중심으로 이루어지는 이야기다. 때문에 우리가 아주 다양하고 넓은 세계들의 설정을 만들어내고 구성할 수 있다고 하더라도 주인공이 그 세계의 범위까지 가지 않는다면 그 많은 설정은 의미가 없다. 왜냐하면 독자들은 주인공의 시선이 닿는 곳까지만 볼 수 있기 때문이다.

결국, 스토리를 기반 한 콘텐츠의 세계관을 구성하기 위해서는 가장 먼저 주인공이 누구이며, 그 존재가 무대의 어느 범위까지 나아갈 것인지를 고려해야 한다. 주인공이 누구인지도 모르는 상황에서 무조건 세계관의 무대 공간만 세세하게 설정하고 설계한다면, 상당히 비효율적인 작업이 될 가능성이 높다.

스토리 콘텐츠의 세계관은 결국 스토리 주인공의 시야와 지식, 관점에 기초하여 독자들에게 전달된다. 그렇기에 주인공은 물론 주인공과 관계성을 맺는 주변 인물들과의 관계성이 세계관 구축에 직접적인 영향을 미칠 수밖에 없다. 예를 들어보자.

용사의 운명을 타고난 주인공은 여태껏 시골 마을에서만 살았다. 그때 예언을 통해 주인공을 찾아낸 스승이 그를 용사로 성장시키기 위해 시골 마을에서 벗어나 '검의 도시'로 데려간다. 용사는 스승과의 만남을 통해 세상을 바라보는 시야가 넓혀졌다. 검의 도시에서 검을 수련해서 능력을 각성한 용사는 동료인 마법사를 만나 성검을 찾기 위한 모험을 떠나게 된다. 마법사는 그 성검이 '신성 왕국'에 존재한다고 말했다. 용사는 마법사와 함께 신성 왕국으로 떠나게 된다. 여기서도 용사는 동료인 마법사를 만나 신성 왕국이라는 새로운 세계를 알게 됐다.

시작지인 '시골 마을'부터, 두 번째 '검의 도시', 세 번째 '신성 왕국'까지. 용사가 다른 사람들과 관계를 맺는 과정에서 그가 알고 있던 세계의 범위가 점차 넓어지고, 이 스토리를 읽는 독자들 역시 하나씩 세계의 전체 윤곽을 알아가게 된다. 만약 주인공과 주인공의 역할이 제대로 정해지지 않은 채 이와 같은 공간적 구성만 만들어 놓으면 세계관이 형성된다고 볼 수 없다. 이와 같이 세계관의 생성 원리는 주인공을 중심으로 주변 인물들과의 관계, 그와 연관된 주인공의 모티베이션, 목표점과 연결되어 있다. 이는 신화의 생성 원리와 놀랍도록 유사하다.

판타지와 무협의 주인공은 공통적으로 영웅의 면모를 갖춰야 하며, 그 스토리는 영웅 성장 서사와 같은 구조로 이루어져 있다. 영웅 성장 서사는 신화의 근간을 이루는 가장 오래된 이야기 체계로, 신과 영웅의 이야기를 다루는 신화의 가장 원초적인 스토리라고 볼 수 있다. 우리에게 익숙한 그리스 로마 신화,《반지의 제왕》의 근간이 된 북유럽 신화, 게임으로 대중들에게 많이 알려진 켈트 신화(아서왕, 원탁의 기사, 성배 전설), 인도 신화, 수메르 신화, 중국 신화, 일본 신화, 한국 신화 등 세계 각 문명에는 다양한 신화들이 존재한다.

이런 신화들은 대부분 구전과 적층의 방법으로 만들어진다. 구전이란 입과 입을 통해서 전해져 내려온다는 뜻이고, 적층이란 이 구전들이 쌓이고 쌓여서 하나의 이야기 체계를 형성한다는 뜻이다. 즉, 작은 이야기들이 서로 결합이 되면서 큰 스토리를 형성한다는 의미다.

간단히 설명하자면 이렇다. 아까 마법사와 만나 성검을 찾으러 갔던 용사를 '성검 용사'라고 지칭하기로 하자. 이 용사의 목적은 성검을 찾아 왕국을 위협하는 사악한 용을 잡는 것이다. 이 성검 용사는 A 동네에서 아주 인기가 많은 이야기였다. 그런데 다른 B 동네에서는 대검을 들고 위험한 괴물을 잡는 전사에 관한 이야기가 인기다. A 동네와 B 동네에서 인기가 많은 두 개의 이야기를 사람들이 공유하고 그 내용이 또 다른 마을로 넘어가 퍼지면서 사람들의 입과 입을 거쳐서 이야기에 여러 가지 살이 붙게 된다. 나중에는 성스러운 기운이 깃든 거대한 대검을 든 용사가 마법사와 신관, 도둑과 함께 사악한 용을 비롯한 여러 위험한 괴물과 이들을 부리는 무시무시한 마왕을 물리치는 스토리로 확장된다. 작은 이야기 형태의 에피소드들이 결합과 변형을 거쳐 점점 큰 세계관의 스토리로 변화한 것이다.

이처럼 처음에는 단순한 이야기였던 것이 점차 민담과 전설이라는 '담'의 형태를 갖추게 되고, 시간이 흘러 각 마을이 성장하여 더 큰 도시가 되면 이 민담과 전설이 서로 결합하여 세계관이 커져 신화와 영웅의 스토리로 변한다. 그리고 주인공이 이야기 속에서 다른 인물과 새로운 목표를 찾으면서 더 넓은 범위의 무대로 나아가게 되고 이를 통해 점차 초인적, 영웅적 면모를 갖추게 된다. 이러한 구전은 입으로 전해져 내려오다가 문자가 만들어지면서 기록물의 형태로 고정되어 오늘날 스토리의 원형으로 쓰이게 된다.

즉, 신화와 영웅 서사는 원형이 섞이고 쌓이면서 다양한 '스토리'로 변화하고 성장한다는 것을 뜻한다. 이런 변화의 결과물이 오늘날의 세계관, 유니버스로 자리잡게 된다. 세계관이 처음부터 복잡하고 체계적이며 완벽하게 구성되어 있다고 생각하면 안 된다. 세계관이라는 것은 변형과 결합의 연속이며, 완벽한 세계관이란 존재하지 않는다는 것을 명심해야 한다.

클리셰 : 기존 세계관 구성 살펴보기

판타지와 무협의 경우에는 기본 세계관 설정이 이미 존재한다. 세부적인 설정들은 작품마다 창작자마다 다르지만, 기본적인 설정이라고 할 수 있는 클리셰들이 많은 편이다. 이런 클리셰들을 무시하고 세계관을 처음부터 만드는 것은 상당히 비효율적인 일이다.

기존 클리셰적 세계관은 초기 설정에 주로 활용된다. 맨 처음 소설을 시작할 때 독자들에게 이 소설은 이런 세계관 설정을 활용해서 내용을 전개할 것이라는 정보를 미리 주는 역할을 하기 때문이다. 일반적으로 독자들은 세계관이 익숙할수록 새로운 정보를 받아들일 필요가 없어 더 쉽게 서사에 집중하고 캐릭터에 몰입하는 경향이 있다. 따라서 클리셰를 적절히 사용하는 것은 웹소설 창작에 꼭 필요한 일이다. 그렇다면 기존 세계관의 구성을 만들기 위한 장르적 '클리셰'가 무엇인지 살펴보자.

주인공이 중심인 웹소설 콘텐츠는 장르적 속성을 확인하고 세계관을 구성할 때 필수적으로 들어가야 할 부분이 무엇인지를 파악하는 것이 매우 중요하다. 특히나 판타지와 무협의 세계관은 이런 성향이 강한 장르라고 할 수 있다. 주인공의 역할과 목표에 따라 스토리 전개에 필요한 필수적 소재나 특징적 공간들을 고려하는 것이 굉장히 중요하기 때문이다.

무협에서는 무공과 기연, 구파일방의 설정을, 판타지에서는 중세 배경과 마법, 기사, 몬스터들의 설정을, 헌터물에서는 게이트, 각성자, 던전 설정 등이 세계관에 필수적으로 들어가야 하는 구성 요소라고 할 수 있다. 이를 통해 독자들이 작품의 콘셉트를 직관적으로 받아들이기 때문에 아주 중요하다.

문제는 웹소설을 쓰고자 하는 지망생 중 기존의 웹소설 세계관 구성에서 필수적으로 필요한 요소가 무엇인지 파악하지 않고 창작하는 경우가 있다는 것이다. 통상적으로는 적어도 자신이 쓰고자 하는 장르의 기존 작품들을 읽고 각 장르에서 공통으로 사용해야 할 클리셰가 무엇인지 파악하고 시작해야 한다.

또한, 클리셰를 의도적으로 아예 없애는 것도 주의해야 한다. 지망생 중 간혹 클리셰적 구성 요소에 대해 거부감을 가지고 기존의 것을 아예 배제하거나 지나치게 비틀려는 경우도 있는데, 클리셰에 대한 맹목적인 거부감 역시 상업 콘텐츠인 웹소설을 쓰는 데 그다지 도움이 되지 않는다.

상업 콘텐츠를 다루는 창작자라면 그러한 소재들과 전개 방식이 왜 인기가 있고, 많은 독자가 그러한 점을 왜 선호할지를 먼저 고민해야 한다. 그리고 내가 취할 수 있는 부분과 아닌 부분을 구분해서 작품에 녹여내는 노력이 필요하다. 무조건 자신의 취향에 맞지 않는다며 배제하고 밀어내기만 하면 초반 독자 유입 측면에서 상당히 불리해질 수 있다.

하지만 클리셰를 다룰 때 이런 점은 주의해야 한다. 이미 너무 많이 남용해서 독자들에게 피로감을 주는 전개나 소재는 되도록 피하는 것이 좋다. 예를 들면 '상태창(게임을 할 때 화면에 뜨는 알림창)'의 활용과 같은 부분이다. 초기 웹소설에서는 게임 판타지나 헌터물에서 상태창을 활용하는 것이 매우 중요한 구성 요소 중 하나였다. 하지만 지금은 무분별하게 상태창을 남발하게 되면 오히려 독자들에게 질타를 받는다. 만약 내가 쓰는 작품에서 상태창이 필요하다면 이를 활용하는 것이 맞지만, 굳이 필요하지 않다면 쓰지 않거나 최소화하는 방향으로 구성하는 것이 좋다.

여기서 명심해야 할 점은 이러한 클리셰적 구성을 쓰면 좋을지, 좋지 않을지를 판단하기 위해서는 그에 대한 사전 지식과 이해도가 충분히 있어야 한다는 점이다. 상태창의 용도가 무엇인지, 그걸 쓰면 어떤 측면에서 좋은지, 자신의 작품 설정상 직관적으로 표현되는 상태창이 있으면 더 유리할지, 별로 의미가 없을지를 깊이 있게 고민해 볼 필요가 있다는 것이다. 만약 상태창이 들어가야 할 것 같은데 독자들이 이런 구성에 피로감을 느낄 것 같다는 생각이 든다면 형태를 바꿔서 필요한 부분만 넣으면 된다. 상태창의 구성 목록을 줄이거나, 숫자의 단위를 낮추거나, 필요할 때 한 줄씩만 보여주는 방법도 있다.

이런 고민 없이 무분별하게 클리셰를 배제하는 것은 스스로 많은 제약을 두는 셈이 되기 때문에 훨씬 불리한 조건에서 유료화를 준비하는 것이나 다름 없다. 뒤에도 얘기하겠지만 기존의 것을 배제하기만 한다고 해서 자신의 고유성이 살아나는 것은 아니라는 점을 명심해야 한다.

판타지와 무협은 각각 중세 시대의 서양과 중원으로 대표되는 시대적, 공간적 특징을 가지고 있다. 판타지는 톨킨의 소설《반지의

제왕》세계관과 TRPG인 'D&D(던전앤드래곤)' 세계관, 일본의 '드
래곤 퀘스트' 게임 세계관에 많은 영향을 받았다. 무협은 김용 작가
의 무협 소설 배경을 바탕으로 이수민 작가의 《촉산검협전》과 같은
신마검협 소설의 설정들과 퓨전 판타지 요소가 결합하면서 오늘날
무협 세계관이 정립되었다.

　중요한 것은 판타지와 무협 모두 실제 중세 서양이나 실제 중원
과는 다른 배경을 지닌 가상의 세계라는 점이다. 특히 판타지에서
이런 면모가 강하게 나타나는데, 중세 판타지의 시대적 배경은 실제
유럽의 중세와 완전히 다른 양상을 보인다. 우리가 흔히 중세 서양
판타지 소설의 세계관에서 나오는 단일 국가로서의 왕과 강력한 권
력을 지닌 제국의 황제는 절대왕정 혹은 근대 정치 구조에 가깝다.

　그렇다고 해서 이 부분을 고증 오류라고 말하기는 어렵다. 우리
가 쓰고자 하는 것은 서양 중세 역사 소설이 아닌 가상의 세계를 다
루는 판타지 소설이다. 판타지 소설은 역사 소설과는 다르다. 만약
자신이 중세 유럽 배경의 역사 소설을 쓰겠다고 한다면 이런 고증에
대한 부분이 매우 중요하다. 하지만 판타지 소설의 세계관은 창작자
가 상황에 맞게 변형하고 새롭게 만들어낼 수 있다. 문명의 발전 속
도와 정치제도가 현실과 맞지 않는다면 그럴 만한 이유를 만들어
주면 된다.

　창작자가 쓴 소설 속에서 로마 시대의 제국 형태와 정치 구조
를 갖추었지만 각 지역은 중세 봉건제도를 유지하고 있고, 각 도시는
고대 그리스 시대의 도시국가 형태를 띠고 있다고 설정해도 문제는

없다. 실제 역사와는 달리 '마법'을 이용해 도시나 제국이 발전했을 수 있기 때문이다. 현실에서는 마법이 존재하지 않으니 통신망이 발전하기까지 오랜 시간이 걸린다. 하지만 마법으로 실시간 통신이 이루어지거나, 텔레포트 게이트를 통해 물자를 순식간에 옮겨서 이동 시간을 줄일 수 있거나 하는 변수들로 얼마든지 다른 세계관을 만들 수 있다. 기사들이 검을 차고, 갑옷을 차고 다니지만 마력 기관을 이용한 철도가 다닌다거나 거대한 비행정이 하늘을 날아다니거나 하는 상황도 충분히 만들 수 있다.

하지만 여기서 주의해야 할 점이 있다. 존재하지 않는 가상의 세계를 만드는 일은 창작자의 상상력을 마음껏 펼칠 수 있는 훌륭한 무대가 될 수 있지만, 그 정도가 과해 지나치게 낯선 세계가 만들어질 경우 독자들이 책을 읽는 데 큰 걸림돌이 될 수도 있다는 것이다.

앞서 웹소설적 판타지와 장르문학적 판타지의 차이점 중 하나로 '고유한 세계관'에 대한 내용을 언급했다. 독자적 구성을 추구하는 하이 판타지, 정통 판타지 장르는 독자가 한 번도 보지 못한 낯선 세계와 그 안에서 주인공이 고난을 극복해 나가는 과정을 촘촘하게 그리는 것이 중요하다. 하지만 웹소설적 판타지는 이와 다르게 세계관 자체는 클리셰에 맞게 고정되어 있고 주인공이 얼마나 빠르게 성장해 강해지느냐를 집중적으로 그리는 것이 매우 중요한 콘텐츠라고 할 수 있다.

만약 창작자가 웹소설 판타지를 쓰고자 한다면 지나치게 특이한 세계관을 만들거나 독자층이 많이 소비하지 않는 마이너한 소재를 사용해 배경을 설정하는 것은 지양하는 것이 좋다. 예를 들면 창작자가 '스팀펑크(SF의 한 종류로 산업혁명 시기의 증기기관을 중심으로 문명이 발달한 평행세계를 다룬 배경의 장르를 일컫는다)' 소재를 너무 좋아해서 이를 바탕으로 한 아주 독특한 '스팀펑크형 SF 판타지 세계'를 구성하고 싶다고 가정하자. 만약 이런 소재의 배경이 현재 웹소설 시장에서 다수의 독자가 원하고 상위권 작품 중에서 비슷한 내용을 가진 작품이 있다면 적극적으로 활용할 수 있다. 그만큼 독자들이 해당 작품에 유입될 가능성이 높기 때문이다. 하지만 이런 소재를 활용한 작품의 수가 현저히 적고, 만약 잘 된 작품이 있다 하더라도 그 작품이 전체 시장에서 차지하고 있는 비중이 크지 않다면 이 소재는 웹소설 판타지의 클리셰적 설정에서 많이 벗어나 있다고 볼 수 있다.

판타지를 쓴다면 아주 자유롭게 상상력을 펼쳐낼 수 있을 것이라고 생각하며 작가가 되기를 꿈꾸었던 지망생도 많을 것이다. 하지만 판타지만큼은 오히려 이런 부분이 상당히 제한된다. 웹소설은 상업적 콘텐츠인 만큼 더 많은 대중들을 대상으로 작품을 써야한다. 때문에 지나치게 낯선 소재보다는 친숙하게 다가갈 수 있는 것들을 활용하는 것이 독자들을 유입시키는 데 유리하다.

판타지보다 무협 장르에서는 이 클리셰를 차용하고 기본적인 설정을 지켜야할 부분이 훨씬 많은 편이다. 그렇기에 처음으로 무협을 접한 사람은 한자어가 섞인 용어들과 사극 말투 등이 낯설다 보니 이 장르에 쉽게 진입하지 못한다. 하지만 반대로 이런 용어와 설정들에 익숙해지면 오히려 틀이 잡히기 때문에 창작자는 소재나 전개에 힘을 덜 들일 수 있고, 독자 모두 더 쉽게 해당 세계관을 받아들일 수 있게 된다.

이와 같은 무협과 판타지의 기본적인 클리셰에 대한 내용을 예시를 통해 살펴보고 어떤 부분이 잘못됐는지 파악이 제대로 안 된다면 해당 장르의 작품들을 더 많이 읽어볼 필요가 있다. 하단의 예시문은 잘못된 무협의 클리셰적 설정을 섞어 놓은 단락이다.

> 마교 정예들이 십팔나한진을 펼쳤다. 그러자 개방의 문도들이 암기를 꺼내 만천화우를 출수하자 사방이 매화 향기로 가득 찼다. 수하들이 당하자 천마가 직접 나섰다. 그가 검을 들고 진기를 끌어올려 창궁무애검법을 펼쳤다. 그러자 곤륜제일검이 공중으로 솟구치며 태극혜검으로 천마의 검을 막았다. 천마와 곤륜제일검이 합을 겨루는 동안 소림의 여협들이 마교의 빈틈을 파고들어 벽력탄을 던졌다. 거대한 폭발이 일어나며 주변을 초토화시켰다.

만약 이걸 읽고서도 별다른 문제를 못 느낀다면 무협의 기본적인 클리셰들에 아직 익숙하지 않다고 보면 된다. 하나씩 어떤 문제가 있는지 짚어보자.

우선 '십팔나한진'은 '마교'가 아닌 '소림사'에서 쓰는 합격진이다. 그다음 '개방'은 거지 집단인데, 주로 정보를 다루는 첩보 단체로 많이 나온다. '만천화우'라는 암기를 쓰는 곳은 개방이 아닌 '사천당문'이다. 독과 암기를 주로 쓰는 세가로 오대세가 안에 들기도 하고 아닐 때도 있다. 무공을 펼쳤을 때 매화 향기가 나는 무공을 쓰는 곳은 구파일방 중 하나인 '화산파'다.

마교의 천마가 나섰는데 천마가 '창궁무애검법'을 펼치는 건 이상하게 느껴진다. 창궁무애검법은 보통 오대세가 중 하나인 '남궁세가'의 검법이기 때문이다. 이때 '곤륜제일검'이 나오며 '태극혜검'을 쓰는 것으로 나오는데, 태극혜검은 '무당파'의 검법이다. 여기서 끝이 아니다. 마지막 부분을 보면 소림의 여협이라고 되어 있는데, 소림사의 무승들은 남자로 구성되어 있다. 여승들로 구성된 곳은 '아미파'라는 다른 문파다. 아미파의 여승들은 주로 검을 쓰는 정파 무림인들이기에 벽력탄을 던졌다는 것 자체가 잘못됐다. 정파 무림인들은 폭탄인 벽력탄을 금기하기 때문에 이걸 쓰게 되면 무림공적이 될 때가 많다.

만약 무협 작가가 소설에서 이런 식으로 설정을 뒤죽박죽 써놓는다면 댓글창이 난리가 날 것이 분명하다. 특히 무협 같은 경우에는 구파일방, 오대세가로 대변되는 기본 클리셰와 같은 규칙성이 엄격한 편이라서 변형이 허용될 수 있는 범위가 좁다. 이번에는 판타지 예시를 통해 클리셰적 설정을 살펴보자.

한 무리의 엘프가 "취익취익!" 소리를 내며 던전에서 나타났다. 호빗 전사는 엘프 무리를 보고 급하게 도망치다가 긴 다리가 돌부리에 걸려서 그만 넘어지고 말았다. 그 모습을 본 아름다운 트롤 성직자가 흑마법으로 호빗 전사를 향해 달려오는 엘프 무리를 공격했다. 흑마법에 걸린 엘프 무리는 정화의 힘에 더 다가오지를 못했다. 뒤에 있던 팔라딘이 신성마법을 펼치자 땅에 묻힌 스켈레톤들이 일어나 엘프 무리를 향해 돌진했다. 호빗 전사는 겨우 정신을 차리고 정령을 소환했다. 바람의 정령 샐러맨더가 나와 엘프 무리를 향해 바람의 칼날을 쏟아냈다.

판타지는 무협보다는 세계관 설정이나 클리셰의 폭이 넓지만, 장르 특성상 공통으로 쓰이는 설정들이 존재한다. 일단 예시의 잘못된 점을 짚어보자.

우선 "취익취익!" 소리를 내는 건 '엘프'가 아니라 보통 '오크'다. 북유럽의 민담이나 전설 속에서는 엘프가 몬스터의 형태를 갖춘 것도 있기는 하지만 여기서는 한국식 웹소설 판타지 세계관의 클리셰를 기준으로 삼았기에 요정인 엘프가 괴물처럼 "취익취익!" 소리를 내는 것은 어색하게 느껴질 수 있다.

다음으로 보면 '호빗 전사'가 긴 다리를 가지고 있다고 하는데,

'호빗'은 난쟁이 종족을 가리키기 때문에 이 부분도 잘못된 것이다. 그 뒤에 나오는 '아름다운 트롤 성직자가 흑마법을 썼다'는 부분은 문장 전체가 잘못된 설정이다. 일단 '트롤'은 재생 능력이 있는 몬스터를 지칭한다. 그러므로 몬스터인 트롤이 성직자라는 것은 일반적으로 성립되지 않는다. 거기에 성직자는 신의 힘을 빌리는 사제를 뜻하기에 사악한 힘을 쓰는 흑마법을 구사하지 못한다. 그뿐만 아니라 흑마법인데 정화의 힘이라는 것 또한 말이 앞뒤가 맞지 않는다. 또한 가지, 성기사를 뜻하는 '팔라딘'이 신성마법을 펼쳤는데 스켈레톤들이 일어나는 것도 올바른 설정이 아니다. 밑에 보면 바람의 정령 샐러맨더라고 되어 있는데 바람의 정령은 '실프'로 많이 불리고, '샐러맨더'는 도마뱀 모양의 불의 정령으로 많이 쓰인다.

그래도 판타지는 무협보다 설정에 대한 허용치가 높은 편이다. 하지만 직업에 관련된 설정이나, 능력치에 관련된 설정이 잘못된 경우는 독자들의 반발을 사기 쉽다. 만약 설정에서 벗어난 내용을 쓰고 싶다면, 그에 맞는 근거가 에피소드로 들어가야 한다.

실제로 트롤 성직자 같은 경우는 이영도 작가의 《드래곤 라자》에서 등장한 적이 있다. 이영도 작가는 이 내용을 성립시키기 위해 '에델린(작중 트롤 성직자의 이름)'이라는 캐릭터에게 전사를 부여하고 독자들이 납득할만한 에피소드를 추가했다. 이처럼 기본 세계관 설정에서 벗어나는 소재나 설정을 사용할 때는 그에 맞는 근거가 필요하다는 사실을 명심해야 한다. 하지만 이런 예외적인 장치를 너무 남발하게 되면 그 상황을 설명하는 데 많은 지면을 할애해야 하기 때문에 가독성이 떨어질 수 있다. 그러니 되도록 예외 상황을 만들지 않고 기존 세계관 설정을 충실히 따르는 것이 더 효율적으로 작업할 수 있는 방법이다.

키워드 : 기존 세계관에 고유 설정 더하기

판타지, 무협 웹소설의 세계관을 만들 때 핵심은 바로 장르 세계관의 클리셰를 잘 파악한 뒤 그 위에 고유한 설정을 추가하는 것이다. 물론 창작자 중에서 완전히 새로운 세계관을 쓰고 싶다고 생각할 수도 있다. 그런 방식의 세계관을 창작하는 것도 얼마든지 가능하다. 문제는 효율성이다. 특히나 웹소설을 처음 쓰는 지망생의 경우에는 완전히 새로운 세계관을 창조하는 것보다 기존의 것을 활용해서 자신의 것으로 만드는 것이 우선이다.

기존의 세계관을 활용하는데 지망생들이 어려움을 겪는 것은 웹소설 독자들이 세계관 설정에 양극화된 태도를 보이기 때문이다. 기존 세계관을 충실히 지키는 것을 중요시하는 독자층과 새로운 설정의 신선한 세계관을 보고자 하는 독자층의 반응이 댓글에 섞여서 나타난다. 그러니 웹소설을 처음 쓰는 입장에서는 어느 의견을 들어야 할지 혼란스러울 수밖에 없다.

세계관 설정에 정확한 답은 없지만 앞서 말했듯 효율적인 측면과 수익성을 고려한다면 기존의 세계관 설정을 활용한 뒤 거기에 작가 고유의 설정 등을 집어넣어서 더 넓은 범위의 독자층이 따라올 수 있도록 전개하는 것이 좋다. 카카오페이지와 네이버 시리즈 같은 주요 플랫폼의 판타지, 무협 상위권 작품들을 보면 완전히 새로운 세계관을 활용한 작품들보다는 기존의 장르적 세계관을 충실히 따르는 작품의 비중이 더 높은 편이다.

웹소설 장르에서 이러한 기존 세계관의 설정 활용을 강조하는 이유는 초반부에 독자들이 이탈하는 것을 방지하기 위함이다. 소설의 가장 앞부분인 1~3화까지는 주인공이 어떤 인물이고 어떤 목적을 가졌으며, 어떻게 성장해서 고난을 이겨낼지를 보여주는 아주 중요한 부분이다. 보통 독자들은 1화를 읽어보고 이탈 여부를 결정하는데, 이때 독특한 세계관을 만들겠다고 배경에 대한 설명을 길게 늘어놓으면 독자는 지루함을 느끼고 곧바로 다음 화에 대한 흥미를 잃게 된다. 클리셰적 설정으로 작품의 기본적 콘셉트는 직관적으로 빠르게 전달해 먼저 유입을 이끈 뒤에 고유 설정에 대해 고민하는 것이 좋다.

기존 세계관 설정을 활용하는 것이 웹소설에서 얼마나 중요한지 충분히 반복해서 얘기했으니 이제 고유 설정을 추가하는 방법에 대해 초점을 맞춰보자. 일반적으로는 세계관에 고유 설정을 추가하라고 하면 공간적, 시간적 소재들을 독특하게 만들려는 경우가 대부분이다. 하지만 앞서 말했듯 판타지, 무협 웹소설의 공간적, 시간적 소재는 기존에 존재하는 공통 클리셰들을 적극적으로 활용하는 것이 좋다. 그렇다면 고유한 설정은 어디에 추가해야 하는 것인가? 바로 '주인공 캐릭터'다.

웹소설에서 세계관을 이끄는 것은 바로 주인공이다. 주인공에게 독특한 설정이 주어진다면 그 자체만으로도 다른 작품들과의 차별점이 분명해진다. 더불어 주인공의 고유 설정에 맞춰서 세계관의 공간적 시간적 소재들 역시 기존의 것들과 달라지기 때문에 작품 자체의 고유성을 유지하면서도 독자들에게 낯설지 않게 다가가는 것이 가능하다.

오직재미 작가의 《괴담동아리》의 경우에는 호러 소설과 라이트 노벨의 보편적인 세계관을 따른다. 하지만 여기에 각성한 주인공이 죽으면 체크 포인트에서 다시 시작할 수 있고 포인트를 모아 성장이 가능하다는 고유한 설정을 더해 독창성을 더했다. 주인공에게 게임 시스템이라는 장치를 부여하여 비교적 마이너 장르로 취급되는 호러 장르를 흥미롭게 풀어냈다고 할 수 있다. 《괴담동아리》는 웹소설에서 풀어내기 어려운 소재인 '괴담'을 활용했지만 웹소설 독자들에게 익숙한 게임 시스템과 회귀 설정으로 진입 장벽을 낮췄다. 이로 인해 오히려 독자의 유입을 높였다는 것이 《괴담동아리》가 주목받는 이유다.

주인공 캐릭터에게 부여할 고유 설정이라는 것은 아주 독특하거나 완벽하게 새로운 오리지널이라기보다는 오히려 기존의 설정을 조합하고 변형해서 만들어내는 특이점이라 할 수 있다. 이런 방식으로 자신에게 익숙한 것을 결합해 주인공에게 고유한 설정을 부여하고 이를 바탕으로 세계관을 만들어가야 내가 쓰고자 하는 서사를 결말까지 쭉 끌고 나갈 무대를 완성할 수 있다.

주인공 캐릭터에게 고유 설정을 부여했다면 이에 따라 세계관 구성을 체계적으로 잡아갈 필요가 있다. 세계관의 공통 요소를 간략화하면 캐릭터, 환경, 커뮤니티 세 가지로 나눌 수 있다. 캐릭터는 앞서 말한 것과 같은 주인공 캐릭터의 고유 설정이다. 캐릭터 설정 이후에 고려할 것이 바로 '환경'과 '커뮤니티'다. 환경은 주인공을 둘러싼 소설 속 세계의 시공간, 즉 전체 맵이다. 커뮤니티는 주인공의 고유한 속성과 운명을 부여하는 집단이다. 판타지로 치면 주인공의 가문 혹은 소속된 중심 조직을 들 수 있고, 무협에서는 가문이나 문파 정도로 볼 수 있다.

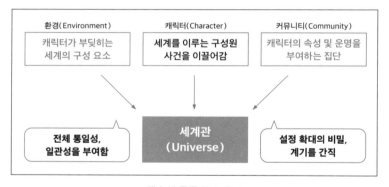

웹소설 공통 필수 요소

판타지와 무협 웹소설의 경우에는 환경과 커뮤니티를 설정할 때 장르 클리셰의 규칙에 따라 기존 설정을 참고하여 구성하는 것이 효율적이다. 환경과 커뮤니티를 통해 세계관의 초기 설정을 하고, 고유 설정은 주인공 자체의 능력과 장치를 통해 변화를 주는 방식으로 차별점을 줄 수 있다.

카카오페이지 밀리언셀러 소설 중 하나인 은열 작가의 《무당기협》은 환경과 커뮤니티를 기존의 무협 설정에서 그대로 가져왔다. 환경은 무협의 배경인 '중원'으로 커뮤니티는 구파일방 중 하나인 '무당파'로 설정했다. 하지만 주인공 캐릭터 측면에서 고유 설정을 추가해 다른 소설과 차별화했다.

사파제일인이었던 '혁련무강'이 죽기 직전 불로초 한 방울을 마시고 자신이 망하게 만든 무당파의 '도동(도를 닦는 소년, 배분이 높은 도사들의 시중을 드는 어린제자들을 일컫는다)'인 진무의 몸에 빙의해 무당파의 제자가 된다는 설정이다. 기존 무협의 세계관 설정은 유지하면서도 사파 최강자였던 주인공이 정파 중의 정파인 무당파의 제자가 되었다는 독특한 설정이 독자들에게 신선한 재미를 주었다. 그뿐만 아니라 굉장히 좋은 성적을 거두었고 현재는 웹툰으로도 연재가 되고 있다.

이처럼 《무당기협》은 세계관의 구성 요소인 환경과 커뮤니티는 기존의 클리셰적 설정을 그대로 가져왔지만 주인공 캐릭터의 설정에 변화를 주면서 고유 설정이 세계관을 확장할 수 있다는 좋은 예시로 볼 수 있다. 웹소설적 세계관을 잘 만들기 위해서는 기존 세계관의 설정 방식을 잘 파악해야 한다는 점을 다시 한번 강조한다.

로그라인 : 스토리 콘셉트를 관통하는 한 문장 찾기

고유한 설정으로 세계관의 틀을 잡았다면 이번에는 시놉시스의 꽃이라고 할 수 있는 제목과 로그라인을 함께 살펴보도록 하자. 웹소설에서 제목과 로그라인은 정말 중요하다. 왜냐하면 이 둘이 초반 유입을 이끌기 때문이다.

우선 로그라인에 대해 설명하자면 '작품의 핵심이 담긴 한 줄의 소개글'이라고 할 수 있다. 앞서서 우리가 주인공에 대한 고유 설정, 환경, 커뮤니티 등을 통해 어떤 작품을 쓸지 윤곽을 잡았다면 다시 이 내용을 축약해서 핵심이 담긴 짧은 로그라인으로 만들어야 한다.

웹소설을 많이 보는 작가들은 알겠지만 웹소설 독자들이 들어오는 방식은 다음과 같다. 애플리케이션을 켜고, 이벤트 창이나 대배너 작품을 한번 훑고, 자신이 좋아하는 장르 카테고리 탭에 가서 신작을 쭉 살핀다. 이때 작품을 살피는 순서를 보면 가장 먼저 표지와 제목을 보고 클릭한 뒤 소설의 소개글을 읽어 이 작품을 볼지 말지를 결정하고 1화를 클릭하게 된다.

무료분인 1화를 클릭하게 하기 위해서도 이렇게 여러 가지 과정을 거쳐야 한다. 중간에서 표지가 별로거나, 제목이 별로거나, 소개글이 별로면 애초에 그 소설 자체를 읽지 않는다. 거기에 별점이나 댓글의 변수까지 합하면 유입 후에 무료분인 25화를 넘어서 유료분으로 끌고 오기가 얼마나 힘든지 알 수 있다.

더 많은 독자를 유입시키기 위해서는 작품의 핵심이 담긴 매력적인 제목과 로그라인을 작성하는 것이 중요하다. 즉, 스토리 전체를 관통하는 핵심 문장이 있어야 한다는 뜻이다. 로그라인이 만들어지면 여기에 고유 설정과, 관련 핵심 키워드들을 배치해서 유입을 목표로 하는 타깃 고객층의 관심을 끌어야 한다. 이를 위해서는 내 작품의 핵심이 무엇인지를 초점화할 필요가 있다. 로그라인은 최대 두 줄 정도기 때문에 처음부터 축약하는 것이 어렵다면 줄글 형식으로 소설의 핵심 내용을 소개글 분량만큼 길게 썼다가 소거법 형식으로 줄이고 줄여서 한두 문장 정도로 줄이는 것이 가장 효과적이다. 필자가 연재한 무협소설 《철혈검신》을 예시로 들자면 다음과 같다.

무림맹 삼급 무학자 독고현. 그는 과거 하남성의 명문세가였던 독고세가의 대공자였지만 체질 때문에 무공을 익힐 수 없었다. 무공의 꿈을 버리지 못한 독고현은 무림맹 무학자가 되지만 시류를 거스르는 무공 이론을 주장하다가 따돌림을 당한다. 결국 독고현은 무림비사를 정리하는 한직으로 좌천되어 이십 년 동안 무학관에 틀어박힌다. 그러던 중 무림을 지배하려는 암중세력의 침공이 시작되고, 전쟁에 참여한 독고현은 장렬한 죽음을 맞이한다. 눈을 뜬 그는 자신이 30년 전 과거로 회귀했음을 깨닫는다. 천형을 지녔던 십대의 몸으로 되돌아온 독고현. 그는 자신이 창안한 무공으로 운명을 거스를 계획을 세운다. 자신이 창안한 새로운 무공이론과 알려지지 않은 기연을 이용해 천형에서 벗어나 천무지체가 된 독고현. 궤를 달리하는 절대고수로 성장한 독고현이 질풍처럼 무림을 내달린다.

여기서 가장 중요한 핵심이 무엇인지를 꼽아서 독자들에게 보일 로그라인을 만드는 것이 중요하다. 《철혈검신》에서 가장 중요한 정보는 바로 주인공인 '독고현'이라는 인물이다. 독고현은 무공을 익히지 못하고 무림맹 무학자가 되었지만 암중세력에게 죽은 뒤 30년 전으로 회귀해 새로운 기회를 얻은 인물이다. 이때 중요한 키워드를 꼽아보자면 '천형', '무학자', '회귀', '암중세력', '복수' 이렇게 나열해볼 수 있다. 이 키워드를 바탕으로 로그라인을 정리해보자.

무공을 잃은 무림맹 하급 무학자 독고현은 무림을 지배하려는 암중세력에게 비참하게 죽었지만 30년 전으로 회귀한다. 그는 무림을 지키기 위해 기연으로 천형을 극복하고 절대고수로 성장한다.

우선은 두 문장으로 만들어봤다. 여기서 좀 더 줄여서 한 문장으로 축약해보자.

하급 무학자 독고현은 30년 전으로 회귀해 무림을 멸망시킨 암중세력에게 복수하기 위해 천형을 극복하고 절대고수가 된다.

주요 키워드를 활용하여 로그라인을 이런 식으로 정리할 수 있다. 로그라인을 통해 주인공이 어떤 인물이고 어떤 고유성을 가지고 있으며, 어떻게 앞으로 나아갈 것인지를 확연하게 보여준다면 독자들에게 핵심만 직관적으로 전달하는 것이 가능하다.

판타지와 무협 세계관에 비슷한 설정과 장치를 쓰더라도 작가가 어떤 고유 설정과 핵심 키워드에 초점을 두느냐에 따라 전혀 다른 작품으로 윤곽이 잡힌다. 웹소설을 구상하다 보면 소재나 설정이 겹치는 것에 대해 고민하는 경우가 꽤 많다. 물론 다른 창작자의 창작물을 표절하는 것은 결코 해서는 안 되는 행위다. 여기서 말하고자 하는 것은 각 장르적 클리셰처럼 자주 쓰이는 소재와 설정을 어떤 방식으로 다채롭게 표현할지를 고민해야 한다는 점이다.

주인공이 경험치를 쌓아서 레벨업을 하는 설정은 게임 판타지나 헌터물에서 많이 쓰이는 설정이다. 그렇다면 이를 다채롭게 표현하기 위해서는 어떻게 해야 할까? 주인공이 레벨업을 하는 방식에서 차별점을 주면 된다. 밥을 먹는 걸로 레벨업을 하거나, 몬스터를 잡아먹으면서 레벨업을 하거나, 퇴마를 해서 레벨업을 하거나, 성좌에게 '좋아요'를 받아서 레벨업을 하거나 다양한 레벨업 방식을 구상한 뒤 이를 고유 설정으로 만들어 작품의 핵심으로 초점화 시킬 수 있어야 한다.

필자가 쓴 카카오페이지 공모 당선작인 《악역무쌍》의 경우 주인공이 자신이 쓴 무협 소설 안으로 들어가 악역 캐릭터에게 빙의가 된다는 설정이 로그라인이었다. 당시에 책 속으로 빙의하는 것은 로맨스 판타지 장르에서는 많이 활용하는 장치였지만 무협 소설에서는 거의 없는 설정이었다. 때문에 주인공이 자신이 쓴 무협 소설에 빙의된다는 소재를 핵심으로 초점화했다. 지금은 이런 책 빙의 무협 설정이 많아져서 이전만큼의 신선함은 느끼기가 어렵지만 당시에는 공모전에서 기존의 무협과 다른 차별성을 전달하는 것이 가능했다.

웹소설을 설계하기 위해서는 이처럼 자신의 고유한 설정 아이디어를 구체화하여 기존의 설정과 결합해 윤곽을 잡고 핵심 콘셉트를 독자에게 효과적으로 전달할 수 있어야 한다. 이런 기초 토대가 만들어져야 더 세부적인 설정을 잡아갈 수 있다.

02
캐릭터 설정하기

주인공 캐릭터

세계관 구성과 로그라인으로 아이디어에 대한 윤곽이 어느 정도 잡혔다면 본격적으로 웹소설을 설계하는 단계로 나아가야 한다. 이번에 다룰 내용은 웹소설 설계에서 가장 중요한 '캐릭터'다. 캐릭터는 스토리에서 가장 중요한 역할을 한다. 스토리 콘텐츠를 모두 보고 나면 마지막에 남는 건 결국 캐릭터들이다. 그렇다면 과연 캐릭터란 무엇일까?

캐릭터는 가상 세계를 독자와 이어주는 전달자 역할을 한다. 작가가 아무리 이 세상과 닮아 있는 세계를 창조해서 스토리를 만들었다고 해도, 그 세계는 가상 세계일 수밖에 없다. 창작자는 모두 각자의 세계를 창조한다. 하지만 그 세계에 대해 아는 사람은 오직 창작자 한 사람뿐이다. 창작자가 자신이 만든 세계를 다른 사람에게 제대로 보여주기 위해서는 전달자가 필요하다. 그 전달자가 바로 캐릭터라고 할 수 있다.

전달자인 캐릭터는 여러 종류가 있다. 크게 나누면 아래의 도식처럼 역할에 따라 캐릭터 비중은 서로 다르게 나타난다. 주인공이 가장 크고, 다음이 대적자, 그다음이 조력자, 단역, 초단역 순이다. 당연히 모든 스토리에서 주인공이 가장 중요하다.

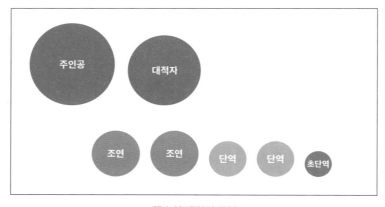

웹소설 캐릭터 구분

캐릭터의 역할
1. 주인공 : 스토리의 중심을 이끌어가는 캐릭터
2. 대적자 : 주인공과 상충하는 다른 목적을 이루고자 하는 캐릭터
3. 조력자 : 주인공과 같은 방향으로 목적을 이루고자 하는 캐릭터

주인공은 창작자가 만든 가상 세계를 가장 잘 전달할 수 있는 캐릭터다. 반대로 말하면 창작자는 자신의 세계를 가장 잘 전달할 수 있을 법한 캐릭터를 주인공으로 세워야 한다. 당연한 소리처럼 들리겠지만 막상 스토리를 쓰면서 주인공 캐릭터를 만들 상황이 되면 이게 잘 지켜지지 않는다.

주인공은 스토리의 중심을 이끌어가는 캐릭터다. 대적자는 이런 주인공과 상충하는 목적을 가진 캐릭터기 때문에 주인공과 대적자는 서로 싸울 수밖에 없는 운명이다. 조력자는 주인공과 목적이 같은 캐릭터다. 당연히 주인공과 같은 목표를 위해 움직여야 한다.

앞서 판타지와 무협은 영웅서사의 구조를 가진 장르라고 설명했다. 판타지, 무협 소설 속 주인공은 영웅이기 때문에 스토리 상에서 가장 비중이 높고, 해야 할 일이 많다. 그런데 영웅이 되어야 할 주인공의 역할이 별로 없고 비중이 적다면 어떻게 될까? 주인공의 시선을 통해서만 비출 수 있는 세계의 범위가 줄어들게 되기 때문에 세계관의 범위는 매우 좁아지고 본격적인 이야기는 제대로 진행되지 못한 채 변죽을 울리는 곁가지 에피소드들만 지속해서 나열될 가능성이 높다.

또 한 가지 중요한 것은 한 작품에서 주인공과 대적자는 각각 한 명씩이어야만 한다는 점이다. 주인공을 돕는 비중이 높은 조력자가 있을 수는 있겠지만 전체 스토리를 관통하는 목표를 가진 캐릭터인 주인공은 반드시 한 명만 존재해야 한다. 주인공을 여러 명 두는 군상극의 경우 초반에는 에피소드를 풍부하게 풀어내는 것이 용이하지만 연재 분량이 많은 웹소설의 특성상 중반부로 넘어갈수록 스토리를 일관적으로 이어가는 것이 어려워진다. 때문에 주인공을 한 명으로 두고 최대한 간결한 방식으로 서사를 풀어내는 것이 중요하다.

만약 주인공의 성격이나 모티베이션 설정이 잘못돼서 주인공이 움직여야 할 상황에 움직이지 못할 경우 작가는 어쩔 수 없이 주인공의 주변 인물을 활용하게 된다. 영웅적 면모를 보여줘야 할 주인공 대신 조력자가 사건을 해결하게 되고, 점차 비중이 커지면서 그 조력자의 내적 갈등과 고민 등을 다루는 에피소드가 필연적으로 이어지게 된다. 이렇게 되면 점차 주인공의 활약 폭이 좁아지고 대적자와의 갈등 상황을 이어가기가 어려워진다. 때문에 특히나 판타지, 무협 장르 속 주인공은 주인공다운 면모를 꼭 갖추어야 독자를 유입시키고 독자의 이탈을 막을 수 있다.

판타지, 무협 주인공의 5가지 요소

1. 작품에서 가장 큰 비중을 차지하고 있어야 한다.
2. 이루고자 하는 목표가 분명해야 한다.
3. 능동적으로 성장하는 캐릭터여야 한다.
4. 성장을 위해 적절한 시련을 겪어야 한다. 단, 전개가 너무 답답하면 독자가 이탈할 수 있으니 주의한다.
5. 행동에 명분과 근거가 있어서, 주인공의 목표에 독자들이 공감할 수 있어야 한다.

이 부분은 아무리 강조해도 부족하기 때문에 판타지, 무협 주인공의 필수 요소를 정리해 봤다. 우선 주인공의 비중이 가장 커야 한다. 주인공이 움직이는 범위에 따라 창조된 세계를 보여줄 수 있다. 주인공이 활발히 움직여야 판타지 세계의 각 대륙과 국가들이 무대로 등장할 수 있다. 그런데 주인공이 너무 소극적이라서 자신의 진영 바깥으로 움직이지를 않으면 그 무대를 제대로 보여주기가 어렵다. 때문에 갈등 구조를 만들거나 새로운 에피소드를 만들기도 어려워진다.

이와 같은 맥락으로 주인공은 이루고자 하는 목표가 분명해야 한다. 이 세계를 지키겠다는 목적, 천하제일이 되겠다는 목적, 자신의 가문을 천하제일세가로 만들겠다는 목적 등 영웅으로서 성장하기 위한 목적이 분명해야 창작자가 전달하고자 하는 스토리를 만들어내기가 용이하다. 이런 과정에서 당연히 주인공은 능동적으로 움직이게 된다.

소극적인 주인공도 분명 존재한다. 하지만 이럴 경우 처음 웹소설을 쓰는 지망생이라면 상당히 어려움을 겪을 수 있다. 보통 먼치킨형 주인공은 이미 성장이 다 되어 있고 세계관 내 최강자기 때문에 별로 움직이고 싶어 하지 않는다. 이럴 때는 주인공이 직접적으로 움직이기보다는 주변 인물들을 움직여서 마치 시트콤처럼 에피소드를 이끌어 간다. 하지만 이런 방식으로 서사를 만드는 것은 매우 어렵다. 때문에 처음 판타지, 또는 무협 웹소설을 쓰는 지망생이라면 성장형 주인공을 만드는 게 완결까지 끌고 가기에 용이하다.

주인공이 성장하기 위해서는 적절한 시련이 필요하다. 이때 주의할 것이 주인공에게 시련을 준다고 해서 너무 답답하게 내용을 전개하면 안된다는 것이다. 만약 그럴 경우 독자들이 금세 피로감을 느끼고 이탈하게 된다. 그렇기에 요즘 판타지, 무협 웹소설에서는 여러 가지 장치를 사용하게 된다. 회귀, 환생, 빙의 등의 설정을 이용하는 이유가 여기에 있다. 죽었다가 다시 과거로 돌아가는 회귀, 죽었다가 다른 사람 몸에서 깨어나는 환생, 내가 아는 작품 속 인물로 깨어나는 빙의 설정은 주인공이 시련을 극복하고 빠르게 성장하게 되는 근거를 적절하게 부여하기 때문이다.

웹소설의 주인공은 이런 치트키를 가지고 영웅으로 빠르게 성장하며 자신의 목표를 이루기 위해 능동적으로 움직인다. 이때 중요한 건 주인공의 행동에 명분과 근거가 있어야 한다는 점이다. 주인공이 빠르게 강해졌다고 해서 이유 없이 다른 사람들을 학살하거나 도둑질하고 다닌다면 영웅적인 면모가 퇴색된다. 주인공의 목표에는 독자들이 공감할 수 있는 공감 지점이 있어야 한다. 판타지, 무협 웹소설은 독자들의 판타지를 자극하고 대리 만족을 주는 장르기 때문에 그들이 원하는 영웅상을 만들어야 몰입할 수 있다. 이 다섯 가지 기본 요소를 잘 기억해두면서 주인공 캐릭터를 만들 필요가 있다.

다음으로 중요한 것은 캐릭터 페르소나의 구성 원리다. 캐릭터 중에서도 주인공 캐릭터는 성장이 중요하다. 앞서 말한 회귀나 환생 등의 장치는 빠른 성장을 위한 일종의 치트키적 설정이다. 즉, 답답하고 지루한 영웅의 각성을 축약해 독자들의 재미 요소를 극대화한다고 볼 수 있다. 하지만 핵심은 이러한 설정 자체가 아니다. 주인공 캐릭터가 사건을 겪고 모티베이션이 만들어지면서 목적과 방향성의 과정을 이해해야 이런 치트키적 설정을 적재적소에 넣을 수 있다. 주인공은 행동의 근거를 갖게 되고 액션이 정해지면서 또 다른 사건들을 만들어간다. 이 과정이 반복되면서 캐릭터는 변화하게 되고 다시 성장의 요소들을 획득하게 된다.

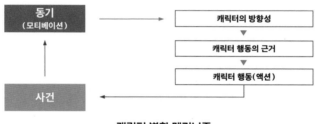

캐릭터 변화 메커니즘

아래의 예시를 통해 위의 도식에 만들어진 캐릭터 변화 과정을 살펴보자.

남궁세가의 막내아들이 재능이 없어서 가문에서 거의 버림받다시피 했다.
사건 1 : 그런데 어느 날 술을 마시다가 사고로 죽었다. 그런데 깨어나 보니 20년 전의 자신으로 회귀했다.

동기(모티베이션) : 다시 깨어난 남궁세가 막내아들은 이번 생에서는 천하제일이 되어서 과거의 폐인이 되지 않기로 결심한다.

방향성 : 그래서 그는 미래의 지식을 바탕으로 열심히 무공 수련을 하려고 한다.

근거 : 그는 미래에서 얻었던 지식을 이용해 폐관수련을 해서 체질 자체를 바꿔버린다.

액션 : 폐관 수련이 끝난 남궁세가 막내아들은 자신을 무시했던 형제들을 비무로 이긴다.

사건 2 : 재능이 없다고 알려진 막내아들의 변화로 남궁세가가 들썩인다. 가주가 주인공에게 후계자 경쟁에 뛰어들라는 명령을 내린다.

이런 식으로 사건, 모티베이션, 방향성, 근거, 액션, 다시 사건이 반복되면서 메커니즘 속에서 주인공 캐릭터가 변화되고 성장하게 된다. 위와 같은 캐릭터 변화 메커니즘을 정하기 전에 가장 먼저 해야할 것은 주인공 캐릭터의 페르소나 요소를 잡는 것이다. 캐릭터의 페르소나란 그 캐릭터의 구성을 위해 필요한 모든 정보의 집합체라고 볼 수 있다.

캐릭터 페르소나 요소

- 캐릭터 이미지 : 외향적인 모습, 분위기, 특징 등
- 캐릭터 특성 : 능력, 성격, 주변 환경 등
- 캐릭터 특징 : 해당 캐릭터만의 고유성
- 캐릭터 히스토리 : 시작점* 이전의 사건
- 캐릭터 스토리 : 시작점 이후의 사건

　주인공에 관한 정보는 많으면 많을수록 좋다. 주인공뿐만 아니라 대적자, 조력자 등 주요한 캐릭터를 만들 때도 이런 캐릭터 페르소나를 구성해야 더 생동감 있는 인물을 형상화할 수 있다. 더 나아가서 주인공 캐릭터의 경우에는 앞서 세계관을 구성할 때 정했던 환경과 커뮤니티 정보를 활용해 주인공을 둘러싼 가문 혹은 연관된 사람들의 정보까지 설정을 만들면서 전체적인 정보들을 확장해 가면 구체적이고 세세한 설계가 가능하다.

　다음 페이지에 나와 있는 페르소나 매트릭스 예시를 참고해 자신이 만든 주인공 캐릭터의 페르소나를 구성해보면 좀 더 수월하게 작업이 가능하다. 주인공 캐릭터 정보를 구체적으로 정리하는 것은 뒤에서 나올 표지를 만들 때도 중요한 부분이다. 주인공 캐릭터를 선명하게 만들어야 독자들에게 직관적으로 전달하는 것이 가능하기 때문에 번거롭더라도 꼼꼼하게 정리해보는 것이 좋다.

*시작점 : 콘텐츠의 내용이 처음으로 시작하는 순간

페르소나 매트릭스 〔예시_용살자의 클래스가 다른 회귀 주인공〕				
캐릭터 소개	*캐릭터의 이미지 -흑발, 흑안 -회귀 전에는 얼굴을 비롯해 온 몸에 상처가 많았음 -180㎝ 이상의 흑표범 같은 근육을 지님 -회귀 후 상처들이 사라지고 귀공자 같은 외모를 되찾음 -환골탈태 후 골격이 검술을 익히는데 가장 적합하게 변함	정보	이름	지크 드레이커
			나이	회귀 전 : 33살 회귀 후 : 12살부터 시작
			직업	회귀 전: 히트맨, 용병 회귀 후: 기사
			능력치	-시스템 창(스킬, 인벤토리) -힐링(힐러 클래스) -용살법(검술) -혼신기(마나, 언령술)
캐릭터 특징	*캐릭터의 고유성 (차별화되는 특징) -회귀 이전, 힐러 클래스로 힐링을 이용해 스스로를 치료하는 것이 가능 / 이 능력을 이용해 몸으로 밀어붙이는 거친 검술을 구사함 -회귀 이후 엘더 드래곤의 유산을 통해 시스템 능력을 얻게 됨 / 힐러 클래스에서 불멸자 클래스로 변화함 / 모든 상처가 스스로 자가 회복됨 -미래의 지식을 이용해 빠르게 강해지고, 자신을 버린 가문에게 복수를 하려 함 -궁극적으로 자신을 얽매는 운명에서 벗어나 자유를 찾고 싶은 의지가 강함 *캐릭터의 특성(능력, 성격, 주변 환경 등) -단호하고 냉정한 성격, 적들에게 용서가 없음 -경계심이 많고 조심스러운 성격 -대륙 3대 초월 가문 중 정점인 용살자 가문(드레이커)가 대륙의 중심 역할을 함 -중앙대륙 남부 롬제국의 미친 황제가 대륙 침공의 야욕을 보임 -전생에서는 대륙 전쟁이 일어나 대륙의 전쟁의 겁화에 휩싸였음 -사실 그 전쟁의 흑막은 드레이커 가문이었음 -지크는 대륙 전쟁을 막고 드레이커 가문을 무너뜨리려 함			
히스토리	*캐릭터의 과거 사건 -회귀 이전 지크는 오러 각성을 하지 못하고 용살자 가문에서 쫓겨남 -던전을 떠돌다가 남부대륙 노예로 잡혀간 뒤 카르텔의 히트맨으로 훈련받고 활동함 -카르텔에서 도망친 지크는 금역인 잊혀진 자들의 숲에서 스승을 만나 본인이 기사가 아닌 힐러 클래스라는 것을 깨달음 -하단전이 아닌 중단전을 개방해 오러가 아닌 마나를 다루는 법을 배움 -스승과의 맹약을 깨고 북부대륙으로 가서 롬제국과 싸우는 북부대공을 돕게 됨 -대륙전쟁이 끝나고 홀로 살아남은 지크는 롬제국의 황제가 찾으려는 고대의 유물을 찾음 -엘더 드래곤의 유산을 찾은 지크는 황제의 사냥개들에게 사냥당해 죽음에 이름 -유산이 발동해 과거로 회귀하게 된 지크			

대적자 캐릭터

대적자는 주인공만큼이나 스토리에서 중요한 역할을 맡는다. 보통 주인공과 갈등을 일으키는 대적자를 '악역'이라고 많이 부른다. 하지만 대적자라고 해서 반드시 극악무도한 악인일 필요는 없다. 도덕적으로 깨끗한 인물이지만 주인공과 갈등을 일으키는 캐릭터도 대적자가 될 수 있기 때문에 반드시 대적자가 악마성을 지닌 악역일 필요가 없다는 것을 기억해야 한다.

매력적인 대적자는 서사의 훌륭한 축이 된다. 창작자가 만든 가상 세계를 가장 잘 전달할 수 있는 캐릭터가 주인공이라면 대적자는 주인공과의 갈등을 통해 사건을 만들고, 서사에 긴장감을 주면서 독자들이 스토리에 몰입될 수 있도록 한다.

여기서 한 가지 짚고 넘어갈 부분이 있다. 왜 대적자는 주인공과 싸울 수밖에 없을까? 단순히 역할이 대적자이기 때문에? 대적자는 주인공과 상충하는 지점에 서 있는 비슷한 비중을 지닌 캐릭터다. 즉, 대적자는 주인공이 하고자 하는 일과 반대되는 목표를 가진 캐릭터라는 뜻이다. 그렇기에 대적자 역시 주인공만큼이나 이루고자 하는 목표가 명확해야 한다. 대적자가 가진 명확한 목표가 주인공의 목표와 양립할 수 없기 때문에 주인공과 대적자는 갈등을 일으키게 된다.

예를 들면 판타지에서 주인공인 용사의 목표는 이 세계를 평화롭게 지키는 것이다. 그런데 대적자인 마왕은 마계는 물론 주인공의 세상까지 자신이 지배해서 세계를 정복시키는 것이 목표다. 용사의 세계를 지키겠다는 목표와 마왕의 세계를 지배하겠다는 목표는 서로 상충한다. 그렇기 때문에 용사와 마왕은 계속 갈등을 일으키고 충돌한다.

대적자 역시 주인공처럼 필요한 요소들이 있다. 우선 목표가 뚜렷해야 한다. 이때의 목표는 주인공의 목표와 반드시 상충하여야 한다. 어설프게 화해할 수 있는 사이면 목표가 부딪히지 않고 갈등이 일어나지 않는다. 목표가 정면에서 부딪힐수록 갈등이 더 쉽게 일어나고 서사를 진행하기가 편하다.

이러한 상황에서 대적자는 먼저 주인공보다 유리한 위치를 고지하고 있어야 한다. 영웅인 주인공이 성장하기 위해서는 대적자가 시련을 주게 되는데 이때 대적자의 세력이 더 크고 이미 그 목표에 대한 성취가 있는 편이 고난과 시련의 에피소드를 만들기 용이하다.

이때 주의해야 할 점이 하나 있다. 보통 대적자의 세력이 주인공보다 더 크기 때문에 대적자 밑에는 수하가 많다. 많이 헷갈려 하는 것 중 하나가 이런 대적자의 수하들을 대적자라고 착각하는 것이다. 다시 강조하지만 한 스토리에서 반드시 주인공도 한 명, 대적자도 한 명이어야 한다. 그래야 주인공과 대적자 간의 갈등이 분명하게 드러난다.

또 한 가지, 장기 연재가 많은 웹소설에서 어려운 부분 중 하나가 내용이 길어질수록 대적자가 나오는 부분이 뒤로 밀린다는 것이다. 주인공이 성장하는 초반 부분에서 최종 보스 격인 대적자가 바로 나오는 경우는 거의 없다. 앞서 말했듯 대적자 세력이 더 크기 때문에 초반에는 대적자의 수하들이 먼저 등장해서 주인공을 공격한다. 이때 나오는 대적자의 수하들은 바로 대적자의 조력자라고 생각하면 된다. 주인공에게도 조력자가 있는 것처럼 대적자에게도 조력자들이 있다. 게임으로 치자면 스테이지별로 존재하는 중간 보스들이라고 보면 된다.

많은 중간 보스가 있더라도 최종 보스인 마왕은 반드시 한 명이어야 한다. 중간 보스들은 대적자의 세계정복 목표를 따라가는 조력자들이다. 중간 보스는 많아도 상관없으니 이들을 어떻게 배치할지만 고민하면 된다.

마지막으로 아까 말할 것처럼 대적자가 반드시 악인일 필요는 없다. 대적자와 주인공이 서로 의견이 부딪힐 뿐이지 대적자 자체가 극악무도한 사람이 아닐 수도 있기 때문이다. 전통적인 서사에서는 권선징악의 주제를 담고 있기 때문에 대적자가 밑도 끝도 없이 그냥 나쁜 놈인 경우가 많았다. 하지만 요즘은 대적자 자체의 캐릭터 구성도 중요하기 때문에 대적자의 모티베이션과 히스토리도 흥미로운 서사를 이끄는 중요한 요소가 될 수 있다.

쉬운 방법은 대적자를 악인으로 만들어서 주인공에게 도덕적인 공감대를 주는 방식이다. 이럴 경우 독자들은 좀 더 쉽게 스토리에 몰입하고, 대적자를 처단하는 주인공의 행동에 근거를 주기가 쉽다. 자신이 만들고자 하는 대적자의 페르소나가 어떻게 형성되어야 전달하고자 하는 스토리를 가장 잘 담을 수 있을지 고민하는 것이 중요하다.

주인공 캐릭터와 대적자 캐릭터는 동전의 양면과 같다. 대적자를 구체화하면 주인공 캐릭터의 비어 있던 부분을 채울 수 있다. 상호작용하며 캐릭터를 더욱 구체화하면 좋다. 시간이 된다면 여러 가지 버전의 대적자 페르소나를 만들어 주인공 캐릭터와 가장 첨예하게 대립을 일으킬 인물이 누구일지를 고민해 보면 더욱 좋다.

조력자 캐릭터

주인공과 대적자의 페르소나를 만들었다면 캐릭터를 만드는 방법에 대해 어느 정도 감 잡았을 것이다. 스토리에서는 서사의 축이 되는 주인공과 대적자가 가장 중요하다는 것을 잊어서는 안 된다. 분량이 길지 않은 작품이라면 사실 주인공과 대적자 두 캐릭터의 갈등 구조만으로도 내용을 구성할 수 있다. 하지만 웹소설처럼 분량이 긴 콘텐츠에서는 아무래도 두 명의 캐릭터 갈등 구조만으로는 많은 에피소드를 구성하기 어렵다. 이때 필요한 역할이 바로 조력자 캐릭터다.

조력자 캐릭터의 가장 중요한 역할은 다름 아닌 주인공이 하지 못하는 일을 대신해주는 것이다. 이것이 무슨 뜻인지를 설명하자면 주인공의 페르소나 설정상 해서는 안 되는 행동들이나 결정들이 있는데 조력자가 이를 대신해준다는 것이다.

예를 들어보자. 주인공 캐릭터가 설정상 굉장히 꼿꼿하고 정직한 성격의 용사라고 하자. 그는 동굴에서 발견한 상자를 보고도 캐릭터의 설정에 따라 이를 건드리지 않고 그냥 지나가려 한다. 하지만 주인공의 조력자 중 하나인 마법사는 호기심이 많고 우선은 일을 벌이고 보는 페르소나를 지니고 있다. 주인공이 그냥 지나친 상자를 마법사가 호기심에 건드렸다가 그만 함정이 발동돼서 일행들이 동굴에 갇히게 된다. 만약 이 캐릭터가 없었다면 함정은 발동되지 않았을 것이고 에피소드 역시 만들어지지 않았을 것이다.

위의 예시처럼 조력자는 반드시 주인공을 돕는 역할이라기보다는 주인공이 할 수 없는, 하지 못하는 빈 부분을 채우는 캐릭터라고 보면 된다. 하지만 여기서 주의해야 할 점은 조력자의 목표는 항상 주인공과 일치해야 한다는 것이다. 조력자가 실수해서 주인공 일행에게 피해를 입힐지언정 목표는 주인공과 상충하지 않는다는 것이 대적자와 가장 다른 점이다.

적재적소에 활용되는 다양한 조력자들은 스토리의 에피소드를 더 풍부하게 만들어주는 역할을 한다. 주인공과 대적자는 각각 한 명씩만 있어야 했지만 조력자는 수의 제한이 없다. 비중에 차이가 있을 뿐이지 창작자가 쓰고자 하는 스토리의 분량에 따라 얼마든지 숫자가 늘어날 수 있다.

다만 한 가지 명심해야 할 점이 있다. 바로 매력적인 조연이라는 함정에 빠져서는 안 된다는 것이다. 하지만 조력자는 조력자일 뿐, 결코 주인공이 아니다. 주인공이 해야 할 중요한 역할을 조력자가 대신하거나, 너무 비중이 커져서 주인공이 나와야 할 비중과 분량을 잡아먹게 된다면 조력자로서의 역할에서 벗어났다고 볼 수 있다.

문제는 창작자가 '매력적인 조연' 혹은 '입체적인 조력자 캐릭터'

에 지나치게 몰입할 때 발생한다. 창작자는 간혹 주인공보다 더 매력적인 조력자 캐릭터들을 선보여 취향이 다른 독자들의 마음을 사로잡겠다고 생각하는 경우가 종종 있다. 단도직입적으로 말하면 웹소설에서 이런 방식은 독이 된다. 물론 웹소설 역시 연재가 장기화되고, 작품에 따라 조연 캐릭터들의 매력이 강점이 되는 부분도 있다. 하지만 이런 방식으로 조력자를 주인공 대신 전면에 내세우게 되면 급박하게 에피소드를 만들 수는 있으나 연재가 길어질수록 메인 스토리를 진행하기 어려워지고 끝을 맺기가 힘들어진다.

앞서서 계속 주인공 한 명, 대적자 한 명을 강조한 이유도 이 부분과 연결지을 수 있다. 스토리라는 것은 처음, 중간, 끝 세 부분으로 나눌 수 있다. 아무리 연재가 길어져도 스토리에 끝은 존재한다. 스토리의 끝이란 갈등을 일으키는 모든 사건이 해결되는 것이다. 결국 스토리는 주인공과 대적자의 갈등을 바탕으로 일어나는 것이기 때문에 두 사람의 관계성을 통해 이를 끝맺음 지어야 한다.

만약 주인공이 여러 명이고, 대적자도 여러 명이라고 가정을 해보자. 주인공은 각자 자신이 가진 목표가 있고, 대적자 역시 자신이 가진 목표가 있다. 스토리를 전개할 수 있는 지면은 한정되어 있는데 각각 주인공의 목표와 그에 따른 에피소드를 전개하다 보면 중심축이 흔들리게 된다. 스토리를 전개하다가 갑자기 어떤 캐릭터의 과거 회상 신이 쭉 이어지고, 어느 정도 전개되다가 또 다른 캐릭터의 회상 신이 이어지면 독자로서는 그 서사에 몰입하기 힘들어진다.

앞서 말했듯이 주인공과 대적자의 갈등이 끝을 맺어야 결말로 이어질 수 있다. 주인공과 대적자가 여러 명이고 서로의 갈등과 갈등이 복잡하게 얽혀 있으면 중반부에서 서사를 이끌어가기도 힘들뿐더러 어떤 사건을 마지막 사건으로 잡아서 해결해야 결말에 이를 수 있을지 설정하기가 애매해진다. 이러다 보면 창작자는 피로감에 시달려 캐릭터를 죽여서 아웃시키는 결정을 하게 된다. 아니면 한 번에 모두 죽는 허무한 결말이 날 수도 있다.

매력적인 조연 캐릭터를 만들게 되면 필연적으로 그 캐릭터에 대한 비중이 높아지고 마치 주인공이 여러 명으로 늘어나는 효과가 생긴다. 창작자는 그 캐릭터 하나하나에 신경을 쓰고 캐릭터들의 행동에 의미를 부여해야 하기 때문에 미처 고려하지 않았던 설정들에 대한 근거를 만들어줘야 한다. 주인공의 영웅으로서 활약해야 할 지면과 비중을 조력자에게 넘겨줄 수밖에 없는 상황이 생긴다. 이미지와 연출이 가능한 웹툰이나 영상과 달리 웹소설은 텍스트로만 이루어지기 때문에 독자들은 몰입감이 훨씬 쉽게 깨지고 이탈이 더욱 쉽다. 때문에 이런 방식의 캐릭터 구성은 웹소설에서는 되도록 지양하는 것이 좋다. 조력자는 조력자로서의 역할을 충실히 하는 것이 더 중요하다.

마지막으로 주의해야 할 점은 캐릭터의 비중에서 가장 적은 비중을 차지하는 인물들인 단역과 초단역들이다. 보통 NPC 역할을 하는 마을 촌장이나 아르바이트생들 같은 캐릭터들이다. 여기서 강조하고 싶은 건 이런 단역, 초단역 캐릭터를 만들 때 너무 많은 힘을 들이지 말라는 것이다. 무조건 캐릭터를 만들 때 모든 페르소나를 구성해야 하는 것은 아니다. 전형적인 캐릭터는 직관적으로 만들어서 독자들이 쉽게 이해하고 넘어갈 수 있을 정도로만 구성해도 충분하다. 분량이 긴 웹소설에서는 스쳐 지나가듯 나오는 단역, 초단역 캐릭터들이 많은 편인데 그들 하나하나에 과거를 부여해줬다가는 메인 스토리를 전개하는 것이 지나치게 더뎌진다. 세부적인 것에 집착하지 말고 최대한 주인공의 캐릭터와 그 스토리에 집중해야 한다.

영웅 성장 서사에서 주인공 일행은 대적자보다 세력도 약하고 능력도 부족하다. 주인공과 조력자가 함께 성장해서 힘을 모아야 대적자와 갈등을 끝내고 결말로 이어지는 방식이 보편적인 전개라고 볼 수 있다. 때문에 조력자의 역할은 언제나 명확하고 분명해야 한다. 그래야 캐릭터 사이의 관계성도 간결해지고 캐릭터 사이의 상호 작용을 풀어내기도 쉽다. 이 캐릭터가 어떤 역할인지도 모른 채 우선 만들어두기만 한다면 캐릭터의 존재 의미가 희미해지고 지면만 차지할 가능성이 높다. 조력자를 만들고자 한다면 그 캐릭터의 용도와 역할이 무엇인지를 분명히 하는 게 좋다. 만약 필요 없는 캐릭터라면 굳이 만들지 않는 것이 더 낫다.

03
캐릭터 관계성 설정하기

주인공과 대적자 사이의 관계성 설정하기

관계성 설정하기란 스토리를 이루는 등장인물들이 스토리 내에서 맡은 역할에 따라 서로 어떤 관계를 맺고 있는지, 그들의 목표가 어떤 방향을 향하고 있는지를 간략하게 표기하고 정리하는 것을 뜻한다.

다음의 도식처럼 '관계성 지도'를 통해 주요 인물들의 관계를 간략하게 표기할 수 있다. 관계성 지도에 가장 기본적으로 들어가야 할 것은 주인공, 대적자, 조력자의 관계다. 스토리가 구성되기 위해서는 최소 갈등을 일으키는 캐릭터 둘은 있어야 긴장 관계가 이루어지면서 사건 전개가 가능하다. 두 캐릭터가 어떤 캐릭터인지에 따라

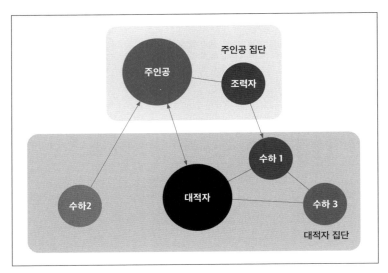

관계성 지도

표면적인 관계는 달라질 수는 있지만, 그들이 원하는 목표는 양립할 수 없는 평행선상에 위치해야 한다는 것은 불변의 법칙이다.

물론 주인공과 대적자의 갈등이 계속 이어지다가 마지막에 화해하는 결말 역시 가능하다. 다만 이럴 경우에는 주인공과 대적자 사이에 놓여 있던 양립할 수 없는 갈등을 어떻게 종식하고 화해의 결말로 끝날 수 있었는지에 대해 독자들이 납득할 만한 근거와 이유를 줘야 한다. 결말을 반드시 화해로 끌고 나가겠다고 마음을 먹는 순간 창작자는 대적자에게 감정 이입해서 화해의 복선들과 근거들을 앞에 배치할 수밖에 없게 된다. 이렇게 될 경우 서사의 긴장감과 극적인 갈등의 수위가 낮아질 수 있다. 결말 부분에서 서로의 긴장감이 극대화 돼서 최후의 대결이 이루어져야 마지막에 카타르시스를 느낄 수가 있는데, 그 부분이 제대로 이루어지지 않으면 결말이 애매모호하게 될 가능성이 있다. 만약 결말을 화해로 끝내고 싶다면 이 부분을 고려하여 설정할 필요가 있다.

관계성 지도에서 주인공과 대적자의 갈등 관계를 설정하게 되면 그 주변에 조력자들을 배치해야 한다. 앞서 말했듯이 조력자는 주인공뿐만 아니라 대적자 쪽에도 존재한다. 또한 분량이 긴 웹소설의 특징상 곧바로 대적자가 소설 초반에 등장하기 어렵기 때문에 앞부분에서는 대적자의 조력자, 즉 중간보스부터 나올 가능성이 크다. 때문에 대적자와 목표가 같으면서 초반 대적자의 역할을 할 대적자의 조력자를 잘 설정하는 것이 중요하다. 이때 왜 이 조력자는 대적자를 돕고, 그와 같은 목표를 가지고 있으며 주인공과 대립하는지를 설정해야 한다. 이 이유와 근거가 부족하면 주인공과 대적자의 조력자가 갈등을 일으키는 부분을 독자들이 잘 납득하지 못할 가능성이 있다.

조력자 부분까지 설정이 됐다면 주인공과 대적자의 그룹이 형성된다. 여기서 고민해야 할 점은 주인공 그룹과 대적자의 그룹은 형성의 속도가 다르다는 부분이다. 판타지, 무협의 주인공은 영웅들이기 때문에 성장을 하는 캐릭터다. 주인공이 성장하면서 그 그룹 역시 같이 성장을 한다. 대적자 그룹은 이미 강한 힘을 가지고 있기 때문에 이미 그룹이 완성되어 있다. 대적자 그룹과 달리 주인공 그룹은 초기, 중기, 후기를 나누어 성장 지도를 다르게 형성해야 한다.

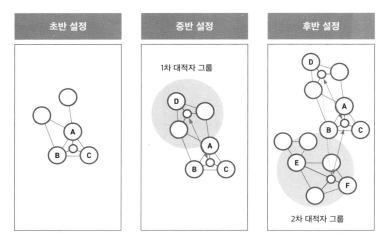

관계성 성장 지도

즉 주인공 그룹이 어떻게 성장하는지에 따라 주인공과 조력자들이 맺는 관계, 또한 주인공 그룹과 대적자 그룹에 맺는 관계성이 달라진다. 초반에는 별거 아니었던 주인공이 점차 성장하고 동료들을 모으고 강해지면서 대적자는 자신의 목적을 방해하는 주인공 그룹을 주목하게 되고, 이를 방해하기 위해 더 강한 적들을 보내게 된다. 이런 과정에서 주인공 그룹이 대적자 그룹의 힘을 약화하고 자신들의 힘을 강화한다. 초반에는 기울어져 있던 힘의 균형이 시간이 흐를수록 점차 대등하게 변한다.

관계성 성장 지도를 보면 초반 설정에는 다른 것보다 주인공이 동료들을 모으고 힘을 키우는 관계성이 주가 된다. 웹소설로 따지면 초반 2권 정도가 그렇다. 이때까지는 대적자 그룹의 전반적인 형태가 제대로 드러나지 않을 수도 있다. 웹소설 초반은 쓰기 쉬운 이유가 여기에 있다. 대적자 그룹의 설정이 필요 없고 주인공과 주인공 주변 인물들의 배치만 잘해도 충분히 스토리를 전개할 수 있기 때문이다.

하지만 중반 설정으로 넘어가면 주인공 그룹을 공격하는 대적자의 조력자가 나타난다. 주인공이 하고자 하는 일과 상충하는 대적자 그룹과의 갈등이 시작된다. 여기서부터는 본격적인 서사의 갈등이 시작되고 긴장감 있는 대결과 사건들이 이어져야 하기 때문에 준비 과정인 초반 설정에서 더 심도 있는 관계성 설정이 필요하다. 각각의 인물들이 갈등을 일으키는 과정의 인과성을 제대로 설정해야 독자들이 스토리에 몰입을 할 수 있다.

후반 설정으로 넘어가면 대적자 그룹과 주인공 그룹이 어느 정도 균형이 맞는 상황에서 본격적인 대결이 시작된다. 이때 주의할 점은 양측 그룹에 인물이 많아진 상황이기 때문에 각각의 조력자들을 신경 쓰다가 주인공의 비중이 줄어들지 않도록 하는 것이다. 만약 그렇게 되면 서사의 긴장감과 가독성이 떨어질 수 있다. 후반부로 넘어가도 주인공에게 초점을 맞춰서 내용이 전개될 수 있도록 관계성을 설정해줄 필요가 있다.

다음의 관계성 성장 지도는 《악역무쌍》의 설정이 어떤 방식으로 성장했는지를 보여준다. 관계성 성장 지도를 보면 초기설정과 초반, 중반, 후반의 설정이 달라진다는 것을 알 수 있다. 처음 설정에서 대립했던 대적자 그룹과 대결 이후에 자신의 편으로 끌어들여서 주

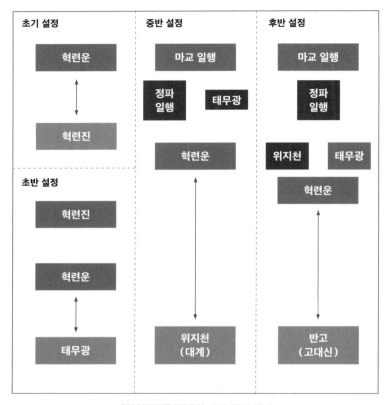

초기 설정	중반 설정	후반 설정

《악역무쌍》 관계성 성장 지도 예시

인공 그룹의 세력이 확장되기도 하고, 대적자 그룹이 가지고 있던 힘을 빼앗거나, 영토, 진영을 빼앗아 그룹의 힘을 강화하기도 한다.

　주인공은 계속 성장해야 하기 때문에 대결을 통해서 어드밴티지를 얻어야 한다. 열심히 싸웠는데 성장의 보상이 없다면 독자들은 큰 실망감을 느낄 수 있다. 이렇게 주인공이 대결과 보상을 반복하며 성장한 뒤에 최종 보스라 할 수 있는 대적자와 최후의 대결을 펼치게 되고 끝을 맺으면서 서사를 깔끔하게 마무리 지을 수 있다.

주인공이 성장해서 자신의 그룹을 만들고, 다른 대적자 그룹과 대결해서 승리와 보상을 받으며 성장한다. 그리고 힘을 키워 대적자와 싸워 목표를 이룬다. 이렇게 정리해 보면 굉장히 쉽게 느껴지지만 10권, 20권이 넘어가는 웹소설의 분량을 채우기 위해서는 이 기본 서사 구조에 다양한 에피소드들을 지루하지 않게 넣어야 한다. 이를 위해서는 다양한 조력자 캐릭터들을 만들어서 관계성 설정을 해주어야 에피소드들이 나오게 된다. 하지만 내용이 길면 길수록 이 관계성들이 꼬이고 꼬여서 나중에는 창작자가 감당할 수 없는 상황에 이를 수 있다. 지나치게 복잡한 관계성은 서사의 진행을 방해하고 가독성을 해칠 수 있으니 지양해야 한다. 웹소설에서는 되도록 관계성을 단순하고 선명하게 만들어야 한다.

주인공과 대적자 사이의 갈등 구조 만들기

주인공과 대적자 사이의 관계성을 만들었다면 더 세부적으로 들어가서 주인공과 대적자 사이의 갈등 구조를 만들어야 한다. 앞서 반복적으로 스토리의 주인공과 대적자는 각각 한 명씩이어야 하고, 두 캐릭터는 도저히 양립할 수 없는 갈등 관계에 있어야 한다고 강조했다. 이번에는 주인공과 대적자 사이의 갈등 구조를 어떻게 설정하는지에 대해 알아보자.

'불구대천지원수'라는 말이 있다. '하늘을 같이 이지 못할 정도의 원수'라는 뜻이다. 그만큼 원한이 깊은 사이라는 의미인데, 주인공과 대적자의 관계는 이 정도로 서로 화해가 어려운 관계성을 지니고 있어야 서사를 전개하기 용이하다. 그렇다고 반드시 주인공과 대적자가 원수지간이어야만 하는 것은 아니다. 계속 강조했듯이 주인공과 대적자가 양립할 수 없는 관계로 설정해 끊임없이 갈등이 일어나면 된다.

주인공과 대적자 사이에 갈등이 있어야 한다는 말은 창작자라면 누구나 알고 있다. 그런데 이 두 사람 사이에 갈등이 있으려면 어떻게 해야 할까? 쉽게 생각해보자. 어떤 갈등이 가장 해결하기 어려운 갈등일까?

영화 〈다크 나이트〉의 배트맨과 조커는 서로 화해할 수 있는 사이일까? 목적 없이 혼돈을 일으키려는 조커와 자신의 정의를 지키려는 배트맨은 양립할 수 없는 존재들이다. 〈어벤져스〉에서 타노스와 아이언맨이 화해할 수 있을까? 우주의 생명체 반을 줄이려는 타노스의 목표와 우주를 지키려는 어벤져스 팀의 목표는 화해로 끝날 수 없는 갈등이다. 둘 중 하나의 목표가 꺾여야 갈등이 종식된다.

양립할 수 없는 갈등 관계란 이처럼 서로 양보할 수 없는 상충의 지점이 필요하다. 갈등이 없으면 사건이 없고, 사건이 없으면 플롯을 정할 수 없으니 서사의 진행이 안 된다. 이 상충의 갈등 지점을 관계성과 자원 밸런스를 통해 만들 수 있다.

판타지와 무협 세계관의 주요한 요소 중 하나인 환경을 구성하기 위해서는 제로섬 게임의 개념을 이해해야 한다. 제로섬 게임이란 '네가 잃어야 내가 얻는다', 즉 어떤 시스템이나 사회 전체의 이익의

총량이 일정하여 한쪽이 득을 보면 반드시 다른 한쪽이 손해를 보는 상태를 뜻한다. 이 개념이 성립하기 위해서는 한 가지 전제가 필요한데 바로 한정된 '자원'이다. 현실 세계에서도 사람들 사이에서 갈등이 일어나는 가장 큰 원인은 바로 자원이 부족할 때다.

주인공과 대적자의 갈등의 주요 원인도 바로 공통 자원이 부족할 때 생긴다고 봐야 한다. 한정된 자원을 두고 대립하는 두 집단이 '양보할 수 없는 조건'을 두고 서로의 가치와 신념을 주장하며 갈등을 일으키는 것이다. 용사와 마왕의 관계도 마찬가지다. 세상을 평화롭게 지키고 싶다는 용사와 세상을 모두 지배하고 싶다는 마왕. 용사와 마왕은 '세상'이라는 자원을 두고 서로 다른 목적을 가지고 있기 때문에 양립할 수가 없다.

다른 예시를 들어보자. 무인도가 하나 있다. 여기에 배가 난파되어 사람들이 떠내려왔다. 서른 명 정도 되는 사람들이 섬에서 깨어났다. 식량은 한정되어 있고 구조대는 언제 올지 알 수 없다. 여기서 사람들은 두 그룹으로 나누어진다. 주인공은 남은 식량을 공평하게 배분해서 모든 사람이 힘을 합쳐서 구조를 기다려야 한다고 주장한다. 반대편의 대적자는 식량을 차등 배분한 뒤 힘이 좋고 날랜 사람들에게 더 많이 줘서 적극적으로 섬을 탐사하고 구조대를 찾아야 한다고 주장한다. 여기서 한정된 자원은 식량이 된다. 하지만 주인공과 대적자는 한정된 식량을 어떻게 나눌지에 대한 양립할 수 없는 조건을 내세우기 때문에 갈등이 일어날 수밖에 없다. 한정된 자원에 의한 갈등은 이런 극한 상황에서 더욱 큰 긴장감을 주게 된다.

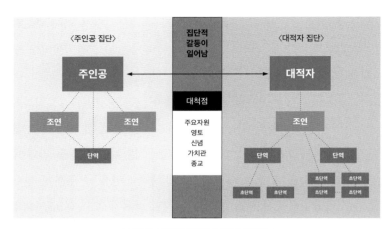

주인공 집단과 대적자 집단 관계도

위의 도식을 보면 주인공 집단과 대적자 집단은 이렇게 주요 자원을 사이에 두고 대척점을 이루게 된다. 서로의 영역이 겹치는 부분에서 갈등이 일어나는데 단지 주인공과 대적자 두 사람만의 사사로운 원한이라기보다는 조금 더 큰 범위의 집단적 의견 대립으로 확장된다. 만약 개별적 원한으로 갈등이 이루어진다면 생각보다 사건과 갈등을 길게 이끌어가기가 어려울 수 있다. 때문에 주인공 집단과 대적자 집단의 신념을 기반으로 갈등을 이끌어 가는 것이 더 자연스러운 사건들을 일으킬 수 있다.

주요 자원 부분을 보면 여러 가지가 있는데 영토, 신념, 가치관, 종교관 등이 있다. 과거의 스토리에서는 유물론적인 자원을 바탕으로 집단적 갈등이 많이 일어났다. 영토를 기반으로 한 자원 전쟁이 주요 갈등 지점인 경우가 많다. 석유나 다이아몬드 광산 등으로도 국가 간 전쟁이 가능하기 때문에 유물론적 자원 전쟁 역시 주요한 집단적 갈등 요소가 될 수 있다. 유물론적 자원은 직관적이라서 쉽게 갈등 구조를 만들 수 있다는 장점이 있다.

정신론적 자원은 직관적이지는 않지만 갈등 관계를 더 심화시키는 데 유리하다. 신념과 가치관 등이 이런 정신론적 자원으로 볼 수가 있다. 주인공이 영웅으로 성장하면서 힘없는 민초들을 위해 싸우겠다는 고결한 정신, 세상에 평화를 가져와 누구나 행복한 삶을 살 수 있도록 만들겠다는 의지, 혁명으로 기존의 기득권적 사회구조를 무너뜨려 새로운 세상을 만들겠다는 신념 등이 모두 정신론적 자원으로 볼 수 있다.

예를 들면 판타지 세상에서 큰 권력을 지닌 가문이 있는데 그 가문이 제국을 통제하고 마음대로 기득권을 유지한다고 가정해보자. 주인공은 이 가문의 힘에 의해 제국이 썩어가고 있다고 생각해 동료들을 모아 그 가문을 해체하고 제국에 자유를 주려고 한다. 반면 그 가문의 수장은 자신이 다른 가문들을 제어함으로서 질서를 유지하고 있기에 제국이 안정적이라고 믿고 있다. 구조 변화와 구조 유지라는 두 개의 정신론적 자원이 부딪히면서 주인공과 가문의 수장은 양립할 수 없는 갈등 관계로 치달을 수밖에 없다.

이건 아무리 많은 물질적 자원을 준다고 해도 해결될 수 없는 관계기 때문에 둘 중 한 명의 의지가 꺾이고 그에 따라 구조가 결정되어야 해결된다.

이처럼 주인공과 대적자의 갈등을 만들기 위해서는 한정된 자원의 전제를 깔아두는 것이 필요하다. 여기서 중요한 건 과연 두 캐릭터가 어떤 자원을 가지고 싸울 것이냐다. 한정된 자원이 무엇인지를 통해 세계관의 환경 설정이 정해지고, 그에 따른 룰이 생기게 된다. 주인공이 얻을 수 있는 성공 시의 보상과 실패 시의 페널티가 그 룰에 의해 결정된다는 뜻이다. 판타지와 무협 장르에서는 이 부분이 굉장히 중요하기 때문에 설정을 꼼꼼히 잘해두는 것이 중요하다.

만약 이 부분이 제대로 마련되어 있지 않으면 주인공과 대적자는 갈등을 일으키지 못하고, 갈등의 근거가 약하기 때문에 서사가 진행될수록 에피소드를 짜기가 힘들어진다. 때문에 처음부터 주인공과 대적자가 왜 싸우는지 명확히 세우고 가야 한다. 처음 웹소설을 쓰는 지망생의 경우에는 직관적인 유물론적 자원을 바탕으로 갈등 구조를 세우면 수월하게 갈등 구조를 만들 수 있다.

그 외의 관계성 만들기

스토리 진행 과정에서 캐릭터의 관계성과 그에 따른 갈등 구조는 매우 밀접하게 연관되어 있다. 만약 이런 관계성이 제대로 설정되어 있지 않다면 주인공과 대적자 사이에 갈등이 일어나지 않을 것이고, 갈등이 일어나지 않으면 사건이 만들어지지 않게 된다. 때문에 창작자는 반드시 주인공과 대적자 사이의 관계를 설정할 때 한정된 자원을 놓고 결코 양립할 수 없는 대치된 구도로 만드는 것이 매우 중요하다.

앞서 이야기한 관계성은 주인공과 대적자를 중심으로 그들 사이를 연결하는 조력자 캐릭터들을 위주로 설명했다. 하지만 스토리를 진행하다 보면 이런 통상적인 관계만으로 설명되지 않는 예외 상황도 생기기 마련이다. 모든 스토리가 간결하고 깔끔하게 딱딱 맞게 떨어지면 좋겠지만 창작자가 독자에게 전달하고자 하는 의도에 따라서는 다른 방식으로 캐릭터들의 관계성이 설정되기도 하기 때문이다.

그중에서 가장 고민해볼 관계성이 스토리상에서 대적자가 명확하게 드러나지 않는 경우다. 연극의 모노드라마 같은 경우에는 주인공 한 명만으로 스토리가 진행된다. 또, 어떤 드라마는 누가 대적자인지 뚜렷하게 나타나지 않는 경우도 종종 있다. 먼저 이에 대해 설명하자면 스토리 콘텐츠 매체에 따라 캐릭터 사이의 갈등 구조를 맺는 방법이 다르게 표현되기 때문이다.

앞서 설명한 주인공과 대적자가 일대일로 매칭이 되는 간결한 갈등 구조 방식은 다양한 관계 맺기 방법 중 하나다. 이를 강조한 이유는 판타지, 무협 웹소설과 같이 연재 분량이 길고 주인공 캐릭터를 초점화시키기에 가장 적합한 방식이기 때문이다. 500화가 넘어가는 연재 분량을 대적자가 명확하지 않은 상태에서 긴장감 있게 이어가는 것은 매우 어려운 일이다. 독자들이 지치지 않게 하기 위해서는 주인공이 목표로 하는 지점이 명확할수록 유리하다.

이미지를 바탕으로 하는 웹툰이나 영상 콘텐츠의 경우에는 텍스트보다 직관성이 높은 편이다. 웹소설보다 스토리 전개 방식이 느리거나 인물 사이의 관계성이 복잡하더라도 연출된 이미지를 통해 독자들의 집중도를 높일 수 있다. 하지만 이미지성이 높은 콘텐츠라고 하더라도 장기 연재 혹은 방영을 하게 되면 웹소설처럼 명확한 관계성과 갈등 구조를 통해 서사가 전개되는 것이 더 유리하다.

대적자가 명확하지 않고, 캐릭터들 사이의 관계성이 이루 말할 수 없이 복잡한 서사를 이끌고 가는 것이 창작자의 의도라면 그렇게 구성을 해도 되지만, 이런 서사를 독자들의 관심도를 높이면서 흥미롭게 끌어가는 것이 훨씬 어렵고 힘들다는 점을 명심해야 한다.

다시 돌아와서, 대적자가 명확하게 드러나지 않는 경우는 세 가지로 분류해볼 수 있다. 첫 번째는 대적자가 존재하는데 독백으로만 이루어져 있기 때문에 대적자의 모습이 드러나지 않는 경우, 두 번째는 대적자가 주인공 자기 자신일 경우, 세 번째는 주인공에게 고난을 주는 존재가 하나의 사람이 아닌 그 세계 전체인 경우다.

첫 번째는 대부분 모든 사건이 끝난 후 주인공이 자신이 겪었던 일을 고백하듯 서술하는 형식이 많다. 때문에 대적자가 굳이 전면에 나서지 않아도 주인공과 대적자가 어떤 갈등을 겪었는지에 대한 서사가 성립하는 것이다.

두 번째는 주인공이 자기 자신, 즉 분열된 자아 대결을 하는 경우라고 할 수 있다. 〈지킬 앤 하이드〉처럼 인식할 수 없는 자기 자신과 대결을 펼치는 서사가 그 예라고 할 수 있다. 그게 아니라면 과거의 자신과 싸우는 경우도 있다. 과거에 저지른 자신의 죄를 현재의 내가 후회하면서 과거 속의 자신과 현재의 자신이 갈등을 일으키는 것이다.

세 번째는 주인공과 세계가 대결을 벌인다는 내용이다. 이는 좀 어려울 수 있는데, 주로 순문학이나 하이 판타지 쪽에서 많이 차용되는 방식이다. 이런 방식의 대결구조를 가져가는 이유는 개인의 힘으로는 어떻게 할 수 없는 거대한 세계와 사회구조에 억눌린 소수자, 혹은 개인의 한계점을 보여줌으로서 사회적 문제를 드러내거나 인간이 겪을 수 있는 고통을 드러내기 위함이다.

이 세 가지 경우를 설명한 이유는 이렇게 대적자가 명확하지 않은, 주인공의 자아분열에 관련된 소재를 활용해 웹소설에서 풀어내고자 시도를 하는 지망생이 종종 있기 때문이다. 대적자를 정확히 만들지 않고 우주적인 존재로 형상화하거나, 주인공이 기억을 상실해 과거의 자신을 찾아 떠나거나, 주인공의 다른 자아를 대적자로 세우거나 하는 경우가 여기에 속한다. 웹소설에서 이런 전개 방식이 불가능한 것은 아니지만 이럴 경우 긴 분량의 서사를 긴장감 있고 흥미롭게 이끌고 가는 것이 어렵다. 실험적인 시도를 하는 것은 가능하지만 상업 콘텐츠인 웹소설에서는 적용하기 상당히 어렵다는 점을 명심해야 한다.

물론 이런 방식으로도 성공한 웹소설이 없다고 볼 수는 없다. 웹소설에서 가장 성공한 작품 중 하나인《전지적 독자 시점》은 위와 같은 관계성을 활용해 철학적 본질적 질문을 던짐으로써 작품의 깊이는 물론 흥미 요소까지 사로잡았기 때문이다. 물론《전지적 독자 시점》의 성공에는 더 많은 요소가 종합적으로 결합하여 이루어진 것이지만 일반 웹소설에서는 시도하지 않았던 주인공과 세계의 대결을 흥미롭게 풀어내면서 웹소설의 외연을 확장했다고 할 수 있다.

스토리에서 다양한 방식의 관계성 맺기를 사용하는 것은 전적으로 창작자의 의도에 달려 있다. 하지만 명심해야 할 것은 자신이 창작하고자 하는 콘텐츠와 매체의 특징을 잘 고려해야 한다는 점이다. 내가 주로 하는 게임에서, 내가 재밌게 본 드라마나 애니메이션에서 이런 방식의 내용 전개와 소재가 인기 있었으니 웹소설로도 이를 풀어내면 되지 않겠냐는 생각으로 스토리를 구성했다면 기존의 웹소설 작품들과 비교해봐야 한다. 상위권 작품 중에서 그런 방식으로 인기를 끈 것이 있는지, 있다면 어떤 요소들이 결합하여 독자들에게 사랑받을 수 있었는지를 분석해보는 과정이 선행되어야 한다.

막히지 않는
실전 웹소설 쓰기

01
플롯 정리하기

삼각구도 정리하기

스토리를 창작할 때 플롯이 필요하다는 이야기를 많이 한다. 창작 아카데미를 가면 가장 먼저 배우는 것도 바로 플롯이다. 그렇다면 플롯이란 무엇일까?

플롯에 대한 해석은 꽤 다양한데, 필자가 생각하는 플롯은 단순하게 표현하자면 '스토리가 흘러가는 방향성'이다. 그렇다면 스토리가 흘러간다는 것은 무슨 뜻일까. 앞에서 우리가 계속 만들어왔던 주인공과 대적자의 갈등이 바로 스토리의 흐름이다.

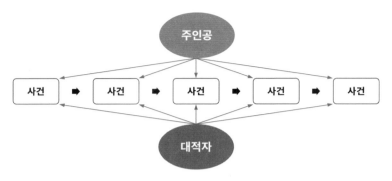

웹소설 스토리의 단선적인 흐름

　하지만 우리가 다루는 웹소설이라는 콘텐츠는 일반적인 스토리 콘텐츠와는 전개 방식이 다르다. 위의 도식을 보면 주인공과 대적자가 서로 대립하고 있고, 그 사이에 사건과 사건이 연결되어 있는 걸 볼 수 있다. 일반적인 영화나 드라마, 장르 소설의 경우에는 주인공과 대적자 뿐만 아니라 다른 인물들이 연관된 수많은 사건이 복잡하게 얽혀서 스토리가 진행된다. 하지만 웹소설은 단순한 사건들이 수백, 수천 개가 연속되어 전개된다. 주인공과 대적자 사이의 갈등 속에서 일어나는 에피소드가 단행본으로 10권, 20권이 넘게 쭉 진행 되는데 흐름은 단순하지만 사건과 사건 사이의 긴장감이 떨어지지 않도록 전개를 유지해 나가는 것이 핵심이다.

　이를 위해서는 무엇보다 주인공 캐릭터에 초점을 맞출 필요가 있다. 웹소설에서는 주인공을 중심으로 사건이 일어나고 스토리가 전개된다. 그렇기 때문에 주인공의 목표와 역할이 굉장히 중요하다.

영화나 드라마에서도 주인공의 역할이 중요하긴 하지만 웹소설은 더욱 극단적으로 주인공의 역할을 강조하며 이를 통해 독자들을 스토리에 몰입시키는 콘텐츠라 볼 수 있다. 이런 맥락에서 볼 때 시중에 나온 다른 매체를 중심으로 한 플롯 이론서의 방식이 웹소설에는 잘 맞지 않을 수도 있다. 스토리에서 가장 많이 쓰는 20가지 플롯, 36가지 플롯 등등 플롯을 모듈화해서 적용할 수 있도록 정리한 책을 보면 탈출 플롯, 미스터리 플롯, 수수께끼 플롯, 복수의 플롯 등 다양한 플롯들을 보기 쉽게 정리해 놓았다. 이런 플롯 역시 웹소설에서 에피소드를 풍부하게 하는 요소로 도움은 될 수 있다. 하지만 웹소설에서는 이런 모듈화된 플롯을 적용하기 전에 먼저 해야 할 것이 있다.

우선 주인공과 대적자의 대립 관계를 먼저 정립해야 한다. 웹소설은 일반적인 스토리 콘텐츠와 다르게 주인공과 대적자 사이의 갈등 관계를 단순하지만 길게 다루는 단순 플롯 구조로 구성이 되어 있다. 영화나 드라마의 경우에는 주인공과 대적자 이외의 조연들과의 관계성도 복잡하게 얽혀 가는 복합 플롯 구조를 띄기 때문에 다양한 플롯을 모듈화하여 배치했을 때 서사를 구성하기가 용이하다. 단순 플롯 구조를 지닌 웹소설의 경우에는 장르 카테고리와 주인공과 대적자와의 갈등 관계만 제대로 배치해두면 플롯의 방향성은 저절로 정해지기 때문에 오히려 복잡하게 생각하지 말고 스토리의 흐름에 따라 플롯 모듈을 나열하는 것만으로도 충분하다. 이러한 플롯의 방향성을 구체화하기 위해 주인공과 대적자와의 대립을 바탕으로 전체 스토리의 윤곽이라 할 수 있는 서사의 구조를 명확하게 만들어야 한다.

서사의 구조를 효율적으로 정리하기 위한 방법이 바로 '서사의 삼각구도'를 구성하는 것이다. 아리스토텔레스의 시학에서는 모든 서사를 3막 구조로 나누었다. 1막으로 처음 전개 부분을 시작하고, 2막에서 위기, 그리고 절정이 지나간 뒤 3막에서 카타르시스가 끝나고 상황이 정리된다.

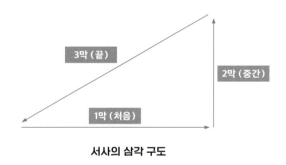

서사의 삼각 구도

웹소설의 경우에는 장기 연재로 진행이 되기 때문에 내용이 길고 초반 부분이 극단적으로 축소되어 있어 균형적인 3막 구도로 맞춰보기는 어렵다. 그럼에도 우리가 3막 구조를 이용해 웹소설 스토리를 분석해야 하는 이유는 주요 사건들의 전체적인 배치를 직관적으로 보기 위함이다. 3막 구도 안에 주요 사건들을 배치해두고 전개가 어떻게 흘러가는지를 전체적으로 조망하는 것이 중요하다. 이런 방식이 익숙해져야 스토리가 처음, 중간, 끝으로 어떻게 전개가 될지를 작가 스스로 상상하기가 쉬워지며 완결까지 끌고 가는 요령이 생긴다.

더불어 3막 구조에서 무엇보다 중요한 것은 다름 아닌 사건의 '시작점'을 잡는 것이다. 사건의 시작점, 즉 스토리의 시작이 어떻게 되는지를 정해야 하는 것은 매우 중요하다. 그렇다면 시작점이 무엇일까? 시작점이라는 것은 질서 상태의 균형 상태가 어그러지는 순간이다. 균형 상태였던 세계가 혼돈으로 시작되는 지점을 스토리의 시작으로 볼 수 있다. 예를 들어보자. 헌터물에서 가장 먼저 나오는 장면을 떠올려보면 쉽다.

평온한 강남대로. 그런데 갑자기 서울 하늘에 거대한 구멍이 뚫렸다. 현재 우리가 게이트라고 부르는 구멍이었다. 게이트 안에서 처음 보는 괴물들이 나타났다. 판타지 소설 속에서나 보던 몬스터들이었다. 강남대로에 나타난 몬스터들은 건물들을 파괴하고 사람들을 죽였다. 곧바로 군대가 출동했지만, 대형 몬스터들에게 화기는 통하지 않았다. 도시 전체가 혼란에 빠졌다. 그때 몇몇 사람들의 눈앞에 글자가 떠올랐다. 각성자, 지금은 헌터라고 불리는 이들이 시스템이라는 정체불명의 힘에 의해 몬스터와 대항할 힘을 갖게 된 것이다.

표현은 다르지만 헌터물에서 흔히 볼 수 있는 첫 시작 부분이다. 요즘은 워낙 클리셰가 돼서 이런 장면 자체가 생략되는 작품들도 많다. 여기에서 보면 처음 나왔던 강남대로 한복판은 매우 평온한 상태다. 아직 균형 상태에 머무르고 있다는 뜻이다. 그런데 게이트가 나타나고 그 안에서 몬스터들이 등장하면서 평온했던 강남대로 한복판의 평온이 깨졌다. 질서 상태가 순식간에 혼돈 상태로 바뀐 것이다.

무협, 판타지 소설에서는 첫 시작을 이렇게 균형 상태에서 혼돈 상태로 빠지게 되는 상황을 시작점으로 잡는 경우가 일반적이다. 그 이유는 세계가 혼돈 상태가 되어야 주인공이 활약하기 쉽기 때문이다. 다음 도식을 보게 되면 질서(균형) 상태에서 균형을 깨는 요소가 발생하고, 그 혼돈 상태가 쭉 이어지는 것을 알 수 있다.

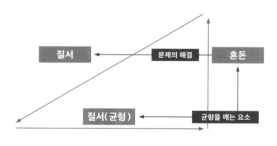

일반적인 서사의 삼각 구도

주인공은 이 혼돈 상태를 종식시킬 운명을 갖춘 영웅이다. 그렇다면 필연적으로 이런 혼돈 상태를 불러일으킨 대적자가 존재한다.

대적자는 왜 이러한 혼돈 상태를 만들었는지, 주인공은 왜 대적자에게 맞서서 혼돈 상태를 종식시키려고 하는지가 서사의 주요 사건이 된다. 앞서 설명했듯이 이 갈등 상태에서는 반드시 한정된 자원이 있어야 하고, 주인공과 대적자는 한정된 자원을 두고 양립할 수 없는 갈등을 일으키는 관계가 된다.

　1막 시작점에서 시작해 2막 혼돈 상태까지 주인공은 이런 갈등 관계 속에서 사건을 해결하며 성장하게 된다. 그리고 2막 마지막 부분에서 대적자와의 직접적 대결 및 혼돈 상태를 종식시키는 최후의 대결을 펼치고 카타르시스를 준 뒤에 문제를 해결한다. 이렇게 되면 3막에서 혼돈상태였던 세상이 다시 질서와 균형의 상태로 돌아오게 되면서 서사가 마무리된다.

　삼각구도에 주요 사건들을 넣어서 전체 흐름을 맞추어 보게 되면 내가 어떤 부분에서 주인공과 대적자의 갈등이 심화되어야 하는지, 절정 부분은 어떻게 되어서 결말로 이르게 되는지를 대략적으로 판단하고 조망할 수 있다. 이런 구도 정리 없이 무작정 플롯만 사용해서 사건을 만들려고 하면 분량이 많은 웹소설을 완결까지 끌고 가기 힘들다.

　아래의 도식은 오이디푸스 신화를 바탕으로 삼각구도를 정리한 것이다. 이는 예시일 뿐 반드시 이렇게 해야 하는 것은 아니니 참고삼아 보길 바란다.

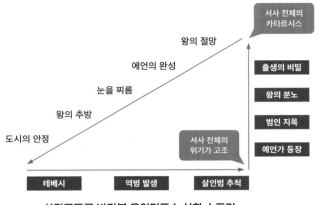

삼각구도로 바라본 오이디푸스 신화 스토리

오이디푸스 신화 역시 비슷한 구도를 갖고 있다. 테베시에서 역병이 발생했고, 균형 상태에서 혼돈 상태로 변하게 된다. 주인공인 오이디푸스 왕은 이전 왕을 죽인 범인을 찾아야 역병이 사라진다는 것을 알게 되고 예언가를 부르게 된다. 하지만 그 범인이 자신이라는 것과 함께 친부를 죽이고, 친모와 결혼했다는 끔찍한 비밀을 알게 된다. 이에 오이디푸스 왕은 좌절한다. 서사는 혼돈의 절정으로 이르게 되고 왕은 자신의 눈을 찌르고 스스로를 추방해 사건을 해결하게 된다. 테베시는 다시 안정을 찾게 되고 문제는 해결되며 질서로 회귀하게 된다.

이 사건의 줄거리를 구도에 맞춰서 정리하면 위의 표처럼 나타난다. 2막으로 가면서 살인범을 추적하는 긴장감이 고조되고, 결국 절정 부분에서 자신이 범인이라는 것을 알게 된 왕은 절망하며 눈을 찌르고 스스로를 추방하게 된다.

이렇게 정리해 놓은 것만 보면 간단해 보이지만 막상 하려고 하면 쉽지 않은 작업이다. 1막부터 3막을 구성할 가장 주요한 사건을 뽑아서 정리하는 것이 가장 중요하다. 그리고 주인공과 대적자의 대결을 다루어 결말 부분이 어떻게 전개될지를 미리 설정해두어야 한다. 여기서 결말을 미리 정하는 것을 어려워하는 경우가 있는데 스토리를 정해놨다고 해서 꼭 그렇게 써야 하는 것은 아니다. 쓰다보면 중간에 내용이 바뀔 수도 있는데 그때 바꾼 내용으로 연재를 해도 상관없다. 서사를 삼각구도에 정리하는 작업은 스토리의 전체적인 틀을 만드는 일이라고 생각하면 된다.

삼각구도에 사건을 정리하고 나면 그 사건과 사건 사이의 인과관계가 잘 맞는지, 주인공과 대적자의 갈등이 제대로 드러났는지, 주인공의 목표는 절정 이후에 제대로 수행이 됐는지, 설정상의 오류나 진행의 비약은 없는지를 확인해야 한다. 이렇게만 해둬도 전반적인 스토리의 구성은 거의 끝난 것이나 다름이 없다. 처음에는 번거롭게 느껴지더라도 여러 번 반복해서 정리해보면 금방 습관을 잡을 수 있다. 주요 사건들을 어떤 식으로 배치해야 가장 균형 있게 스토리를 전개할 수 있을지를 고민하며 다양한 방식으로 구도를 만드는 연습을 해보면 이야기를 완결까지 끌고 가는 데 큰 도움이 된다.

주인공 중심의 사건 정리하기

플롯을 '스토리가 흘러가는 방향'이라고 정의하면서 이를 효율적으로 다루기 위해 삼각구도에 주요 사건을 정리해 스토리의 전체 윤곽을 잡아보는 방법을 먼저 살펴봤다. 여기까지는 웹소설이 아닌 모든 스토리 콘텐츠에도 통용된다. 그렇다면 스토리 콘텐츠 장르 중에서도 웹소설의 플롯을 만들 때 가장 중요한 것은 무엇일까?

바로 주인공의 초점화다. 웹소설은 그 어떤 스토리 콘텐츠 중에서도 주인공이 어떻게 움직이는지가 무엇보다 중요한 콘텐츠라고 할 수 있다. 때문에 주요한 사건들을 배열해 스토리의 방향성을 잡을 때 항상 '주인공'에 초점을 두고 중심을 잡아야 한다.

플롯에 대한 설명을 하기에 앞서서 웹소설을 이야기할 때 항상 나오는 '사이다패스'라는 말을 먼저 짚어볼 필요가 있다. 사이다패스는 '사이다+사이코패스'의 합성어다. 여기서 말하는 '사이다'라는 표현은 목이 막혔을 때 사이다를 마셔서 시원한 청량감이 드는 것처럼 극도의 시원스러운 전개를 비유해 일컫는 말이다. 그런데 이 사이다에 사이코패스라는 단어를 합성시킨 이유는 웹소설을 읽는 독자들이 이런 사이다스러운 전개를 극단적으로 요구하는 성향이 있기 때문이다.

웹소설이라는 콘텐츠 자체가 주인공의 빠른 성장 서사를 가장 중심 요소로 삼는다. 그러다 보니 초반 전개가 느리고 주인공이 적들에게 당하기만 하면 독자들이 강한 거부감을 느끼는 것이다. 이런 상황을 사이다의 반대 의미를 담아 '고구마'로 표현한다. 고구마만 먹어서 목이 막힌 듯이 답답하다는 것을 비유한 것이다. 앞서 말한 것처럼 주인공의 비중이 작거나, 조금이라도 적에게 당하는 모습을 보이면 웹소설 독자들이 매우 싫어한다. 이러한 성향을 '사이다패스'라는 극단적인 단어로 표현한 것이다. 결국 이는 웹소설에서 주인공의 역할이 얼마나 중요한지를 알려주는 것이다.

앞서 말했듯 웹소설은 주인공의 활약상을 주요하게 담은 콘텐츠다. 때문에 사건을 배치하는 것도 아래 도식에 나온 것처럼 주인공을 중심으로 사건이 연속적으로 짧게 배치가 되는 단선 플롯 구조를 이루어야 한다.

주인공을 중심으로 한 단선 플롯 구조

웹소설은 보통 주 7회나 주 5회로 연재 주기를 잡는다. 한 화에 5,000~5,500자 정도의 분량이 연속해서 이어지기 때문에 복잡한 구조의 플롯보다는 단선 구조로 쭉쭉 이어져 가는 것이 훨씬 가독성이 높다.

더불어 웹소설의 경우 대부분의 독자가 주로 자기 직전이나 또는 지하철이나 버스에서 이동 중 모바일로 보는 경우가 많다. 이런 상황에서 엄청나게 복잡한 다중 플롯을 활용한 스토리는 가독성이 떨어질 수밖에 없다. 머리를 식힐 겸 웹소설을 켰는데 복잡한 내용이 마구 쏟아진다 싶으면 독자들은 흥미를 잃고 이탈할 가능성이 높다.

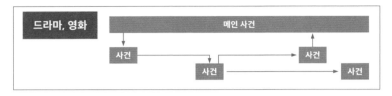

드라마, 영화의 복합 플롯 구조

　위의 도식을 보면 다른 종류의 스토리 콘텐츠의 경우에는 웹소설과 다르게 복합 플롯 구조로 이루어진 것을 볼 수 있다. 특히 드라마나 영화의 플롯은 기본적으로 메인 사건과 서브 사건이 얽히면서 진행되는 복합 플롯을 바탕으로 한다. 그만큼 사건의 전개가 입체적이기는 하지만 콘텐츠 자체에 집중해야 한다는 단점이 있다.

　문제는 웹소설에 이런 복합 구조의 플롯을 활용하려는 지망생이 상당히 많다는 점이다. 특히 웹소설을 많이 읽지 않고, 다른 장르의 도서나 미드, 영화 등을 많이 본 지망생일수록 이런 경우가 많다. 시나리오 작가 혹은 구성 작가 출신들은 자신들이 해왔던 방식대로 자연스럽게 복합 플롯으로 내용을 짜게 될 가능성이 높다. 주로 웹소설과 장르문학을 구분하지 못하고 일단 써보자 하는 분들이 이렇게 시도를 하는 경우가 많은 편이다.

　이런 복합 플롯을 사용하게 되면 가장 먼저 판타지, 무협 장르의 연재 주기와, 분량을 맞추기 어렵다. 어떻게든 가능은 하겠지만 매일매일 5,500자 이상을 써야 하는 연재 일정을 지키기 쉽지 않다. 간과하면 안 될 점은 힘들게 복합 플롯으로 웹소설을 연재해 나간다고 해도 오히려 독자들이 외면할 가능성이 높다는 것이다. 앞서 말한 것처럼 콘텐츠의 특성상 독자들은 주인공 중심의 단선 구조로 이루어진 가독성 높은 소설을 원하기 때문에 굳이 읽기 어려운 방식으로 만들어진 작품을 일부러 찾아보지는 않는다는 것이다. 수익성과 생산성 측면으로 볼 때 상당히 비효율적인 방식임을 알 수 있다.

이에 대해 두 개의 작품을 비교해서 예를 들어보자. 문피아 연재작품인 글 쓰는 기계 작가님의 《방랑기사로 살아가는 법》과 HBO에서 방영했던 드라마 〈왕좌의 게임〉을 비교해보면 그 차이를 명백하게 알 수 있다. 두 작품 모두 중세 판타지를 배경으로 전개되는 스토리를 다루고 있다.

간단하게 비교해보자면 《방랑기사로 살아가는 법》의 경우 현대에서 판타지 세계로 환생한 기사 요한이 엄청난 용력으로 활약하며 영웅적인 행보를 이어나가는 내용을 다루고 있다. 전개 자체가 요한이라는 주인공에게 초점을 맞춰 방랑기사인 요한이 어떻게 자신의 세력을 넓혀 가는지를 흥미진진하게 서술한 작품이다.

〈왕좌의 게임〉은 용과 마법이 등장하는 판타지 세계관에서 일곱 왕국을 배경으로 이루어지는 권력 투쟁에 대해 다루고 있다. 뚜렷하게 주인공 한 명에게 집중되지 않고, 다양한 인물들의 스토리가 서로 교차되며 왕의 상징인 '철의 왕좌'를 둘러싼 장엄한 서사를 펼친다. 〈왕좌의 게임〉은 장르문학을 원작으로 만들어졌는데 판타지 세계관을 '군상극'으로 풀어냈다는 점이 웹소설과 가장 다른 점이라 할 수 있다.

군상극은 다양한 스토리를 지닌 인물들과 그들의 얽히고설킨 관계성을 통해 거대한 사건을 그려내는 것을 목적으로 한다. 그 과정에서 인물들이 겪는 딜레마와 고민을 바탕으로 시청자들에게 본질적인 질문을 던지고 이를 통해 카타르시스를 느끼도록 한다(〈왕좌의 게임〉의 원작인《얼음과 불의 노래》시리즈는 작가인 조지 R.R. 마틴이 1991년에 쓰기 시작해서 1996년에 첫 번째 작품이 발간되었으며, 5부인《드래곤과의 춤》은 2011년에 출간됐고 아직 완결이 나지 않았다. 웹소설에 비하면 출간 속도가 매우 느리다는 것을 알 수 있다).

비슷한 판타지 세계관을 가지고도 주인공을 어떤 식으로 초점화하는지, 주요 사건을 어떻게 구성하여 배열하는지에 따라서 소설 속에서 전달하고자 하는 바가 전혀 다르게 정의된다. 만약 창작자가 웹소설을 쓰겠다고 한다면, 소재 자체보다는 웹소설적인 전개 방식이 무엇인지를 습득할 필요가 있다는 것을 이 부분에서 알 수 있다. 내가 팔고자 하는 시장은 웹소설 시장인데 장르문학적인 방식의 전개 방식으로 콘텐츠를 쓰게 되면 시장에서 외면당할 가능성이 크다. 때문에 자신이 만들고자 하는, 팔고자 하는 시장에서 요구하는 콘텐츠의 전개 방식을 제대로 알고 있는 것이 중요하다. 웹소설을 쓰겠다고 하면서 현재 시장에서 팔리고 있는 상위권 웹소설을 전혀 보지 않고 집필부터 하는 것은 이런 측면에서 굉장히 무모하다고 할 수 있다.

이런 점에 비추어 앞서 웹소설적 전개를 위해서는 앞서 설명했던 삼각구도에 배열한 주요 사건들을 주인공에 초점을 맞춰 다시 정리할 필요가 있다. 아마도 사건들을 정리하면서 주인공이 나오지는 않는데 이 에피소드가 있어야 사건 전개에 타당성이 생길 것 같다는 생각이 들어 머뭇거리게 된 부분이 분명 있을 것이다. 우선은 그런 사건들까지 삼각 구도 안에 다 적어본 다음에, 전체적으로 구도가 완성되면 다시 확인해야 한다. 주인공을 중심으로 봤을 때 굳이 들어가지 않아도 스토리가 연결된다 싶으면 세부적인 에피소드들은 모두 제외해도 된다. 중요한 것은 주인공이며, 주인공이 대적자와 어떤 갈등을 일으켜서 결국 사건을 해결하고 결말에 이르는지를 정리하는 것이다.

이 부분이 익숙하지 않은 지망생의 경우 시놉시스를 쓰는 과정에서 자신의 머릿속에 존재하는 모든 세세한 사건들을 모두 이 구도 안에 집어넣으려고 한다. 앞에서도 말했지만 웹소설은 분량이 일반 소설에 열 배 이상 된다. 모든 세부 정보들을 다 여기에 넣을 수가 없다. 그건 나중에 트리트먼트를 작업할 때 넣으면 된다. 여기서는 주인공을 중심으로 개략적으로 사건을 배열하면서 스토리의 방향성을 맞추기만 하면 된다. 주인공이 움직이는 방향성을 찾기만 하면 플롯은 이미 정해진 것이나 다름없기 때문이다.

결국 웹소설의 플롯은 '주인공'이 결정하게 된다. 웹소설은 주인공이 주도하는 단선 플롯으로 이루어져 있기 때문에 주체자인 주인공이 무엇을 할 것인지에 따라 스토리의 방향성이 정해진다. 만약 주인공의 목적이 복수를 하는 것으로 설정되어 있다면 그 스토리의 기본적인 플롯은 '복수의 플롯'이 된다. 주인공이 존재하고, 복수의 대상자가 존재한다. 그리고 주인공과 복수의 대상자 사이에는 어떤 원한을 가질 만한 사건이 이전에 존재했었다. 주인공은 그 원한을 풀기 위해 복수를 준비한다. 최종적으로는 대상자에게 복수에 성공하거나 혹은 실패하며 끝을 맺게 된다.

이런 식으로 주인공을 중심으로 방향성이 정해지면 플롯은 자동으로 배치된다. 스토리에서 플롯을 사용하는 건 사건의 뼈대를 조금 더 쉽게 잡기 위함이다. 본래는 영화나 드라마 시나리오에서 주로 사용하는데 복합 플롯을 사용하는 스토리의 경우에는 서사 구조가 복잡하기 때문에 플롯을 먼저 배치해 놓고 그 위에 캐릭터들을 배치하면서 에피소드를 만드는 방식을 사용한다.

하지만 웹소설의 경우에는 스토리가 단선적이기 때문에 주인공의 행동 방향만 정하면 자연스럽게 플롯이 생성된다. 그렇기에 다른 매체의 시나리오처럼 복잡하게 다양한 플롯을 활용한 서사 구조를 설계하지 않아도 된다는 장점이 있다.

다시 정리해보자면, 웹소설의 플롯을 구성할 때는 주인공을 중심으로 정확하게 방향성을 정하는 것이 중요하다. 삼각구도에 전체적인 주요 사건들을 1막, 2막, 3막 구조에 맞게 배열을 한 뒤 이 주요 사건들을 주인공을 중심으로 다시 재배치해야 한다.

이때 중요한 것은 반드시 결말까지 사건을 정리해서 기록하는 것이다. 주인공과 대적자의 사이에서 벌어지는 주요 사건들을 시작, 중간, 끝으로 나누어 개략적으로 정리해야 한다. 이때는 너무 디테일하게 세부 내용을 적기보다는 스토리를 모르는 사람들에게 짧게 요약정리해서 전달한다는 생각으로 주요 사건들만 뽑아서 배열하는 것이 좋다. 그래야 쓰는 창작자도 직관적으로 자신만의 스토리 윤곽을 파악할 수 있다.

시놉시스 완성하기 : 등장인물 소개, 줄거리, 로그라인 그리고 제목

스토리의 주요 내용을 주인공 중심으로 배치하는 것이 익숙해지면 여태껏 앞에서 배운 내용을 정리해서 스토리의 조감도 역할을 하는 시놉시스를 만들 수 있다. 캐릭터 페르소나, 관계성, 세계관, 플롯의 정보를 조합하기만 하면 된다.

시놉시스를 쓸 때 반드시 들어가야 할 요소는 세 가지다. 등장인물 소개, 줄거리, 로그라인, 그리고 제목이 바로 그것이다. 그중에서 가장 먼저 신경을 써야 할 부분은 '등장인물 소개'다. 스토리는 결국 캐릭터들에 대한 이야기라고 할 수 있다. 어떤 캐릭터가 나와서 어떤 사건을 일으키는지가 핵심이다. 때문에 주요 캐릭터가 누구고, 어떤 특성과 성격을 지녔는지가 매우 중요하다.

그렇다면 스토리에 나오는 등장인물 모두를 시놉시스에 적어야 할까? 그렇지 않다. 매체에 따라 차이는 있겠지만 소개할 등장인물은 5명을 넘지 않는 게 좋다. 소개 인원이 너무 많아지면 기억하기도 힘들뿐더러 어떤 인물에게 초점을 맞춰야 할지 헷갈린다.

이 중에서 빠질 수 없는 기본적인 주요 인물은 주인공과 대적자다. 주인공의 중요성에 대해서는 더 말해봐야 입 아프다. 대적자 역시 반드시 들어가야 한다. 사실상 주인공과 대적자 두 명의 인물만 있어도 전체적인 스토리가 어떤 식으로 흘러갈지 개괄적으로 파악이 가능하다. 만약 필요하다면 가장 중요한 조력자 한 명 정도를 추가해서 세 명의 주요 인물만 적으면 충분하다. 그 외에 꼭 소개해야 할 중요한 인물이 있다면 추가하되 결코 다섯 명이 넘어가지 않도록 하는 것이 좋다.

만약 작품의 장르가 로맨스라면 대상자 역할이 하나 더 추가된다. 대상자는 주인공과 로맨스를 이루는 목표가 되는 인물을 뜻한다. 주인공이 여주인공이라면 대상자는 남주인공이 되고, 주인공이 남주인공이라면 대상자는 여주인공이 된다. 쓰고자 하는 장르가 판타지, 무협이라면 주인공, 대적자, 주요 조력자 정도만 써도 된다.

주요 인물의 소개 중에서 가장 먼저 나와야 할 것은 바로 주인공이다. 내가 만든 주인공이 어떤 고유한 매력점이 있는지 페르소나에서 작성한 정보를 바탕으로 작성하면 된다. 이때 중요한 것은 주인공의 목표를 명확하게 밝혀야 한다는 점이다. 판타지, 무협 웹소설의 경우에는 주인공의 목표가 서사의 방향성을 결정하기 때문에 이 지점이 모호하면 작품의 전반적인 콘셉트를 이해하기가 어렵다. 앞서 설정한 키워드를 적극적으로 활용해서 주인공의 특징과 목표를 분명하게 드러내야 직관성이 높아진다.

더불어 대적자와 조력자의 소개를 할 때는 세세한 정보를 쓸 필요가 없다. 그 인물의 주요한 역할과 특징 정도만 넣어줘도 충분하다. 여기서 중요한 점은 캐릭터 사이의 관계성을 주인공 중심으로 설명해야 한다는 것이다. 대적자는 주인공과 어떤 부분에서 갈등을 일으키게 되는 캐릭터인지, 조력자는 어떤 관계로 주인공을 돕는 인물인지를 밝혀야 관계성이 훨씬 뚜렷하게 나타난다.

다음 예시는 필자가 카카오페이지 공모전에 응시했던 시놉시스에서 등장인물에 관해 정리한 내용이다.

《악역무쌍》 등장인물

주요 등장인물 소개

혁련운(이시운)/주인공 : 무협 소설 《영웅지로》의 작가이자, 소설 속 세계로 들어온 비운의 인물. 망나니 마교의 사공자 '혁련운'의 몸에 빙의한다. 비정한 무림에서 살아남아 현실로 돌아가기 위해 알고 있는 소설 속 내용을 십분 활용한다.

태무광/조력자 : 무협소설 《영웅지로》의 진짜 주인공. 온갖 기연과 타고난 재능을 갖춘 진정한 영웅이다. 원래대로라면 단칼에 죽었어야할 악역 혁련운에게 호감을 느끼고 의형제를 맺게 되면서 영웅으로 가는 길이 꼬이기 시작한다.

설수연/조력자 : 《영웅지로》의 여주인공. '천산신녀'라는 별호를 지니고 있다. 강한 무공실력과 아름다운 미모로 무림에서 가장 화제가 되는 인물이다. 원래대로라면 태무광에게 호감을 느껴야 하는데 엉뚱하게 악역인 혁련운에게 호기심을 느끼면서 꼬이기 시작한다.

대계주/대적자 : 마교와 무림맹의 사이를 이간질하고, 돌이킬 수 없는 전쟁을 이끈 배후의 인물. 현실에서 작가였던 이시운 역시 대계주 정체를 정하지 못해 여전히 흑막에 가려져 있다. 소설 속으로 들어온 시운 때문에 번번이 계획이 틀어진다.

주인공인 '혁련운'과 대적자인 '대계주', 그리고 주요 조력자인 '태무광'과 '설수연'에 대한 정보를 간략하게 기입했다. 조력자와 대적자 모두 주인공인 혁련운과의 관계성을 바탕으로 소개를 작성해 최대한 직관적으로 스토리를 파악할 수 있도록 배치했다. 간결하면서도 캐릭터의 특징이 잘 드러나도록 정리하는 것이 가장 중요하다.

두 번째로 시놉시스에 넣어야 할 것은 줄거리다. 의외로 시놉시스 내용 중에서 줄거리 쓰기를 가장 어려워한다. 줄거리라는 건 결국 작품 전체의 내용 요약이다. 그렇기에 스토리의 전체 내용이 모두 들어가야 한다.

하지만 시놉시스에 익숙지 않은 지망생의 경우에는 줄거리에 스토리 전체 내용을 모두 넣는 것 자체를 부담스러워하는 경우도 있다. 써봐야 내용을 알지 쓰기도 전에 어떻게 결말까지 알 수 있냐는 것이다. 앞서 말했듯 시놉시스에서는 세부적인 내용 전체를 다 써 넣는 것이 아니다. 주인공을 중심으로 전체적인 스토리가 어떻게 흘러가는지 개괄적인 윤곽을 잡는 것이 중요하기 때문에 결말까지 쓰는 것이 가능하다. 더불어 시놉시스에서 결말을 정했다 하더라도 쓰다 보면 내용이 바뀔 수 있다. 반드시 시놉시스대로 연재해야 하는 것이 아니니 이 부분에서 부담을 느낄 필요는 전혀 없다.

또한 '내 글은 뒤에 있는 반전과 트릭이 중요한데 줄거리에서 그 내용을 밝혔다가 누가 이걸 도용하면 어떻게 하나?'라고 생각할 수도 있다. 하지만 그렇다고 해서 스토리에 주요한 내용을 아예 적지 않으면 시놉시스만 보고 무슨 내용인지 파악하기 어렵다. 이럴 때는 트릭이나 중요한 정보를 빼고 내용의 흐름만 써도 된다. '이때 주인공이 트릭으로 상황을 모면하고 함정을 빠져나간다. 이런 상황을 예상하지 못한 대적자가 역으로 함정에 빠져 패배하게 된다.' 이런 식으로 줄거리 상에서는 해당 트릭의 정확한 묘사나 방법 자체를 쓸 필요 없이 어떤 상황이 어떻게 진행됐는지 기록하면 된다.

이렇게 시놉시스에서 줄거리를 처음, 중간, 끝으로 나누어 결말까지 내용을 적을 때 주의해야할 사항이 있다. 다름 아닌 '재미있는 부분'을 중심으로 요약해서 핵심 포인트를 살려야 한다는 점이다.

어제 재밌는 영화를 봤는데, 그걸 친구에게 소개해주고 싶다. 이런 상황에서 보통 어떻게 할까? 그 영화의 내용을 간략하게 간추려서 전달하게 된다. 어떤 친구는 줄거리 설명을 엄청 재밌게 해서 막 그 영화가 보고 싶어지는데, 어떤 친구는 내용 설명이 너무 지루해서 별로 재미없을 것처럼 느껴질 때가 있다.

그 이유를 잘 살펴보면 재미없게 말하는 친구는 디테일한 정보까지 세세하게 말할 가능성이 높다. 내가 지금 진짜로 궁금한 건 그 영화의 스토리인데 스토리는 말하지 않고 이 영화의 전체 배경부터 미리 알아야 할 부분이 뭔지를 줄줄 읊는다. 그러면 상대방은 금방 흥미가 떨어져 버린다.

줄거리를 쓰기 어려워하는 사람들은 자신이 쓴 이야기에서 어떤 부분이 가장 중요하고 재미있는 것인지 모르는 경우가 많다. 왜냐하면 창작자는 스토리의 모든 내용을 다 알고 있고, 모든 사건을 정성스럽게 쓰기 마련이다. 그러다 보니 독자들이 원하는 재미있는 부분이 무엇인지 감을 잡기 어렵다. 창작자 입장에서는 독자들이 이 내용도 알아야 할 것 같고, 저 내용도 알아야 할 것 같으니까 세세한 부분까지도 줄줄 쓰게 된다.

이미 우리가 앞서서 정리한 내용들만 보더라도 정보량이 상당히 많다. 캐릭터 정보, 세계관 정보, 플롯 정보 등등. 줄거리에서 이 내용을 모두 설명할 필요는 없다. 줄거리를 잘 쓰는 방법은 군더더기 정보들을 소거하고 제일 중요한 핵심만 남기는 것이다.

그렇다면 제일 중요한 핵심이 무엇인가? 그 기준은 역시나 '주인공'이다. 웹소설 독자들이 가장 궁금해 하는 것은 바로 주인공이 어떻게 강해질 것이며, 어떤 방식으로 고난과 역경을 극복해나갈 것인가에 대한 내용이다. 창작자 입장에서 봤을 때 세부적인 설정이나 에피소드 중에서 아무리 재미있는 내용이라 하더라도 시놉시스 상에서는 반드시 주인공에 대한 내용을 중심으로 줄거리가 만들어져야 한다. 앞서 말했던 플롯의 주요 사건을 배열할 때 주인공에게 초점화를 시켜야 한다는 것과 일맥상통한다.

다음 예시는 시놉시스에서 《악역무쌍》의 줄거리를 정리해 놓은 것이다. 웹소설의 특징상 일반적인 시놉시스보다 양이 많은데, 보통은 A4 1장 정도로 요약해도 충분하다. 실제 연재 내용은 시놉시스와 비슷하게 전개된 부분도 있고, 달라진 부분도 있다. 전체 윤곽을 잡아놓고 그 안에서 전개를 상황에 따라 바꿔갈 수 있다. 하지만 만약 이런 스토리라인이 없다면 장기 연재를 지속하는 것이 심적으로 부담이 되기 때문에 방향성을 정해두는 것이 중요하다.

시놉시스
《악역무쌍》 시즌1 - 10년 전에 썼던 무협 소설 《영웅지로》를 보다가 잠이 든 이시운 - 작가인 시운이 무협 소설 속으로 들어가서 엑스트라 악역이 됨

- 사고로 의식을 잃었다가 깨어난 마교의 사공자 혁련운
- 본래 망나니였던 혁련운이 변하자 이상하게 생각하는 시비들
- 주인공에게 언제 죽을지 몰라 불안해하는 혁련운이 된 이시운
- 자신이 알고 있는 소설 내용을 바탕으로 대비를 함
- 마교에 숨겨진 비급을 찾아서 익히고, 현대의 지식을 이용해 세력을 모음
- 그는 천마동으로 들어가서 시련을 거치고 기연을 얻어 마교 내에서 인정받음
- 시련의 장을 거쳐 원래 소설 상에서 소교주가 되는 이공자를 제치고 후계자가 되는 혁련운
- 하지만 혁련운은 오히려 이공자에게 후계자 자리를 양보함
- 그는 주연급 출연자인 이공자와 거래를 하고, 무협세계에서 살아남을 방법을 강구함
- 천마제가 끝난 뒤 마교에서 나와 현실로 돌아가는 방법을 찾으려 했던 혁련운
- 사막의 사라진 왕국에 대한 기록 중 비슷한 내용을 찾아낸 혁련운
- 이에 대해 알아보려 하는데 예기치 못하게 교주의 명령으로 중원에 나가게 됨
- 주인공과 마주치지 않으려 했던 계획이 무산된 혁련운
- 그는 선발대를 이끌고 중원으로 감

《악역무쌍》 시즌2
- 혁련운은 마교 사천지부로 감
- 그는 주인공인 태무광이 더 성장하기 전에 그를 죽이는 것을 고려함
- 아직 강호에서 이름을 알리지 않은 주인공 태무광을 수소문해서 찾은 작가
- 하지만 태무광보다 여주인공인 설수연과 먼저 엮이게 됨
- 혁련운은 그 기회를 이용하기로 함
- 신분을 숨기고 변장해서 태무광 일행과 합류함
- 태무광을 관찰하면서 어떻게 할지 기회를 엿보던 혁련운
- 어느새 태무광과 친해지고 얼떨결에 의형제를 맺게 됨

(중간생략)

《악역무쌍》 시즌5
- 대계는 이계의 존재를 불러내 무림맹과 마교를 모두 발아래 두게 되었음
- 이시운은 설수연과 태무광과 힘을 합하여 대계와 맞서 싸움
- 하지만 너무 강한 힘을 갖춘 대계주에게 대항할 방법이 없음
- 대계주를 제거하기 위해서는 다시 대법을 시행하는 수밖에 없음
- 혁련운은 스스로를 희생해서 대법을 발동시키고 대계주와 함께 그 안으로 몸을 던짐
- 작가는 이차원 속에서 대계주를 죽이고 현실로 돌아옴
- 모든 기억을 갖고 다시 현실로 돌아온 작가
- 병원에서 깨어남

(중간생략)

마지막으로 시놉시스에 들어가야 할 요소는 '제목'과 '로그라인'이다. 웹소설에서 제목의 중요성은 아무리 강조해도 부족하지 않다. 독자들의 유입을 처음으로 결정하는 것이 바로 제목이기 때문이다. 가능하면 내가 쓰고자 하는 장르의 상위권 작품의 제목들을 보고, 독자들에게 많은 호응을 얻고 있는 제목은 무엇인지를 꼼꼼하게 살펴보는 것이 좋다. 같은 내용을 담고 있더라도 제목이 밋밋해서 독자들에게 외면받을 수 있기 때문에 이 부분을 잘 챙겨야 한다.

필자의 경우에도 가장 처음에 썼던 작품이 카카오페이지에서 연재했던《빡칠수록 쎄진다》라는 무협소설이었다. 소설 내용이 화가 나면 저절로 내공이 쌓이는 무림맹 하급문사에 관한 내용이었기에 원래 제목은《홧병신공》으로 지었다.《빡칠수록 쎄진다》는 부제 혹은 홍보문구였는데 런칭하는 과정에서 부제가 제목으로 바뀌었다. 나름 괜찮은 제목이라고 생각했는데 문제는 카카오페이지의 무협에서는 위와 같은 문장형 제목이 그다지 많지 않다는 점을 간과했다는 것이었다.

무협 쪽 작품의 경우 대부분 네 글자의 한자어로 되어있고, 판타지는 상대적으로 내용이 명확하게 드러날 수 있는 직관적인 문장형 제목이 많은 편이다. 무협인데《빡칠수록 쎄진다》라는 문장형 제목을 썼다가 '제목 때문에 볼까 말까 고민된다'는 베스트 댓글을 받은 뼈아픈 기억이 있다, 이만큼 웹소설 상에서는 작품을 선정하는데 제목이 많은 영향을 끼친다.

《빡칠수록 쎄진다》이후 다음 작품을 할 때는 이런 아픈 기억을 바탕으로 심기일전하여 제목을 정하는데 굉장히 신경을 많이 썼다. 그 다음으로 런칭한 작품이 카카오페이지 밀리언소설 공모전에서 우수상을 수상한 《악역무쌍》이었다.

《악역무쌍》은 제목을 정하는데 시간이 가장 많이 걸렸다. 내가 쓴 무협소설의 엑스트라 악역에게 빙의한다는 내용을 잘 드러내기 위해 어떤 제목이 가장 잘 어울릴까를 고민하면서 상당수의 제목을 두고 고민했다.

《악역무쌍》 제목 예시		
- 악역무쌍	- 무협소설의 악역이 되었다.	- 악당의 사정
- 악당무쌍	- 완벽한 악역이 되는 법	- 악역의 사정
- 조연무쌍	- 무협소설의 악당이 되었다	- 악역의 시간
- 악역의길	- 악당전생	- 악역무쌍
- 악당이 되었다.	- 악당빙의	- 악역생존
- 악역이 되었다.	- 악역빙의	- 악역파괴
- 악역이로소이다.	- 악당지로	- 악역무도
- 악당이로소이다.	- 악역지로	- 무협소설의 악역이 되었다.
	- 악당출현	- 무협소설의 망나니가 되었다.
		- 무협소설의 패륜아가 되었다.
- 악역무도 : 비길 데 없이 악독(惡毒)하고 도리(道理)에 어긋남		- 무협소설의 파락호가 되었다.

마지막까지 고민했던 제목은 《악역무쌍》과 《악역빙의》였다. 악역에 빙의한다는 내용을 직관적으로 보여주기 위해 《악역빙의》로 할까 했다가 '무쌍'이라는 단어가 '빙의'보다 더 강하게 독자들을 유입시킬 수 있을 것이라는 생각이 들어 최종적으로 《악역무쌍》이라는 제목으로 결정을 했다. 앞서 말했듯 제목은 작품을 독자들에게 내

작품을 가장 먼저 보이는 첫 번째 도입부이기 때문에 신중하게 결정해야 한다. 수십, 수백 번을 다시 쓰고 고치고 해도 부족하지 않으니 신경 써서 정하기를 강조한다.

작품명	악역무쌍		
본명	김선민	**필명**	김선민
장르	무협	**예상 완결 분량**	350화 이상 (약 200만자 이상)
키워드	책 빙의물, 퓨전 무협, 엑스트라물,		
경력	- 판타지 소설 《파수꾼들》 황금가지 출간 - 무협 소설 《빡칠수록 쎄진다》 카카오페이지 독점 연재 중		
기획의도 및 주제			
《악역무쌍》은 무협 소설의 악역이 된 작가의 생존기를 다룬 소설이다. 책 빙의물 장르를 무협 장르에 차용하여 평소에 무협을 접하지 않았던 독자들도 쉽고 재밌게 읽을 수 있는 신감각 무협물을 쓰고자 기획했다.			
줄거리 요약			
깨어나보니 무협 소설의 악역이 되었다. 30대의 평범한 사회인인 시운은 십년 전 자신이 쓴 무협 소설인 《영웅지로》 안에서 깨어난다. 그는 소설 내용을 떠올리며 자신이 빙의한 인물에 대한 정보를 떠올린다. [혁련운 / 마교 교주의 넷째 아들 / 망나니에 호색한, 무공도 약하고 성질도 더러움] 혁련운은 소설 속 주인공에게 한 칼에 죽는 시시한 악역이이다. 비정한 무림의 세계, 그중에서도 가장 살벌한 곳인 마교 안에서 살아남기 위해서 강해질 수밖에 없다. 혁련운이 된 시운은 현대의 지식을 활용해서 무공을 강화시키고, 세력을 모아 소교주가 되기로 한다. 자신을 죽이러 오는 주인공과 맞서기 위해, 현실로 돌아올 방법을 찾기 위해. 그는 수단과 방법을 가리지 않고 강해지기 위해서는 무엇이든 한다. 엑스트라 악역의 목숨을 건 생존기.			

로그라인에 대해서는 파트3에서 자세히 다루었으니 그 부분을 참고하면 된다. 로그라인은 스토리 콘셉트를 관통하는 한 문장이라

고 정의했다. 즉 내가 정리한 줄거리 중에서 가장 핵심적인 내용을 로그라인이 담고 있어야 한다는 의미다. 앞선 예시는 마찬가지로 카카오페이지 공모전에 보냈던 《악역무쌍》 관련 내용이다. 정확히 로그라인을 적는 부분이 없어서 기획 의도와 줄거리 요약을 가장 신경 써서 정리했던 기억이 난다.

이 내용을 바탕으로 짧은 로그라인을 만들어본다면 이렇게 될 것 같다.

자신이 쓴 무협지의 엑스트라 악역에 빙의한 주인공의 치 떨리는 무협 생존기

제목이 《악역무쌍》인 만큼 주요 키워드가 '악역'에 맞춰져 있다. 주인공이 악역에 빙의해서 생존해 원래 세상으로 돌아가는 것을 목표로 삼는다는 것이 핵심이다. 개인적으로 완결을 한 후 한가지 아쉬운 점이 있다면 제목인 《악역무쌍》에 맞게 주인공이 '무쌍'을 하는 전개를 더 강조했으면 좋았을 것 같다는 생각이 들었다. 독자들에게 시원한 사이다 액션무협에 대한 기대감을 심어준 반면, 본문을 읽어보면 주인공이 전략적인 방법으로 사건을 해결하는 측면이 강했기에 이 부분이 초점화되지 못한 부분이 아쉬웠다.

시놉시스	제목 :	작가 :

-주요 인물 소개는 다섯 명을 넘지 않도록 한다.
-줄거리는 주인공을 중심으로 처음, 중간, 끝으로 결말까지 정확하게 적는다.
-지나치게 디테일한 에피소드보다는 주요한 사건을 중심으로 적는다.

*로그라인(스토리를 소개하는 1~2줄 정도의 문장)

*주요 인물 소개

-주인공:

-대적자:

-조력자:

*전체 줄거리 (처음, 중간, 끝)

시놉시스 매트릭스

주요 인물 소개, 줄거리, 로그라인을 바탕으로 시놉시스를 작성하는 방법을 정리해봤다. 웹소설처럼 장기 연재를 하는 콘텐츠일수록 시놉시스를 정확하게 쓰는 것이 상당히 중요하다는 점을 다시 강조한다. 첨부한 시놉시스 매트릭스에 맞춰서 자신의 작품 아이디어를 명료하게 작성하는 연습을 꾸준히 해본다면 핵심을 초점화하는 방법에 점차 익숙해질 것이다.

트리트먼트로 확장하기 : 시놉시스 정보 쪼개서 배열하기

시놉시스를 완성하면 이를 확장해 트리트먼트로 만드는 작업을 선행하면 더 효율적으로 본문을 쓸 수 있다. 앞서서 쓴 시놉시스를 활용해 필수적으로 들어갈 내용을 쪼개서 기록해 나간다고 생각하면 쉽다. 《용살자의 클래스가 다른 회귀》의 시놉시스 정보를 활용해 1화 트리트먼트를 정리해보자.

《용살자의 클래스가 다른 회귀》	
시놉시스	지크 드레이커는 고대 유물을 찾다가 제국의 사냥개들에게 죽을 위기에 처한다. 그러던 중 엘더 드래곤의 힘으로 지크가 드레이커 가문으로 회귀한다. 시스템을 힘을 이용해 과거와는 달리 클래스(힐러)를 극복해 강복해진다. 요람, 아카데미, 발할라를 거쳐서 드레이커 가문의 정식 기사가 된다.
1화 정보	- 얼음 산맥에서 엘더 드래곤의 유물을 획득 - 사냥개들에게 죽음 - 다시 20년 전으로 회귀해 12살로 돌아옴 - 엘더 드래곤의 유물의 힘으로 시스템 창을 보게 됨 - 전생에 개방한 중단전과 힐링의 힘을 그대로 가지고 있음 - 전생에서 자신을 버린 드레이커 가문에 대한 복수를 결심함

《용살자의 클래스가 다른 회귀》1권 트리트먼트				
	시놉시스	에피소드 정보	획득	상태창
1화	지크 드레이커는 고대 유물을 찾다가 제국의 사냥개들에게 죽을 위기에 처한다. 그러던 중 엘더 드래곤의 힘으로 지크가 드레이커 가문으로 회귀한다.	- 얼음 산맥에서 엘더 드래곤의 유물을 획득 - 사냥개들에게 죽음 - 다시 20년 전으로 회귀함 - 12살로 돌아옴 - 엘더드래곤의 유물의 힘으로 시스템창을 보게 됨 - 전생에 개방한 중단전과 힐링의 힘을 그대로 가지고있음 - 전생에서 자신을 버린 드레이커가문에 대한 복수를 결심함	- 엘더 드래곤의 유물 - 하급 관리자 권한	[하급 관리자 상태창] 이름: 지크 드레이커 클래스: 힐러(레어등급) 칭호: 고룡의 축복을 받은 자 클래스 스킬: 힐링/평온한정신/체력회복/감각집중 액티브스킬: 급소찌르기[E급(초보자)]/난도질[E급(초보자)]/일격필살[D급(초보자)] 용족스킬: (열람불가—해제시 카르마 10포인트필요) 보유 카르마 포인트: 0

시놉시스 상의 정보는 주인공인 지크 드레이커가 회귀해서 시스템의 힘을 이용해 강해진 뒤 드레이커의 정식기사가 되는 것까지의 내용을 담고 있었다. 이 전체적인 이야기는 최소 25화 정도의 분량으로 볼 수 있다. 이걸 1화에 모두 담기에는 정보량이 너무 많으니 25화 정도로 쪼개서 각 화마다 구체적으로 담길 내용을 배열해줄 필요가 있다.

1화에 들어갈 정보에서 중요한 것은 위와 같다. 주인공이 지크 드레이커가 엘더 드래곤의 유물을 획득했지만 황제의 사냥개들에게 죽을 위기에 처한다. 그리고 그 유물의 힘으로 20년 전으로 회귀한 뒤 새롭게 얻은 힘이 무엇인지를 확인하고, 가문에게 복수한다는 의지를 다지는 것이다. 이 정보만 쪼개서 1화 정보에 기입하고 이걸 바탕으로 트리트먼트를 작성하면 된다. 아래의 표는 필자가 집필 시 직접 사용하는 트리트먼트 양식이다.

시놉시스 정보를 쪼개서 에피소드 정보로 배열한 뒤 그때 주인공이 획득한 아이템, 스킬 등을 따로 기록하고, 상태창 역시 변화할 때마다 구분해서 기입해주는 것이 좋다. 세계관의 범위가 넓고 주인공이 사용하는 스킬, 아이템이 다양한 판타지의 경우에는 작가가 이를 전부 기억하기가 어렵기 때문에 트리트먼트를 작성할 때 함께 적어두는 것이 효율적으로 연재를 진행할 때 도움이 된다. 트리트먼트 작업까지 마무리가 되면 본문을 쓸 준비를 마친 것이다.

02
문장 스킬

문장 연출하기

웹소설을 비롯해 모든 텍스트 콘텐츠에서 가장 중요한 구성 요소 중 하나가 바로 '문장'이다. 소설에서 문장이란 작가가 자신의 의도를 독자에게 전달할 수 있는 매개체에 해당한다. 하지만 우리가 문장을 어려워하는 이유는 전달 과정의 왜곡으로 내가 생각한 바를 독자에게 완벽하게 전달할 수 없기 때문이다.

시각적(이미지, 영상) 요소를 통해 의도를 전달하는 그림, 영화, 만화, 연극 등의 콘텐츠 매체에 비해 소설의 경우 글, 문장을 통해서만 작가의 의도를 전달해야 하므로 전달 과정에서 왜곡이 생길 수 있다. 작가와 독자가 가지고 있는 사전 지식, 생각이 다르기 때문에 문장이라는 매개체를 이용하면 전달의 왜곡이 심해질 수 있는 것이다. 문장 연출이란 문장을 통해 작가의 의도를 전달할 때, 왜곡률을 최소화하기 위해 고민하는 방법이다. 이러한 문장 전달의 왜곡률을 최소화하는 법은 두 가지가 있다. 첫 번째는 문장의 길이가 짧고 표현이 간결한 단문으로 작성하는 것, 두 번째는 단순한 메타포(비유)를 활용하는 것이다.

위의 도식에서 볼 수 있듯이, 단문과 단순한 메타포를 사용할 경우, 정보 전달 및 표현 범위가 좁아지는 단점이 있지만, 왜곡률을 줄일 수 있는 장점이 있다. 반면, 복잡한 문장, 비유를 사용할수록 왜곡률이 높아지지만, 정보 전달 및 표현 범위가 넓어지게 된다.

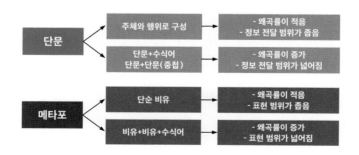

문장의 왜곡률을 줄일 수 있는 두 가지 방법인 단문 쓰기와 메타포를 실제로 활용해보자.

단문	아버지가 망치를 들었다.
단문 + 수식어	아버지가 망치를 힘겹게 들었다.
단문 + 단문	아버지가 망치를 들었다. 아버지의 손이 떨렸다.

판타지·무협 장르의 웹소설에서는 가독성을 위해 이러한 단문 표현을 많이 사용한다. 창작자가 따로 문장 훈련을 받지 않았거나, 해당 전공 출신이 아니더라도 이 단문 쓰기를 이용해 문장을 만든다면 독자들에게 내용을 전달하는데 아무런 문제가 없다.

처음에는 가장 위의 내용처럼 주체가 되는 인물이 무엇을 했다는 식으로 간단하게 문장을 구성하면 된다. 이런 방식이 익숙해지면 어휘를 늘려가며 수식어를 넣으면 된다. 단문 쓰기에서 중요한 것은 한 문장 안에 지나치게 많은 의도를 넣으면 안 된다는 것이다. 단문+단문을 보면 아버지가 망치를 든 것과 손이 떨린 것을 떼어서 단문으로 만들어 배치했다.

만약 이걸 한 문장으로 만든다면 '손을 떠는 아버지가 망치를 들었다' 혹은 '망치를 든 아버지의 손이 떨렸다' 이런 식으로 쓸 수 있다. 이렇게 될 경우 미묘하게 문장의 의미가 변하면서 작가가 의도하는 바와 다른 방식으로 전달될 가능성이 있다. 미묘한 어감을 전달할 수 있을 정도로 문장을 다루는데 익숙해지기 전까지는 단문 쓰기를 꾸준히 연습하는 것이 좋다.

메타포를 이용해 왜곡률을 줄이는 방법이 필요한 이유는 단문 쓰기만으로는 창작자의 머릿속에 있는 표현을 제대로 전달할 수 없을 때가 있기 때문이다. 머릿속에 있는 이미지 혹은 미묘한 어감을 표현하기 위해서는 좀 더 복잡한 방식의 문장을 다루어야 하는데, 그러면서도 전달의 왜곡률을 줄이기 위해서 미리 약속되어있는 언어들을 활용해 감정과 이미지를 전달하는 방식이다.

직유*	아버지가 돌덩이 같은 망치를 들었다.
직유 + 수식어	아버지가 돌덩이 같은 망치를 힘겹게 들었다.
비유 + 비유 + 수식어	어부의 그물처럼 / 처량한 아버지가 거무튀튀한 / 돌덩이 같은 망치를 오뉴월에 축 늘어진 개의 혓바닥 마냥 앓는 소리를 내며 들어올렸다.

*직유 : '······같이', '······같은', '······처럼' 등으로 표현하는 방법

예시문에 나온 것처럼 '거무튀튀한', '오뉴월에 축 늘어진 개의 혓바닥 마냥' 같은 비유와 수식어가 많아질수록, 표현할 수 있는 범위는 넓어지지만 한편으로는 작가의 의도를 독자가 다르게 해석하는 왜곡률이 높아질 수 있다.

단문 쓰기와 메타포 중 하나만 선택해서 쓰도록 정해져 있는 법칙은 없다. 자신이 쓰는 작품의 성격에 맞게 그 상황과 분위기에 어울리는 문장을 연출하는 것이 중요하다. 단문으로도 쓸 수 있는 내용을 굳이 메타포를 활용해 일부러 가독성을 떨어뜨릴 필요는 없다. 메타포가 필요한 상황에서 단문만 쓰면 독자에게 창작자가 상상한 이미지가 제대로 전달되지 않을 것이다. 이를 적재적소에 잘 활용하는 것이 중요하다.

묘사, 서술, 대화문 쓰기

단문 쓰기와 메타포의 활용에 익숙해지면 문장을 연출하여 표현하는 연습이 필요하다. 문장 연출에서 가장 필요한 묘사, 서술, 대화 이 세 가지의 표현 방식을 설정하는 것이다. 우선 묘사와 서술에 대해 알아보자.

묘사	서술
대상, 사물, 현상을 표현 묘사는 사진 시간을 멈추고 중요한 장면을 표현	행동이나 사건이 진행되어 가는 움직임을 표현 서술은 동영상, 사건이 진행되는 상황 장면이 전환되고 인물이 행동

문장 연출에서 묘사문과 서술문을 구분해서 쓰는 것은 기성 작가에게도 어려운 일이다. 조금 더 개념을 쉽게 잡기 위해서 이렇게 생각하면 된다. 묘사는 사진이고, 서술은 동영상이다.

우리가 사진을 찍는 이유는 그 순간을 기억에 남기고 싶고, 중요하다고 생각하고, 그 순간을 딱 멈추어서 보관하고 싶어서다. 묘사문 역시 이와 비슷하다. 창작자가 소설을 쓸 때 이 장면은 굉장히 중요하고, 독자들의 시선을 끌어서 깊은 인상을 남기고 싶은 부분을 '묘사문'으로 표현하는 것이다. 사진을 찍어서 시간을 멈추었다고 생각하고, 중요한 장면을 자세하게 표현하는 것이다. 예를 들어 독자들에게 주인공의 외형을 처음으로 설명해야 할 때, 주인공의 생김새를 인상 깊게 전달해야 독자들의 머릿속에 직관적으로 그 장면이 남게 된다. 이럴 때 우리는 묘사문으로 지면을 채우게 된다.

서술문은 묘사문과 달리 시간이 흐르는 동영상의 개념이다. 행동이나 사건이 진행되어 가는 움직임을 표현하게 된다. 사건이 진행되는 상황을 표현하는데, 장면이 어떻게 전환되는지 인물이 어떤 행동을 하는지 등 움직임과 변화에 집중해서 표현한다.

흔히 판타지·무협에서 전투씬을 쓸 때 이를 묘사한다고 생각할 수 있는데, 엄밀히 말하면 서술문이 중심이 되고 그 안에 묘사문이 섞여 있다고 볼 수 있다. 예를 들어 주인공과 대적자가 검을 들고 싸우는 장면을 쓴다고 가정하자.

> 파칭!
> 두 사람의 검이 요란한 소리를 내며 부딪혔다.
> 그때 뒤로 물러난 대적자가 품 속에 감춰둔 무엇인가를 은밀하게 꺼냈다.
> 그러고는 곧장 주인공을 향해 던졌다.

위의 전투씬은 서술문이다. 서술하고자 하는 장면을 동영상 프레임처럼 만들어 문장 단위로 붙이면서 시간의 흐름과 함께 장면이 흐르도록 만든다. 이때 만약 묘사문이 들어가게 되면 이런 식으로 넣을 수 있다.

> 대적자가 던진 것은 다름 아닌 금속의 구였다.
> 반질반질한 은백색의 표면에 미세한 구멍이 촘촘하게 나있었
> 고, 그 안에서 섬뜩할 만큼 맑은 소리가 울려 퍼졌다.

전투 중에 대적자가 던진 의문의 금속 구에 대한 묘사가 이어진 것을 볼 수 있다. 독자들에게 이 구가 무엇인지, 어떤 형태인지를 전달하기 위해 시간을 멈추고 자세하게 그 구의 형태를 묘사하여 전달한 것이다. 묘사와 서술의 차이가 무엇이고, 어느 상황에서 써야 하는지를 판단하는 것이 중요하다.

묘사문과 서술문 다음으로 연습할 것은 바로 대화문이다. 웹소설에서는 이 대화문의 비중이 가장 크다. 그 이유는 대화문이 가독성이 높다는 점이 첫 번째고, 두 번째는 대화를 통해 캐릭터의 페르소나를 독자들에게 전달할 수 있기 때문이다. 독자들은 대화를 통해 그 캐릭터를 이해하게 되고 그들의 상황에 몰입하게 된다.

대화문을 제대로 쓰기 위해서는 가장 먼저 대화하는 대상을 상상해야 한다. 동일한 성격, 동일한 상황임에도 발화를 하는 사람의 특징에 따라 대화문은 천차만별로 달라진다. 대화하는 인물들의 특징을 구체적으로 상상해야 더 생생한 대화를 쓸 수가 있다.

두 번째로는 대화가 일어나는 구체적인 무대를 상상해야 한다. 아래의 도식처럼 대화가 진행되고 있는 무대(배경)와 관련 상황을

설정한 후에 그 무대 위의 인물들이 어떤 관계인지를 생각하며 대화문을 쓰면 더 효율적이다.

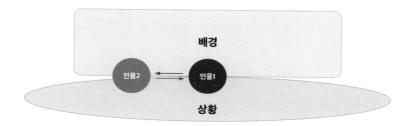

아래 조건에 맞춰서 배경과 상황을 설정하고 대화문을 만들어 보면 다음과 같다.

	43세, 남성, 신장 193cm	25세, 남성, 신장 162cm
인물 특징	- 언제나 발랄하다 - 환한 미소천사 - 수습 알바	- 거들먹거린다 - 자기중심적이다 - 손님
상황	수습 알바가 실수를 해서 손님에게 혼난다	
배경	카페	

대화문 연습

카페 내부는 엔틱한 장식들로 가득했다.

실제로 카페에 비치된 소품이나 가구 중에는 대표가 직접 유럽에서 공수해 온 귀한 것들이었다.

카페 분위기가 분위기인 만큼 직원들의 복장 역시 일반적인 카페와는 달랐다.

딱 맞는 정장에, 구두, 나비넥타이까지 직원 한 명, 한 명에게 지급됐다.

이건 수습 직원인 K에게도 해당됐다.

K는 새로 지급받은 카페 복장을 입고 평소와 같이 환한 미소를 지으며 주문을 받았다.

하지만 금세 문제가 생겼다.

"죄송합니다! 제가 오늘이 처음이라서 실수로 주문을 잘못 받았습니다. 조금만 기다리시면 제가 금방 해서 갖다 드리겠습니다!"

"하, 얼척없네."

"네?"

"씨발, 주문을 X같이 받아놓고 실실 쪼개고 있냐."

"죄송합니다. 제가 오늘 처음이라……."

"처음이고 나발이고. 나이도 처먹을 만큼 처먹은 양반이 주문 하나 제대로 못 받아? 뭐야 그 표정. 사람 치겠다?"

"아닙니다. 죄송합니다. 금방 다시 해서 드리겠습니다."

대화문을 쓸 때는 대화하는 인물들의 특징뿐만 아니라 상황, 배경을 구체적으로 상상해야 한다. 무대가 되는 장소는 묘사문으로 어떤 모습인지를 전달하고, 상황은 서술문으로 전달했다. 그리고 인물의 성격과 특징을 대화문으로 풀어냈다. 묘사문, 서술문, 대화문을 적절하게 사용해 해당 상황을 구체적으로 떠올릴 수 있도록 표현하는 것이 중요하다. 위 예시들에서 카페의 상황, 배경을 다르게 바꿔서 대화문을 적어보는 연습을 다양하게 많이 해보면 좋다.

위의 예시 상황은 일대일, 두 명의 대화문이었는데 이번에는 다수의 대화가 일어나는 상황을 가정해보자.

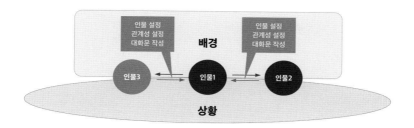

다수 인원의 대화문을 쓸 때는 구체적인 무대와 대화의 대상을 상상하는 것에 더하여 인물 배치를 신경 써야 한다. 초점을 맞출 중심 인물을 설정한 뒤, 중심 인물을 중심으로 다른 인물들의 대화를 끼워 넣어야 한다.

이때 각 인물의 특성에 맞게 미리 말투를 지정해두면 구분이 쉽고, 만일 여러 인물이 동시에 대화하는 상황이라면, 대사 앞에 캐릭터명을 먼저 지칭하여 누구에게 말을 하는 것인지 명확하게 보여

쥐야 한다. 아까와 비슷한 상황에서 인물만 하나 더 추가해 다수의
대화문을 만들어보자.

	43세, 남성, 신장 193cm	21세, 여성, 신장 152cm	25세, 남성, 신장 162cm
인물 특징	- 언제나 발랄하다 - 환한 미소천사 - 수습 알바	- 도전을 좋아한다 - 강한 승부욕을 가지고 있다 - 카페 매니저	- 거들먹거린다 - 자기중심적이다 - 손님
상황	실수한 남자가 손님에게 혼나는 걸 매니저가 대신 싸워준다		
배경	카페		

대화문 연습

카페의 내부는 엔틱한 장식들로 가득했다.

실제로 카페에 비치된 소품이나 가구 중에는 대표가 직접 유
럽에서 공수해 온 귀한 것들이었다.

카페 분위기가 분위기인 만큼 직원들의 복장 역시 일반적인
카페와는 달랐다.

딱 맞는 정장에, 구두, 나비넥타이까지 직원 한 명, 한 명에게
지급됐다.

K는 새로 지급받은 카페 복장을 하고 평소와 같이 환한 미소
를 지으며 주문을 받았다.

하지만 금세 문제가 생겼다.

긴장하다가 그만 주문을 잘못 받고 말았다.

"죄송합니다! 제가 오늘이 처음이라서 실수로 주문을 잘못 받았습니다. 조금만 기다리시면 제가 금방 해서 갖다 드리겠습니다!"

K는 사람 좋은 미소를 지으며 큰 체구를 연신 흔들며 사과를 거듭했다.

온몸을 명품으로 치장한 남자는 짜증 섞인 목소리로 말했다.

"하, 얼척없네."

"네?"

"씨발, 주문을 ×같이 받아놓고 실실 쪼개고 있냐."

K는 손님의 갑작스러운 욕설에 순간 온몸이 굳었다.

"죄송합니다. 금방 다시 해서 드리겠습니다."

그때 남자가 잘못 나온 아이스 아메리카노를 들더니 K를 향해 흩뿌렸다.

촤악!

새로 지급된 K의 유니폼이 아메리카노로 흠뻑 젖고 말았다.

남자는 K를 향해 소리쳤다.

"잘못을 했으면 알아서 기어야지. 어디서 뻣뻣하게 모가지를 들고 손님을 야리고 있어. 당장 무릎 꿇어!"

K는 온통 젖은 유니폼을 내려다보며 순간적으로 이성이 끊어질 뻔했다.

'안돼. 여기서 또 사고 치면 정말 갈 곳이 없다.'

곧 K가 서서히 무릎을 꿇으려 하자 다시 비릿한 미소를 지었다.

"K씨! 지금 뭐 하는 거예요!"

그때 S가 소리치며 무릎을 꿇으려 하는 K를 붙잡았다.

그러자 진상 남자가 S를 향해 소리쳤다.

"뭐야. 넌!"

S가 그를 째려보며 말했다.

"우리는 진상 안 받아요. 그만 나가주세요."

"하, 이게 쌍으로 미쳤나. 너 내가 누군지 알아?"

"별로 알고 싶지 않고요. 그리고 아무 데서나 반말 찍찍 하지 마라. 너네 집은 가정 교육 그렇게 시키냐."

S의 말에 남자가 얼굴이 시뻘겋게 달아올랐다.

"이런 미친 ××가."

그가 S를 향해 손찌검을 하려는 찰나 엉거주춤 서 있던 K가 진상 남자의 손목을 콱 움켜잡았다.

두 사람이 나와서 대화할 때보다 인물이 하나 더 늘었을 때 확실히 고려해야 할 부분이 많아진다. 이미지가 아닌 텍스트로만 상황을 독자들에게 전달해야 하기 때문에 누가 어떤 말을 하는지를 명확하게 표현해야 한다. 캐릭터의 페르소나가 중요한 이유는 굳이 어떤 캐릭터인지 그 이름을 지칭하지 않아도 캐릭터의 특징이 분명하다면 말투만으로도 해당 캐릭터가 누구인지를 독자들에게 인지시킬 수 있기 때문이다.

더불어 상황에 인물이 한 명 더 추가됨으로서 관계성이 복잡해졌다. 인물과 인물 사이의 관계가 어떻게 맺어져 있는지를 제대로 표현하지 못하면 이를 읽는 독자들의 가독성이 떨어지게 된다. 즉, 이렇게 다수의 인물이 등장할 때 각 인물의 특징, 관계, 상황을 구체적으로 설정해야 독자들에게 직관적으로 이 상황을 전달할 수 있다는 의미가 된다. 이런 부분이 부족하면 대화문이 비중을 많이 차지하더라도 글이 잘 읽히지 않게 된다.

묘사문, 서술문, 대화문을 잘 쓰기 위한 가장 좋은 방법은 많이 써보는 수밖에 없다. 내가 머릿속으로 상상한 장면을 그대로 독자들에게 전달하기 위해 어떤 식으로 문장을 연출해야 하는지를 고민하면서 써보고 이를 읽은 독자가 나의 의도대로 반응을 보이는지 끊임없이 살펴보고 전달의 왜곡률을 줄이기 위해 노력해야 한다.

03
시점 연출하기

시점 연출이란?

웹소설 본문을 쓰면서 헷갈리기도 하고, 어렵게 느껴지는 것이 바로 '시점'이다. 지망생이 처음 쓸 때 쉽게 접할 수 있는 것은 1인칭 시점이다. 하지만 1인칭 시점만 쓰게 되면 쓸 수 있는 범위의 폭이 좁아지기 때문에 전지적 작가 시점이나 3인칭 시점이 섞여서 나오게 된다. 시점이 섞이는 방식을 잘 활용한다면 문제가 없지만 이를 제대로 다루지 못하면 독자들에게 혼란을 주게 되고 가독성을 떨어뜨릴 수도 있다. 때문에 시점에 대해, 시점을 연출하는 방법이 무엇인지를 먼저 알아야 한다.

가장 먼저, 시점이란 무엇일까? 시점이라는 건 쉽게 말해서 보는 시각을 뜻한다. 즉, 소설에서 작가가 이야기를 서술하는 관점이나 방식. 이렇게 뜻을 풀어볼 수 있다.

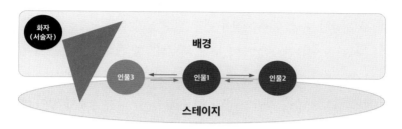

화자(서술자)로 알아보는 시점

위의 그림처럼 배경과 스테이지 위에 등장인물들이 있을 때 화자(서술자)라는 존재가 이들을 내려다보고 있다. 시점이라는 것은 이 화자이자 서술자가 어느 위치에서 무대를 보고 캐릭터들을 서술하는지에 따라 달라진다.

만약 화자가 저 위에서 모든 것을 내려다보면서 무대를 조망하며 설명하는 것과, 한 인물 속으로 들어가서 그 상황을 설명하는 것은 전혀 다른 시각으로 비춰진다. 게임의 시점을 떠올리면 익숙하게 느낄 수 있다.

FPS 같은 1인칭 시점에서 보는 스테이지의 모습과 시뮬레이션 장르의 쿼터뷰처럼 위에서 캐릭터들을 내려다보는 시점, RPG 장르 게임처럼 캐릭터 뒤에 카메라가 고정돼서 주인공을 중심으로 상황을 바라볼 때 느끼는 시점이 모두 다르게 나타난다. 어느 시점이냐에 따라 게임 속 상황을 보는 유저가 전혀 다른 방식으로 느끼게 된다는 뜻이다. 소설 속 시점 역시 이와 똑같은 역할을 한다고 볼 수 있다. 주인공을 중심으로 긴 이야기를 이어가야 하는 웹소설의 경우 시점을 활용하는 방법이 굉장히 중요하다. 작품의 내용을 독자들에게 잘 전달할 수 있도록 시점을 연출할 수 있어야 한다.

시점을 연출한다는 것이 무슨 뜻일까? 말 그대로 시점을 통해 보여지는 상황을 연출하는 방법이다. 좀 더 구체적으로 설명하자면 소설의 시점에 따라 화자(서술자)가 전달할 수 있는 정보의 양이 제한되기 때문에 어떻게 필요한 정보를 전달할지를 결정해야 한다는 것이다. 중요한 내용이니 이 부분을 더 구체적으로 살펴보자.

앞서 설명했듯 시점이라는 것은 상황을 전달하는 화자의 위치에 따라 정해지게 된다. 화자가 어느 위치에 놓이는지를 기준으로 시점을 분류하게 되는데, 여기서 우리가 흔히 보는 1인칭, 3인칭, 전지적 작가 시점이 나온다. 이 시점의 분류를 하나하나 짚어보도록 하자.

먼저 1인칭은 '1인칭 주인공 시점'과 '1인칭 관찰자 시점'으로 나눌 수 있다. 1인칭 주인공 시점은 소설 속에서 '나'라는 화자가 주인공으로서 역할을 하게 된다. 반면 1인칭 관찰자 시점은 '나'라는 화자가 소설 속 주인공을 관찰하면서 그의 상황을 독자들에게 전달하는 역할을 한다.

3인칭 역시 두 가지로 나뉜다. 3인칭 관찰자 시점과 전지적 작가 시점이다. 3인칭 관찰자 시점은 카메라가 주인공을 계속 따라다니면서 주인공의 상황을 찍는 것이라고 생각하면 된다. 주인공이 뭘 하는지, 누구와 대화하는지 그 일거수일투족을 다 알 수 있지만 주인공의 속마음까지는 카메라로 찍을 수 없기 때문에 주인공의 행동과 대화를 통해 그 캐릭터의 상황과 성격, 특징들을 독자들이 스스로 유추해야 한다.

전지적 작가 시점은 시점을 보고 있는 화자가 신과 다름이 없다. 주인공은 물론 모든 캐릭터의 속마음까지 꿰뚫어 본다. 그렇기 때문에 전지전능한 시점으로 소설 전체를 내려다보고 서술한다고 해서 전지적 작가 시점이라고 부른다.

소설을 처음 쓰는 지망생들이 가장 헷갈려하는 부분이 시점인데, 그 이유는 시점 자체를 적용시키는 것보다 시점에 따라 차이가 생기는 정보성을 제대로 인지하지 못하기 때문이다. 1인칭, 3인칭, 전지적 작가 시점을 적용하는 것 자체는 연습을 하다보면 별로 어렵지 않지만 시점에 따라서 어떤 부분에서 정보가 제한되고 제한되지 않는지를 구분해서 이를 연출하는 것은 상당히 어렵다.

브룩스와 워렌의 《소설의 이해(Understanding Fiction)》에서 참고

먼저 1인칭을 보면 1인칭 주인공 시점일 때 정보 기준은 반드

시 주인공의 시야와 인지 범위로 한정된다. '나'라는 주인공이 소설 속 무대에서 움직이기 때문에 주인공이 모르는 것은 서술할 수 없고, 보지 못한 것 역시 서술할 수 없다. 그래서 1인칭 주인공 시점의 경우에는 주인공이 모르는 것을 알려주는 조력자가 한 명씩 붙어 있다. 전개에 중요한 정보를 주인공이 모르고 있으면 전개가 되지 않기 때문에 이 조력자의 비중이 큰 편이다.

1인칭 관찰자 시점은 1인칭 주인공 시점과 마찬가지로 주인공을 관찰하는 화자, 보통 조력자의 역할을 하는 그 인물의 인지 범위로 서술할 수 있는 정보가 제한된다. 여기서 어려운 부분은 이 관찰자가 끊임없이 주인공을 따라다니며 그의 행동을 독자들에게 서술해줘야 하는데 그 이유를 만들어내는 것이 쉽지 않다. 이 말은 즉 화자의 역할을 하는 캐릭터와 주인공 캐릭터의 관계성이 굉장히 중요하고, 더불어 화자를 인지 범위가 되도록 넓은 캐릭터로 설정해야 한다는 의미다. 그렇지 않으면 캐릭터가 뭔가 설명해야 하는데 주인공을 따라다닐 이유도 없고, 설명도 할 수 없는 불상사가 생긴다.

3인칭 관찰자 시점은 앞에서 설명했지만 카메라가 주요 인물을 중심으로 샷을 잡는 방식으로 서술되기 때문에 겉으로 보이는 상황만을 서술할 수가 있다. 즉 캐릭터들이 서로 말을 하기 전까지는 무슨 생각을 하는지, 뭘 원하는지를 전혀 알 수가 없다는 뜻이다. 캐릭터들이 외향적인 액션을 취해야지 그걸 통해서 서술자는 행동과 상황을 묘사하고 사건을 전개할 수 있다. 필연적으로 묘사력이 많이 필요한 문장을 구사할 수밖에 없다.

마지막은 가장 널리 쓰이는 시점인 전지적 작가 시점이다. 서술자가 신의 역할을 하며 모든 것을 다 알고 있다고 가정하면 된다. 주인공의 정보와 속마음은 물론 모든 캐릭터들의 마음도 다 알고 있다는 전제를 갖고 있다보니 언뜻 보면 이게 쉬워 보이지만 사실 그렇지 않다. 여기서 오해가 생기는데, 모든 정보를 다 알고 있고 서술할 수 있다는 게 독이 되기 때문이다. 전지적 작가 시점에서는 작가 스스로가 어떤 정보를 어디서 풀어내고, 어디서 감춰야 하는지를 정해야 한다. 주인공이 지금은 알 수 없는 정보인데 스토리 내에서 뜬금없이 그 내용을 말하고 있다 하면 그건 바로 설정 오류가 된다. 전지적 작가 시점에서는 이 부분을 조심해야 한다.

위와 같은 네 가지의 시점에 대해 이야기를 했는데 사실 웹소설에서는 전지적 작가 시점과 1인칭을 많이 사용한다. 작가의 취향에 따라서는 1인칭, 3인칭, 전지적 작가 시점을 섞어서 쓰기도 하는데 되도록 시점은 하나로 통일하는 것이 좋다. 시점이 마구 섞이면 읽는 독자들도 헷갈릴뿐더러 가독성 역시 떨어지기 때문이다.

신인의 경우에는 습작할 때 시점을 섞어 쓰기보다는 전지적 작가 시점으로 통일해서 쓰는 연습을 하는 것이 좋다. 극 초반에는 1인칭 시점으로 전개를 해나가는 것이 편하지만 내용이 진행되면서 세계관이 넓어질수록 한 명의 시점만 가지고는 극을 전개하기 어렵다. 때문에 시점 전환이 잦아질 수밖에 없다. 이렇게 될 경우 오히려 소설의 몰입도를 떨어트릴 수 있으니 주의가 필요하다.

시점의 연출은 연재 분량이 많은 웹소설에서 특히 중요한 역할을 한다. 시점을 잘못 정하게 되면 뒤로 갈수록 내용의 전개가 어려워지고 글의 중심을 잡기가 어려워지기 때문이다. 내가 쓰는 웹소설의 소재와 전개 방식에 따라 어떤 시점으로 쓸지를 신중하게 선택해야 한다.

1인칭 시점 연출

먼저 1인칭 주인공 시점부터 살펴보도록 하자.

1인칭 시점

그림 속 무대를 보면 주인공 캐릭터가 바로 이야기를 전달하는 '화자'로 설정되어 있다. 1인칭에서는 주인공 '나'를 중심으로 스토리가 진행된다. 당연히 주인공이 보는 것, 말하는 것, 생각하는 것을 서술할 수 있다. 모든 시점이 주인공에게 맞춰져 있기 때문이다. 여기서 중요한 것은 1인칭 주인공 시점일 때 제한되는 정보량이다. 당연히 주인공이 화자이기 때문에 서술할 수 있는 정보도 주인공에게 맞춰져 있다.

1인칭 시점일 때는 주인공이 심리, 생각과 같은 것을 서술하기에는 굉장히 유리하다. 하지만 다른 캐릭터의 생각과 심리 상태는 작가가 서술할 수 없다. 심지어 주인공 캐릭터가 다른 캐릭터를 보고 느끼고 판단하는 것만 알 수 있다. 이게 무슨 뜻인지 예시를 들어보자.

《근육 기사 마이클》이라는 가상의 웹소설을 통해 1인칭 시점을 함께 살펴보자. 주인공 캐릭터인 마이클은 엄청나게 강한 능력을 갖추고 있다. 그런데 눈치가 빵점이다. 옆에서 누가 자신에게 좋아하는 티를 내도 전혀 모른다. 이런 주인공 캐릭터를 1인칭 주인공 시점의 화자로 놓고 스토리를 전개한다고 가정해보자. 주인공의 머릿속에는 강해지는 것밖에 없다. 어떻게 하면 근육을 더 키울 수 있을까 고민하는 걸 서술할 수 있다.

그런데 그 주인공 앞에 오만한 귀족 젊은이가 나타났다고 설정하자. 이 귀족은 주인공을 빈정거리며 도발한다. 작가도 독자도 모두 이 오만한 귀족의 도발 수작을 알고 있다. 하지만 이 주인공은 그 사실을 눈치챌 수 있을까? 캐릭터 설정상 눈치가 빵점이기 때문에 알아챌 수 없다. 그럼 작가는 1인칭 주인공 시점에서 상황을 서술해야 하기 때문에 두 가지를 동시에 서술해야 한다.

첫 번째는 이 눈치 빵점 주인공의 입장에서 오만한 귀족 캐릭터의 도발을 전혀 눈치 채지 못하는 상황과 주인공의 심리를 서술해야 한다. 두 번째는 주인공은 눈치채지 못했지만 오만한 귀족 캐릭터가 주인공에게 도발을 시전했다는 점을 제한된 정보를 통해 드러낼 수 있어야 한다.

이 부분을 한번 간단하게 장면으로 만들어보자.

《근육 기사 마이클》1인칭 주인공 시점

"훅! 훅!"

나는 복도를 걸어가면서도 아령을 들고 훈련했다.

잭은 옆에서 그런 나를 신기한 듯 바라봤다.

아마도 내 예술적인 근육에 감동한 듯싶었다.

그때 맞은 편에서 찰스가 다가왔다.

"마이클, 여전히 빌어먹을 정도로 끔찍한 근육이군."

찰스의 말을 듣고 나는 우뚝 솟은 이두박근을 더 강조했다.

"여어, 찰스. 칭찬 고맙군. 자네도 훈련에 합류하는 게 어떤가.

지금보다 더 멋진 근육을 가질 수 있다고."

찰스는 내 근육을 흘겨보며 혀를 찼다.

분명 아름다운 내 근육들을 부러워하는 것이 틀림 없었다.

하긴, 이 근육을 보며 그러지 않을 사람들은 없겠지.

그때 잭이 찰스를 향해 말했다.

"찰스 경, 전투 현장에서는 뵙지 못했는데 여기 계셨군요."

잭의 말에 찰스가 갑자기 똥마려운 표정을 지었다.

뭐지 급똥이 온 건가.

그러더니 급하게 입을 열었다.

"네 놈들이랑 같이 있다가는 나까지 천한 냄새가 배어 버릴 것 같다."

찰스는 뒤로 휙 돌아서 어디론가 가버렸다.

나는 급하게 사라진 찰스를 떠올리며 잭에게 말했다.

"급똥이 온 게 맞나보군. 잭, 아무래도 찰스 녀석 장이 안 좋은 모양이야."

내 날카로운 통찰력에 잭이 존경스러운 표정을 지었다.

다음에 찰스에게 건강에 좋은 내 특제 프로틴 스페셜을 줘야 겠다고 다짐했다.

1인칭 주인공 시점으로 화자인 주인공의 입장에서 상황을 연출 했다. 화자의 캐릭터 성향과 주어진 정보를 바탕으로 서술해야 하기 때문에 작가는 이 부분에서 어디까지 정보를 제한하고 표현해야 할 지를 고민해야 한다. 이런 부분은 문장을 잘 쓰고 못 쓰고의 차이가 아니다. 오히려 캐릭터를 이해하고 시점에 따라 정보를 얼마나 조정 해서 표현하느냐가 더 중요하다고 볼 수 있다.

이런 1인칭 주인공 시점으로 쓴 판타지 소설이 이영도 작가의 《드래곤 라자》다. 후치 네드발이라는 소년의 시점으로 내용이 전개 되는 판타지 장편 소설이다. 1인칭 주인공 시점은 초반 몰입감은 좋 지만 후반으로 갈수록 풀어내야 할 전개가 많은데 표현할 수 있는 정 보량이 제한되다보니 서술하기가 어려워진다는 단점이 있다. 만약 1

인칭 주인공 시점으로 소설을 쓴다면 이 부분을 주의해야 한다.

다음으로는 1인칭 관찰자 시점으로 넘어가 보도록 하자. 대부분은 1인칭 주인공 시점과 비슷한데 서술하는 화자가 주인공 옆에 있는 관찰자라는 부분만 다르다. 이 부분을 아까 써본《근육 기사 마이클》에 대입해서 1인칭 관찰자 시점으로 만들어서 비교해보자. 상황은 아까와 똑같고, 대신 주인공인 마이클 옆에 관찰자인 마법사 '잭'의 시점으로 서술했다.

《근육 기사 마이클》 1인칭 관찰자 시점

"후욱! 후욱!"

마이클이 옆에서 아령을 하면서 복도를 걸어갔다.

안 그래도 더럽게 좁은 복도가 더 좁게 느껴진다.

도대체 왜 그냥 복도를 걷는데 아령을 하는 걸까.

삼 년 동안 마이클을 관찰했지만 여전히 모르겠다.

저 이두박근에 오우거 목이 단번에 꺾이는 걸 보고 궁금한 것을 참는 습관이 생겼다.

그때 복도 맞은편에서 재수 없는 찰스 놈이 걸어오는 것을 발견했다.

찰스가 마이클을 향해 입을 열었다.

"마이클, 여전히 빌어먹을 정도로 끔찍한 근육이군."

"여어, 찰스. 칭찬 고맙군. 자네도 훈련에 합류하는 게 어떤가. 지금보다 더 멋진 근육을 가질 수 있다고."

뇌도 근육으로 된 마이클은 여전히 한스의 빈정거림을 이해 못 한 것이 틀림없었다.

나는 로브의 모자를 벗고 한스를 노려보며 말했다.

"찰스 경, 전투 현장에서는 뵙지 못했는데 여기 계셨군요."

내 말에 찰스의 표정이 눈에 띄게 굳었다.

오만하기 짝이 없는 귀족 나부랭이 놈 주제에 부들거려 봐야 할 수 있는 건 아무것도 없었다.

찰스 놈은 나를 한껏 째려보며 말했다.

"네 놈들이랑 같이 있다가는 나까지 천한 냄새가 배어 버릴 것 같군."

그러더니 찰스는 뒤로 휙 돌아서 어디론가 가버렸다.

'빌어먹을 누군 귀족으로 태어나기 싫어서 평민으로 태어났나.'

옆에 있던 마이클이 심각한 표정으로 나를 보며 말했다.

"급똥이 온 게 맞나보군. 쟤 아무래도 찰스 녀석 장이 안 좋은 모양이야."

"……"

아까와 같은 상황이었지만 관찰자인 잭의 시점으로 두 사람의 사이를 서술하니 1인칭 서술과는 다른 방식으로 연출된다는 것을 알 수 있다. 이렇게 같은 장면으로도 시점에 변화를 줌으로서 전혀 다른 장면 연출을 할 수 있다. 어떤 인물에게 초점을 맞춰서 어떤 방식으로 연출하느냐에 따라 문체나 전개 방식이 달라질 수 있기 때문에 같은 1인칭이라 하더라도 자신에게 잘 맞는 것을 선택해야 한다.

3인칭 시점 연출

3인칭 관찰자 시점은 사실 웹소설에서는 다루기 어려운 시점이라고 생각한다. 앞서 간단히 설명했듯이 3인칭 관찰자 시점은 전달할 수 있는 정보의 제한이 가장 많은 시점이다.

서술자인 화자가 카메라를 들고 주인공을 쫓아다니면서 상황을 촬영한 뒤 독자들에게 그 장면을 그리듯 서술하게 된다. 그러다 보니 주인공은 물론 다른 인물들의 속마음을 서술할 수 없다. 인물들이 무슨 생각을 하는지 직접적으로 표현할 수가 없다는 뜻이다.

그렇다면 어떤 식으로 인물들의 생각을 독자들에게 전달할 수 있을까? 인물들의 동작, 세밀한 움직임, 말투, 대화의 리듬. 장면으로 보여지는 모든 것들을 통해 그 미묘한 심리와 상황을 간접적으로 전달해야 한다. 이런 섬세한 전달을 위해서는 묘사는 물론 서술, 대화까지 모든 문장을 자유자재로 구사할 수 있어야 한다. 필연적으로 3인칭 관찰자 시점은 높은 수준의 문장력을 요구하게 된다.

때문에 3인칭 관찰자 시점을 주로 쓰는 장르는 웹소설보다는 장르문학이나 제도권 문학 쪽에서 더 많이 쓰이는 편이다. 세부적으로 들어가면 '하드보일드' 문체로 불리는 비정하고 딱딱한 분위기의 사실주의적 문장 기법에 가깝다. 헤밍웨이의 《노인과 바다》, 코맥 매카시의 《더 로드》 같은 작품들이 이런 류의 문체로 서술된 작품들이다. 결국 시점과 문체는 떼려야 뗄 수 없는 관계라는 뜻이기도 하다.

만약 이런 문체를 좋아해서 웹소설에 적용하고 싶다면 말릴 수는 없다. 하지만 긴 연재 분량을 소화해야 하는 판타지, 무협 장르에서 3인칭 관찰자 시점으로 소설이 진행되면 문장 자체에 공을 많이 들여야 하기 때문에 연재 속도가 현저히 느려질 수 있다는 점을 감안해야 한다. 그럼 3인칭 관찰자 시점 역시 《근육 기사 마이클》로 한 장면을 만들어서 예시를 들어보도록 하자.

《근육 기사 마이클》 3인칭 관찰자 시점

-후욱! 후욱!

마이클의 입에서 거친 숨소리가 뿜어져 나왔다. 아령을 흔들고 있는 그의 근육은 마치 청동 조각이 살아 움직이는 것처럼 단단해 보였다. 마이클과 잭은 서로 아무 말 없이 텅 빈 복도를 걸어갔다. 간간히 마이클의 숨소리만 공허한 복도를 울렸다.

–마이클, 여전히 빌어먹을 정도로 끔찍한 근육이군.

파리한 얼굴빛의 한스가 복도 맞은편에서 마이클을 향해 날카로운 목소리로 쏘아붙였다. 그러자 마이클은 한 치의 흔들림도 없는 목소리로 대답했다.

–여어, 찰스. 칭찬 고맙군. 자네도 훈련에 합류하는 게 어떤가. 지금보다 더 멋진 근육을 가질 수 있다고.

동시에 옆에 있던 잭이 로브에 달린 모자를 벗었다. 잿빛 머리카락 사이로 보이는 영악해 보이는 눈동자가 찰스를 맹렬히 쏘아봤다.

–찰스 경, 전투 현장에서는 뵙지 못했는데 여기 계셨군요.

잭의 말에 찰스는 자신도 모르게 몸이 움찔했다. 그는 향수 냄새가 짙게 배어 있는 손수건을 꺼내 코에 갖다 대며 말했다.

–네 놈들이랑 같이 있다가는 나까지 천한 냄새가 배어 버릴 것 같군.

찰스는 휙 돌아서 다른 방향으로 나 있는 복도로 모습을 감췄다. 잭과 마이클은 말없이 다시 복도를 걸었다. 그때 마이클이 천천히 입을 열었다.

-급똥이 온 게 맞나보군. 잭, 아무래도 찰스 녀석 장이 안 좋은 모양이야.

잭은 입술을 꾹 다물고 아무런 말도 하지 않았다. 마이클은 여전히 아령을 쥐고 흔들며 근육에 자극을 주는데 열중했다. 복도가 끝날 때까지 두 사람 사이에 대화는 없었다.

1인칭으로 서술했던 《근육 기사 마이클》의 장면을 3인칭 관찰자 시점으로 고치면서 주인공인 마이클을 중심으로 잭과 찰스 사이의 긴장감, 마이클과 찰스 사이의 관계성을 드러내는 문장들을 배치했다. 3인칭 관찰자 시점의 경우에는 카메라로 등장인물들을 비추며 겉으로 보이는 장면만 묘사할 수 있기 때문에 인물 사이의 감정 변화를 우회적으로 표현할 수밖에 없다. 즉 문장과 문장 사이의 행간을 통해 보이지 않는 내용을 전달하는 것이 중요하기 때문에 표현의 밀도가 더 높을 수밖에 없다.

웹소설 중에서는 '정판물(정통판타지물)'이라 불리는 장르가 이런 방식의 문체를 사용한다. 백수 귀족 작가, 도동파 작가의 작품이 이에 가깝다고 볼 수 있다. 엄밀히 말하면 완전한 3인칭 관찰자 시점이라고 보기는 어렵고 전지적 작가 시점과 3인칭 관찰자 시점이 섞여 있다. 하지만 문체가 정제되어 있고, 의도적으로 캐릭터들의 마음속을 그대로 서술로 드러내기보다는 상황적인 묘사로 관계성을 드러내는 표현 방식이 자주 쓰인다.

웹소설에 이런 방식의 시점을 사용하게 되면 어떤 효과를 볼 수 있을까? 소설의 전체적인 분위기가 무겁고 비정한 톤을 띠게 된다. 비정한 중세 시대를 배경으로 한 로우파워 정통판타지 세계관과 잘 어울리는 시점이기에 쓰기는 어렵지만 매력이 있어 많은 창작자들이 도전해보고 싶어 한다. 하지만 이런 방식의 서술은 상당히 난이도가 높아 웹소설을 처음 쓰는 지망생의 경우에는 적어도 한 작품 이상 완결을 낸 후에 글쓰기가 손에 익으면 시도해 보는 것이 좋다.

전지적 작가 시점 연출

전지적 작가 시점은 흔히 쓰이는 시점이기 때문에 개념 자체는 지망생들에게도 상당히 익숙할 것이다. 특히 판타지, 무협 장르에서는 전지적 작가 시점을 가장 많이 쓴다. 앞서 설명했듯이 서사가 길게 이어지는 연재물의 특성상 빠르게 상황을 서술하기 위해서는 전지적 작가 시점을 활용하는 것이 가장 효율성이 높기 때문이다.

전지적 작가 시점은 서술자가 모든 것을 알고 있기 때문에 모든 캐릭터의 정보, 상황, 심리까지 서술하는 것이 가능하다. 또한 편리한 것 중 하나가 시공간을 넘어서 사건을 설명하거나 부가 설명 역시 할 수 있다. 이 기능이 있으면 소설 속에 미리 복선을 깔아놓는 것이 유리해진다. 따로 설명을 위한 캐릭터가 없어도 내용 전개에 필요한 중요 정보를 서술자가 직접 설명하는 것이 가능하다는 의미다. 웹소설에서는 이 부분이 상당히 중요한데, 그 이유는 전개를 훨씬 빠르게 이끌어 갈 수 있다는 장점이 있기 때문이다. 가독성과 속도감이 중요한 웹소설에서 전개를 빨리 뽑아낼 수 있다는 것은 큰 위력을 발휘하는 무기라 할 수 있다.

하지만 반대로 이런 정보 전달의 자유도 때문에 문제가 생기기도 한다. 독자들이 신입 작가의 작품 중에서 이탈을 많이 하는 이유 중 하나가 초반부에 지나치게 세계관 설명을 비롯해 정보 설명이 많다는 것이다. 전지적 작가 시점은 모든 설명이 가능하다보니 작가도 모르게 지나치게 정보를 많이 주입하여 설명을 길게 쏟아낸다. 혹시라도 독자들이 내가 만들어낸 설정을 이해하지 못할까 봐, 혹은 그냥 지나치고 넘어갈까 봐 불안한 마음에 설명이 길어지는 것이다. 하지만 이럴 경우 독자들은 흥미를 잃고 소설에서 이탈할 가능성이 높아진다.

정말로 중요한 핵심 정보만 서술자의 입장에서 설명하고, 다른 부가 정보들은 캐릭터와 캐릭터 사이의 사건과 대화를 통해 자연스럽게 전달할 수 있어야 한다. 즉, 사건의 전개와 정보 전달 사이의 밸런스를 맞추는 것이 굉장히 중요하다.

문장 훈련이 어느 정도 된 작가들 중에서 유입이 적거나, 연독률이 낮을 경우 높은 확률로 이 밸런스를 제대로 못 맞췄을 가능성이 높다. 자신이 해놓은 설정에 빠져서 앞부분에 설명을 지나치게 많이 하거나, 반대로 지나치게 설명 없이 그럴듯한 말만 늘어놓아 떡밥투성이로 만들어 놓거나 하는 경우가 많기 때문이다. 정보와 사건 전개의 밸런스가 깨지면 독자들이 몰입하기 어렵기 때문에 적정선을 지키는 것이 가장 중요하다. 그럼 이번에도《근육 기사 마이클》을 예시로 전지적 작가 시점을 살펴보자.

《근육 기사 마이클》전지적 작가 시점

잭과 마이클은 단장을 만나기 위해 전투가 끝나자마자 기사단 건물로 복귀했다.

"후욱! 후욱!"

소규모 전투만으로는 몸이 다 풀리지 않았는지 마이클은 아령을 들고 근육을 끊임없이 움직였다.

옆에서 나란히 걷고 있는 잭은 마이클의 근육에 헤드락 걸려 단번에 목이 꺾였던 오우거를 떠올렸다.

잭이 가엾은 오우거를 위해 묵념하고 있을 때였다.

누가 봐도 귀족처럼 생긴 찰스가 복도 맞은편에서 걸어왔다.

"마이클, 여전히 빌어먹을 정도로 끔찍한 근육이군."

찰스는 질린다는 표정으로 마이클을 보며 빈정거렸다.

하지만 마이클은 언제나 그렇듯 찰스의 도발을 전혀 이해하지 못했다.

"여어, 찰스. 칭찬 고맙군. 자네도 훈련에 합류하는 게 어떤가. 지금보다 더 멋진 근육을 가질 수 있다고."

마이클의 눈치 없는 대답에 잭은 어이없는 표정을 지었다.

그는 로브에 달린 모자를 벗고 찰스를 노려보며 말했다.

"찰스 경, 전투 현장에서는 뵙지 못했는데 여기 계셨군요."

전투에 참여하지 않았으면 알아서 입 다물고 꺼지라는 간접적인 위협이 섞여 있는 말이었다.

마이클과 달리 눈치가 있는 찰스는 잭의 말에 숨어 있는 의도를 이해하고 이를 갈았다.

"네 놈들이랑 같이 있다가는 나까지 천한 냄새가 배어 버릴 것 같군."

마이클과 잭은 신분은 천했지만 뛰어난 실력 때문에 기사단장의 총애를 받았다.

두 사람이 전투에서 공을 세운 상황에서 괜히 더 도발해봐야 얻을 것이 없다고 생각했는지 찰스는 조용히 사라졌다.

잭은 찰스의 같잖은 도발에 콧방귀를 꼈다.

'저놈은 마이클이 오우거 뚝배기를 팔뚝으로 으깨는 걸 봐야 정신 차릴 텐데.'

그때 마이클이 진지한 목소리로 말했다.

"급똥이 온 게 맞나보군. 잭, 아무래도 찰스 녀석 장이 안 좋은 모양이야."

"……."

그게 아니란 걸 설명해줄까 하다가 잭은 그냥 고개를 끄덕였다. 귀찮기도 했고 서로 좋은 게 좋은 거라 생각했다.

같은 상황이지만 전지적 작가 시점으로 바꾸면 다른 시점보다 상황 정보를 더 자연스럽게 넣는 것이 가능하다. 관계성은 물론 캐릭터들의 상황, 성향까지 서술자 입장에서는 편하게 표현할 수 있기 때문이다.

물론 창작자마다 쓰는 형식과 취향이 다르기 때문에 시점 중에서 뭐가 가장 좋다 하고 특정지어서 말씀드리기는 어렵다. 자신의 스토리를 가장 잘 펼쳐나갈 수 있는 시점이 가장 좋은 시점이다. 이를 위해서는 시점에 대한 연습을 계속하면서 내가 편하게 쓸 수 있는 시점과 그 시점에 맞는 문체를 찾아야 한다.

시점 연출에 따른 초점화

시점에 따라 각각 어떤 방식으로 연출이 가능한 지와 전달할 수 있는 정보량에 어떤 차이가 있었는지를 살펴봤다. 이번에 짚어보고자 하는 내용은 시점 연출에 따른 초점화에 대한 부분이다.

시점 연출에 따란 초점화란 바로 표현의 강약을 조정하는 부분을 뜻한다. 예를 들어 창작자가 아주 재미있는 스토리를 구성했다고 가정해보자. 이 스토리에는 매우 많은 내용이 들어 있다. 멋진 캐릭터들도 많고, 세계관도 풍성하고, 에피소드도 풍부하다. 스토리 설정을 아주 촘촘하게 해놨기 때문에 이 기획을 텍스트로만 풀어내면 명작이 될 것이라 확신하고 있다.

그런데 정작 이 스토리 기획을 텍스트로 옮기려고 하면 어디서부터 시작해서 어떻게 표현해야 할지 감이 잡히지 않는 경우가 종종 있다. 억지로 꾸역꾸역 시점을 잡고 문체를 잡아서 문장을 썼는데 본인이 생각한 스토리 설정이 제대로 표현되지 않을 때 상당히 난감해진다. 이렇게 되면 문장을 지우고 또 지우고 될 때까지 수정을 거듭하지만 한 달이 지나도 초반 10화를 채우지 못할 가능성이 높다.

예시로 든 상황이지만 실제로 이렇게 자신의 기획과 풀어낸 본문 사이의 괴리에서 괴로워하는 창작자, 지망생들이 상당히 많을 것이다. 특히 습관적으로 리메이크를 하는 지망생이나, 쓰고 있는 중간에 다시 문장을 고치는 자기 검열이 심한 작가들은 대부분 이런 비슷한 상황을 연출하게 된다. 스토리 설정도 다 되어있고, 문장을 쓰는 기술이 없는 것도 아닌데 도대체 왜 이런 일이 일어나는 걸까?

여기서 필요한 것이 바로 초점화다. 앞서서 우리가 시놉시스의 로그라인을 설정했을 때를 떠올려보면 작품 전체를 관통하는 한 문장. 가장 중요한 핵심 콘셉트를 압축해서 독자들에게 메시지로 전달하는 방법을 연습했다. 초점화 역시 이와 비슷하다. 다른 점은 초점화에서는 '소거법'을 활용해야 한다는 것이다.

소거법은 하나씩 지워가는 방법이다. 위에서 든 예시의 실패 원인이 무엇일까. 역설적으로 너무 많은 준비를 했기 때문이다. 스토리 구조도 촘촘하게 준비 되어있고, 그 안에 굉장히 많은 정보들이 빽빽하게 배치가 되어 있기 때문에 어디서부터 그 정보를 문장화할지 정하기가 어려운 것이다.

지나치게 완벽주의적 성향을 가진 창작자들, 혹은 아직 자신의 작품에 확신을 갖지 못한 지망생들이 이런 어려움을 겪는 경우가 많다. 다른 작가들을 보면 별로 스토리를 제대로 짠 것 같지도 않은데 툭툭 쓰면 순식간에 1화를 완성하고 내용을 읽어보면 재밌는 경우가 있다. 그 작가가 어마어마한 천재이기 때문에 가능할 수도 있겠지만 반드시 그렇지는 않다. 오히려 헐겁게 설정을 준비했을 때 감각적으로 가장 중요한 핵심 요소를 찾기 쉬워서 자연스럽게 초점화가 된 것일 가능성이 높다.

스토리 구성이 헐겁다고 해서 모든 작가가 핵심 요소를 바로 찾을 수 있는 것은 아니지만 웹소설을 몇 차례 완결을 내고 경험을 쌓다보면 이 부분이 내재화된다. 작가들이 연차가 쌓일수록 유의미한 수익 결과가 나오는 이유가 여기에 있다. 이 초점화에 대한 부분만 잘 적용해도 충분히 상업적 콘텐츠 제작이 가능하다는 뜻이다.

다시 돌아와서 설명하자면 이 초점화와 연관이 깊은 것이 바로 시점 연출이다. 앞서서 우리는 네 가지의 다른 시점과 이를 어떻게 적용해서 상황을 풀어낼 수 있는지를 살펴봤다. 1인칭과 3인칭, 전지적 작가 시점일 때 지면에서 풀어낼 수 있는 표현과 정보들이 제한된다. 만약 어떤 시점을 선택했다고 했을 때 그 시점에 맞게 스토리 전체를 초점화할 필요가 있다. 이 뜻은 아까 말한 소거법을 이용해 가장 중요한 핵심 요소만 더 강화해야 한다는 뜻이다.

예를 들어보자. 내가 만약 전지적 작가 시점으로 작품의 시점을 잡았다고 하고 핵심적으로 강조할 부분을 주인공 캐릭터의 매력이라고 설정했다고 가정하자. 먼치킨 주인공이 종횡무진 활약하는 활극이 주가 되는 소설이다. 여기서 중요한 초점은 무엇일까? 주인공이 어떤 활약을 하는지, 먼치킨 캐릭터가 어떤 사이다패스적인 전개를 보여줄지가 중요하다. 그런데 이런 내용에서 엄청나게 세밀하고, 자세한 묘사와 촘촘하게 짜인 세계관의 구성과 설정이 들어간다면 어떻게 될까?

독자들은 주인공 캐릭터의 먼치킨적 활약상을 보고 싶은데 아무리 페이지를 넘겨도 묘사와, 묘사와, 묘사만 나온다면 지루함을 느끼고 이탈할 가능성이 높다. 창작자 입장에서는 먼치킨적 주인공 캐릭터의 설정과 세심한 묘사, 촘촘한 세계관 구성이 같이 있으면 더 독자들이 좋아할 거라고 생각할 수 있다. 하지만 실상은 그렇지 않다. 지면이 한정되어 있고, 가독성이 중요한 웹소설에서 정보가 과하면 오히려 독이 될 수 있다.

여기서 우리가 눈여겨봐야 할 점이 바로 작품의 '톤 앤 매너'다. 톤 앤 매너는 단순히 하나의 요소가 아닌 소설 전체를 아우르는 구성 요소들이 복합적으로 결합하여 나타나는 고유한 특징이라고 볼 수 있다. 스토리의 구성, 캐릭터, 문체, 시점 연출 등이 어우러진 것이다. 상위권 작가들 중에서 오랫동안 글을 쓰며 연속으로 작품을 성공시킨 작가들의 작품을 읽어보면 그 작가 특유의 톤 앤 매너를 느낄 수 있다. 어떤 작가의 작품은 어둡고 진지하면서도 문장을 읽는 맛이 있고, 어떤 작가의 작품은 통통 튀면서도 가볍게 읽는 맛이 있는 것처럼 그 톤 앤 매너가 독자들에게 각인되며 다음 작품을 기대하도록 만드는 것이다.

요리를 할 때도 지나치게 많은 재료를 과하게 넣게 되면 오히려 재료 본연의 맛이 사라지고 복잡한 맛만 남게 되는 경우가 있다. 웹소설 역시 이와 비슷하다. 내가 집중할 수 있는 요소를 정하면 그 요소를 강화하기 위해 과감하게 다른 요소들을 소거하고 선명한 콘셉트를 강조하는 게 중요하다. 하지만 창작자들은 자신이 만들어낸 요소들을 모두 담고 싶어 하는 욕심이 있다. 그러다 보니 선명함이 사라지게 되면서 풀리지 않는 수정의 악순환 속으로 빠져들게 된다.

이를 극복하기 위해서는 '집중점'을 만들어야 한다. 앞서 말한 대로 시점을 결정하게 되면 그에 따라 내가 집중할 요소를 결정한다. 캐릭터의 매력, 세계관의 풍성함, 문장의 아름다움 등등 자신의 작품을 가장 잘 드러낼 수 있는 핵심 요소를 선택해야 한다. 그다음이 핵심 요소에 맞춰서 콘셉트를 잡고 그에 따른 톤 앤 매너를 구성해야 한다.

톤 앤 매너는 바로 그 작가를 대표하는 고유의 특징이다. 내가 다른 작가의 어떤 톤 앤 매너를 좋아한다고 해서 그걸 바로 모방하거나 따라 할 수가 없다. 스스로가 가장 자주 쓰는 방법, 자주 선택하는 핵심 요소 등을 기반으로 만들어지는 것이기 때문에 스스로가 스토리를 만들 때 주로 어떤 선택을 하는지를 면밀히 보고 고찰을 해야 이를 강화하고 만들어 갈 수 있다. 톤 앤 매너의 기반이 다져지면 다른 기타 부수적인 요소들은 소거하고 강조할 부분만 명확하게 강조해서 선명함을 드러내는 것이 가장 중요하다.

이런 초점화 과정이 진행되고 나면 시놉시스를 다시 한번 재구성해야 한다. 초점화된 콘셉트에 맞게 시놉시스의 사건을 재배열하고 독자 유입에 가장 중요한 로그라인과 소개를 다시 구성해보는 것이다. 이미 이 부분이 완성되어 있고 고칠 필요가 없다고 생각하면 넘어가도 된다. 그럴 때는 오히려 어떤 걸 더 생략하면 좋을까를 고민하면 된다. 이를 통해 내 작품의 '차밍 포인트'가 무엇인지를 찾고 관계자들과 독자들에게 어필할 점을 분명히 드러내야 작품의 매력을 온전히 전달할 수 있다.

상위권 웹소설들은 모두 이런 지점들을 거쳐서 인기를 끌고 있는 작품들이다. 다른 작품들은 어떤 방식으로 초점화가 됐는지를 살펴보고 나와 비슷한 부분이 있다면 그에 맞춰서 초점화 연습을 해보면 좋다.

04
실전 웹소설 쓰기

프롤로그 쓰기

이제부터는 웹소설의 본문을 쓰는 단계로 넘어가 보자. 그중에서 가장 첫 단계가 바로 프롤로그 쓰기다. 우선 프롤로그란 무엇일까? 프롤로그는 작품의 도입부를 뜻한다. 작품을 보면 프롤로그와 1화를 따로 구분해 둔 작품도 있고, 1화에서 프롤로그가 합쳐져 있는 경우도 있다. 그러한 구분과 상관없이 웹소설은 작품의 도입부를 잘여는 것이 굉장히 중요하다. 이게 중요한 이유는 작품의 첫 부분이 이 작품의 전체 콘셉트와 방향을 알려주기 때문이다.

특히나 판타지 무협의 경우에는 그 안에서도 세부적인 카테고리가 촘촘히 나뉘어 있다. 내가 쓴 소설이 판타지 중에서 헌터물인지, 정통 판타지인지, 게임 판타지인지, 아니면 게임 빙의물인지를 첫 부분을 읽는 순간 직관적으로 독자들이 알아챌 수 있어야 한다. 웹소설의 독자들은 취향이 상당히 세분화 되어 있기 때문에 내 작품이 어떤 콘셉트인지 처음부터 정확히 전달해야 취향에 맞는 독자들을 유입시킬 수 있다. 이러한 이유로 독자들이 본문을 눌렀을 때 처음 보는 페이지에서 소설의 콘셉트가 제대로 드러나 있어야 한다. 다음은 필자의 판타지 소설 《용살자의 클래스가 다른 회귀》의 1화 첫 부분이다.

내 이름은 지크 드레이커.

드레이커 가문의 직계 혈족이다.

이 잘난 용살자 가문은 대륙 최고의 기사 가문으로 제국의 황제조차 건드리지 못했던 곳이다.

바꿔 말하면 이 가문에서는 기사가 될 수 없는 자는 버러지 취급을 당한다는 뜻이다.

내가 그랬다.

드레이커 가문 직계 혈족 중 최초의 각성 실패자.

드레이커의 혈족에게는 당연한 통과 의례인 오러 각성을 나만 실패했다.

왜냐면 내가 용살자와는 하등 상관없는 힐러 클래스였기 때문이다.

용살자 가문의 직계가 힐러 클래스라니.

질 나쁜 싸구려 농담 같지만 부정할 수 없는 사실이다.

직계 혈족임에도 오러 각성에 실패한 나는 가문에서 쓰레기 취급을 받았다.

지크 드레이커라는 주인공의 상황을 프롤로그 첫 부분에서 소개하고 가문, 제국, 황제, 오러, 힐러 클래스 등라는 키워드를 통해 이 배경이 판타지 세계라는 것을 전달했다. 여기까지는 일반적인 판타지 소설의 배경이라는 것과 주인공이 어떤 상황인지를 전달하는 것이 주요 목적이었다.

거의 숨이 끊길 때쯤 눈앞에 이상한 문자들이 떠올랐다.

[강력한 의지가 고대의 힘을 각성시킵니다.]

[엘더드래곤의 넋이 의지를 가진 자의 영혼에 각인됩니다.]

처음에는 이게 뭔 개소린가 싶었다.

[시스템이 각성자의 위험을 감지합니다.]

[긴급 조치가 발동됩니다.]

[동의하시겠습니까?]

긴급조치고 뭐고 아파 죽겠다고.

[동의하시겠습니까?]

프롤로그 후반부쯤 '시스템'이라는 단어를 통해 이 소설은 판타지 세계관이지만 주인공에게 시스템이 부여되는 소설이라는 점을 위의 내용을 통해서 전달하고자 했다. 독자들에게 이 소설은 판타지 세계관에서 주인공이 시스템의 힘을 활용해 복수하며 강해지는 내용을 담고 있다는 콘셉트를 전달한 것이다.

프롤로그는 유입된 독자들이 무조건 읽게 되는 부분이기 때문에 가장 중요한 지점이라 할 수 있다. 그런데 문제는 생각보다 서두 부분을 쉽게 흘려 버리는 지망생들이 많다는 점이다. 가장 중요한 정보를 서두에 배치해서 독자들을 확 이끌어야 다음 화로 넘어갈 텐데 이미 앞부분에서 배경 설명이 지나치게 많거나 뜬구름 잡는 이야기를 늘어놓게 되면 곧바로 이탈하게 된다. 항상 서두 부분에 콘셉트의 핵심을 배치해야 한다는 것을 잊으면 안 된다.

프롤로그에서 작품의 콘셉트에 대한 정보를 전달했다면 다음으로 설정해야 할 것은 주인공의 목표를 선명하게 드러내는 것이다. 프롤로그가 중요한 역할을 하는 부분 중 하나가 바로 가장 서두에서 주인공이 어떤 상황이고 무엇을 할지를 보여준다는 점이다.

독자들은 프롤로그만 보고도 이 주인공이 어떤 사람이고, 앞으로 뭘 하겠다하는 것이 머릿속으로 떠올라야 한다. 그래야 기대감을 가지고 그다음 화를 보고, 무료분이 끝나면 뒷부분이 궁금하니까 돈을 내고 유료분을 보게 된다. 만약 주인공이 뭘 할지 제대로 전달이 안 된 상태라면 독자들은 흥미를 잃고 금방 이탈하게 된다. 앞서 주인공 페르소나를 만들었을 때 주인공은 항상 목표가 뚜렷해야 한다고 강조했다. 프롤로그에서는 주인공이 가져가야할 모티베이션과 목표가 직관적으로 드러나야 한다. 위에서 예시로 들었던 용살자의 주인공 지크 드레이크의 경우를 살펴보자.

직계 혈족임에도 오러 각성에 실패한 나는 가문에서 쓰레기 취급을 받았다.

(중략)

"저번에도 말씀드렸지만 이런 식으로 계속 현실을 피하기만 해서는 드레이커 가문에서 살아남기 어렵습니다, 도련님."
최대한 감정을 배제한 목소리였지만 그 안에는 진심이 담겨 있었다.
그때 지크가 데커를 올려다보며 말했다.

"피해? 내가?"

그가 주먹을 쥐고 우드득 소리를 냈다.

"겨우 다시 돌아왔는데 피하긴 왜 피해."

지크의 눈빛이 번뜩였다.

"빚을 갚아줘야 할 놈들이 잔뜩 있는데 말이야."

지크 드레이커가 자신의 가문인 드레이커 가문에 깊은 원한을 가지고 있다는 것을 드러내는 부분이다. 앞에서 주인공이 가문에 대한 복수심을 드러내면 독자들은 이를 보고 뒷부분에서 복수가 이루어질 것이라는 내용을 쉽게 예상할 수 있다. 이처럼 누군가에게 복수를 하겠다, 천하제일이 되겠다, 대륙 제일의 거상이 되겠다 등등 그 목표 설정이 분명해야 스토리 전개가 명확해지고 독자들 역시 쉽게 몰입할 수 있다.

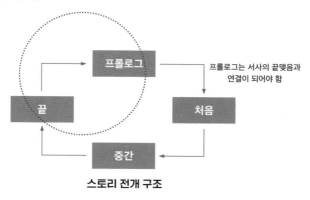

스토리 전개 구조

앞선 표에서 나타난 것처럼 프롤로그부터 시작해 처음, 중간, 끝으로 스토리가 연결되는 것을 볼 수 있다. 여기서 주목해야 할 부분은 프롤로그와 끝이 연결되어 있다는 점이다. 즉 프롤로그에서 시작한 주인공의 목표와 모티베이션이 스토리의 전개를 관통해서 끝부분에서 끝맺음을 하고 서로 연결이 되어야 한다는 것을 뜻한다. 프롤로그에서 시작한 바를 서사 전체에서 이어가서 관련된 내용을 끝내야 스토리의 완결성이 높아진다. 필자가 쓴 무협 소설《악역무쌍》을 예시로 이 부분을 짚어보자.

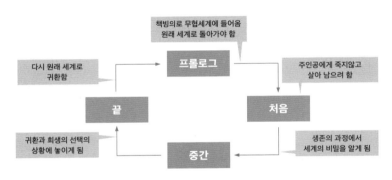

《악역무쌍》 스토리 전개 구조

《악역무쌍》에서는 주인공이 자신이 쓴 미완결 무협지의 악역으로 빙의가 된다. 여기서 주인공의 목표는 살아서 원래 세상으로 돌아가는 것이다. 이 목표를 위해 주인공인 혁련운은 죽을 고생을 하며 힘을 키우고 '영웅지로' 세계의 비밀을 알아낸다. 그리고 자신이 인연을 맺은 이들을 위해 귀환과 희생의 선택 상황에 놓이게 된다. 결국 끝에서는 원래 세계로 귀환하게 되면서 프롤로그의 목표와 결말이 연결되는 걸 알 수 있다.

　두 번째로 역시나 필자가 쓴 무협 소설인《빡칠수록 쎄진다_홧병신공》의 내용을 살펴보자.

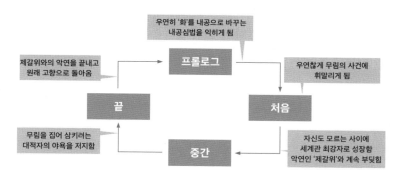

《빡칠수록 쎄진다_홧병신공》 스토리 전개 구조

　주인공 장삼은 무림맹 말단 하급 문사다. 제갈세가의 기재인 제갈위와 악연을 맺고 벌업무를 받던 중 우연히 '화'를 내공으로 바꾸는 내공심법을 익히게 된다. 여기서《빡칠수록 쎄진다_홧병신공》속 주인공인 장삼은《악역무쌍》주인공인 혁련운과 다르게 명확하게 자신의 목표가 표면적으로 드러나지 않는다. 그는 본래 무림인이 되고 싶었지만 재능이 없어 결국 무림맹 무사가 되지 못하고 무림맹 문사가 된 것이다. 자신도 모르게 화가 쌓여 무소불위의 내공을 갖게 된 장삼은 우연히 무림의 사건에 휘말리게 되고 무림을 집어삼키려는 대적자의 야욕을 저지하게 된다. 마지막으로 제갈위와의 악연을 끝내고 무림의 영웅이 되어 고향으로 귀환한다.

《빡칠수록 쎄진다_홧병신공》 같은 경우에는 주인공의 목표나 모티베이션이 상당히 복합적이다. 그러다 보니 주인공이 직접적으로 뭔가를 하기 보다는 주변의 외부적 상황에 휘말리며 에피소드가 진행되는 경우가 많았다. 상대적으로 주인공이 수동적으로 움직일 수밖에 없었고, 주인공의 주변 인물들이 움직이며 에피소드를 채우는 경우가 대부분이었다. 덕분에 웹소설 보다는 장르문학적 문법에 가깝게 집필하게 됐고, 시원한 먼치킨 웹소설을 바라던 독자들은 답답함을 느끼고 고구마라는 댓글들을 많이 남겼다. 프롤로그에 주인공의 목표와 모티베이션이 중요한 이유가 여기에 있다.

목표가 명확치 않은 채로 갑작스럽게 주인공이 큰 힘을 얻거나, 사기적인 능력을 갖거나, 혹은 애초에 세계관 절대자일 경우에는 주인공의 목적을 명확히 제시하는 게 쉽지 않다. 독특한 설정을 통해 독자들의 관심을 끄는 것은 좋지만 주인공의 목적을 초점화하는 부분도 간과하면 안 되기 때문에 주의해야 한다.

각 플랫폼의 상위권 작품 중에서 자신이 보고 재밌었던 작품의 서두가 어떻게 구성이 되어 있고, 주인공의 목표점을 제시했는지를 살펴보면서 이를 자신의 작품에 적용시켜 보면 빨리 감각을 키울 수 있다. 본문을 쓰는 건 어느 정도 감을 잡아야 하는 부분이기 때문에 여러 가지 버전의 프롤로그를 최대한 많이 써보는 수밖에 없다.

1화 쓰기

웹소설의 1화는 프롤로그와 이어지는 중요한 서두라고 할 수 있다. 보통 독자들이 최소 1화까지는 읽어본다. 이때 1화를 보고 자신과 취향이 안 맞거나, 재미없다고 느끼면 바로 이탈한다. 일반 도서라면 첫 부분이 재미없어도 이미 책을 구입했기 때문에 어느 정도 참고 내용을 읽어본다. 하지만 웹소설은 절대로 그렇지 않다. 1화에서 이미 유입은 냉정하게 갈린다. 1화가 재미없으면 대부분의 독자가 이탈하고 돌아오지 않는다. 특히나 신인으로 처음 런칭한 작품이라면 독자들의 반응은 더더욱 냉정하다. 재미없으면 독자들은 바로 손절한다. 놀라운 것은 신인뿐만 아니라 기성 작가의 작품도 마찬가지라는 점이다. 첫 부분이 중요한 이유가 여기에 있다.

가끔 이렇게 말하는 지망생들도 있다. 내 작품은 뒤로 갈수록 재밌다. 끝까지 다 봐야 진가를 알 수 있다. 물론 그럴 수 있다. 하지만 이런 말은 웹소설에서 전혀 소용없다. 지금 재미없으면 그걸로 그냥 끝이다. 떠나간 독자들은 다시 돌아오지 않는다. 아무리 뒤가 좋아도 1화에서 독자들을 휙 이끌어서 유입을 끌어오지 못하면 결국 수익으로 연결되지 못한다. 그렇기 때문에 신인일 경우에는 1화 자체를 아주 선명하게 만들어야 할 필요가 있다.

문제는 신인들이 오히려 기성 작가들보다 리스크가 큰 소재와 작법을 자꾸 사용하려 한다는 점이다. 여태껏 웹소설에서는 전혀 없었던 방식과 소재로 내가 웹소설 시장을 흔들어 버리겠다는 큰 야망과 포부로 아무도 시도하지 않았던 방법을 고수한다. 물론 이렇게 해서 초대박 작품이 나올 수도 있겠지만, 높은 확률로 독자들에게 외면당하는 베드엔딩으로 끝날 가능성이 높다.

앞서 말한 것처럼 특히 판타지, 무협의 경우에는 프롤로그와 1화에서 작품의 콘셉트와 주인공의 목표를 선명하게 드러내야 한다. 이를 바탕으로 뒤에서 전개될 스토리라인을 잡아 독자들에게 기대감을 심어줘야 한다. 프롤로그에서 던진 내용을 1화에서 받쳐주고 그 다음화로 이어서 넘어갈 준비를 해야 한다. 여기서 주의할 점은 프롤로그와 1화에 지나치게 많은 정보를 넣으면 안 된다는 점이다.

지망생들이 가장 쉽게 실수하는 것 중 하나가 웹소설의 서두에 지나치게 많은 정보를 집어넣는다는 것이다. 자신만의 고유한 세계관을 만들겠다면서 세계관의 정보를 1화의 절반을 넘게 나열한다던지, 주인공에 대한 목표가 제대로 나오지도 않았는데 지나치게 많은 등장인물을 처음부터 나오게 하는 등의 치명적인 실수를 저지르는 경우가 많다. 웹소설은 단선적인 플롯으로 이루어진 콘텐츠인 만큼 그에 맞춰서 1화의 본문 역시 주인공을 중심으로 선명하게 초점화를 시키는 것이 핵심이다. 그렇다면 이제 실질적으로 주인공에게 초점화를 맞추면서 1화를 어떻게 쓰는지를 살펴보자.

어떤 창작자든지 아무래도 가장 힘든 것은 빈 화면에 텍스트를 채워 넣는 일일 것이다. 특히나 1화의 경우에는 어떤 정보를 얼마큼 어떻게 넣어야할지 감을 제대로 잡지 못한 상황이기 때문에 더욱 시작하기가 어렵다. 독자들이 지루하지 않을 만큼의 정보를 넣어서 콘셉트를 전달하면서도, 주인공을 분명하게 드러내 몰입감을 주는 그 밸런스를 잡는 것이 보통 어려운 일이 아니기 때문이다.

이럴 때 가장 좋은 방법은 1화에서 내가 독자들에게 전달해야 할 정보를 먼저 설정해두고 이걸 본문 안에 배치해서 미리 정보 밸런스를 잡아두는 것이다. 이렇게 해두면 지나치게 정보가 1화에 많이 담겨서 독자들을 지루하게 만드는 것을 방지할 수 있다.

이 부분을 필자가 썼던 《악역무쌍》을 예시로 살펴보도록 하자. 시놉시스 상에 적혀 있던 첫 번째 문단을 떼서 정보를 나열하면 다음과 같다.

이시운은 10년 전에 썼던 무협 소설 《영웅지로》를 보다가 잠이 든다. 일어나보니 자신이 쓴 무협소설 속의 엑스트라 악역이 되었다. 사고로 의식을 잃었다가 깨어난 마교의 사공자 혁련운이 된 것이다. 본래 개망나니였던 혁련운이 변하자 시비들이 이상하게 생각한다. 소설 속 주인공에게 언제 죽을지 몰라 머리를 쥐어뜯는 이시운.

《악역무쌍》의 1화에서 가장 중요한 것은 주인공이 자신이 쓴 무협 소설에 빙의가 되었다는 부분이다. 이 소설의 첫 번째 서두에서는 반드시 이 내용이 나와야 한다. 그리고 주인공이 누구에게 빙의했는지에 대한 정보 역시 중요하다. 엑스트라 악역에게 빙의했다는 정보 자체가 이 소설이 망나니물이라는 콘셉트를 전달하기 때문이다. 그렇다면 여기서 중요한 정보는 두 가지가 된다. 이 소설이 '책 빙의물'이라는 것, 그리고 망나니물이라는 것. 위의 내용을 정보 단위로 나열해보자.

① 10년 전에 자신이 썼던 무협소설 '영웅지로'에 작가가 빙의함
② 빙의 대상이 마교 교주의 넷째아들인 망나니 엑스트라

이 두 가지 정보는 프롤로그에 배치하여 전체 콘셉트를 전달하는 데 중요한 역할을 한다. 여기에 이어서 이 내용을 받쳐주는 1화에서는 주인공의 목표와 상황을 분명히 드러내는 점에 초점을 맞추어야 한다. 위의 내용에서 주인공과 관련된 정보 중 가장 중요한 내용은 바로 '소설 속 주인공에게 언제 죽을지 모른다'는 내용이다. 이걸 다시 정보로 정리해보자.

① 빙의한 망나니 엑스트라는 주인공에게 죽을 운명
② 살기 위해서는 강해져야 한다는 것을 깨달음

주인공에게 목표점을 던져주는 정보를 선별해서 뽑아냈다. 적어도 1화에서 이 네 가지 정보는 포함이 되어야 독자들에게 소설의 콘셉트와 주인공의 목표점을 전달할 수 있다. 이런 방식으로 정보를 정리하여 본문을 쓰게 되면 적어도 그 안에 들어가야 할 필수 정보들을 놓치지 않기 때문에 훨씬 효율적으로 집필하는 것이 가능하다.

《악역무쌍》1화

"젠장……."
이시운의 입에서 욕이 튀어나왔다. 자신에게 닥친 일을 믿을 수 없었다.
"미친…… 이게 말이 돼?"
화려한 비단옷을 걸친 시운은 면경 속에 비춰진 자신을 들여다보고 황당한 표정을 지었다.
마교의 사공자 혁련운.
그것이 자신의 이름이었다. 그리고 세간에서 혁련운을 표현하는 말이 있었다.
[개망나니.]
그냥 망나니도 아니고 개망나니였다.
혁련운은 시운이 쓴 무협 소설 속 쓰레기 악역 중 하나였다.

침상에 앉은 시운은 심호흡을 하고 생각을 정리했다.

'자, 침착하자. 나는 이시운. 현대의 대한민국에서 사는 서른두 살의 평범한 청년이다.'

여기까지는 흔들림이 없었다. 하지만 문제는 시운의 기억 속에 혁련운의 기억이 함께 존재한다는 것이었다.

'사냥 가다가 갑자기 튀어나온 벌 때문에 말이 놀라서 뒤로 넘어가는 바람에 의식을 잃었었지.'

혁련운이 살아온 인생이 또렷하게 떠올랐다.

시운은 머리를 감싸 쥐었다.

"이건 아무리 생각해도 말이 안 돼! 어떻게 내가 쓴 무협 소설 안으로 들어오냐고!"

혁련운의 기억을 들여다본 이시운이 낸 결론이었다.

위의 《악역무쌍》 프롤로그 부분을 보면 책빙의와 망나니물이라는 콘셉트를 전달하는데 중점을 맞춘 것을 볼 수 있다.

(중략)

하지만 정작 문제는 그게 아니었다.

"근데 하필이면…… 빙의를 해도 왜 이딴 놈 몸에…… 이 새끼, 주인공한테 한칼에 죽는 악역인데!"

혁련운은 사실 자자한 악명에 비해 소설 내에서 그렇게 큰 비중이 있는 인물은 아니었다.

마교의 개망나니 사공자로서 주인공이 영웅이 되는 길을 닦아 주는 도구로 사용되고 금세 사라지는 역할이었다.

시운은 소설의 내용을 더듬더듬 떠올렸다.

'분명 혁련운이 마교의 후계자 경쟁에서 밀려서, 그걸 만회하기 위해 겁 없이 주인공에게 덤볐다가 개털리고 죽는 역할이었지.'

그 사실을 떠올린 시운은 몸을 덜덜 떨었다.

소설에서 읽었을 때는 별거 아니었지만 정작 그 일이 자신에게 닥칠 것이라 생각하니까 보통 심각한 문제가 아니었다.

"젠장. 이래서는 시한부나 다름없잖아. 이대로 죽을 수는 없어. 나는 원래 세상으로 돌아가야 해."

(중략)

"주인공에게 죽기 전에 여기서 빠져나가서 다시 원래 세계로 돌아갈 방법을 찾아야 해."

이쪽으로 왔다면 당연히 다시 돌아갈 길도 있을 것이다.

다행히 빙의된 육체가 마교의 사공자였다. 망나니에 성격 파탄자기는 하지만 현대로 치면 재벌 혹은 왕자의 신분이다.

사용할 수 있는 충분한 재산도 있고, 수하들도 있으니 돌아가는 정보를 찾으려면 찾을 수 있을 것이다.

"계획, 계획이 필요해."

이곳은 검과 무공으로 이루어진 무림이 존재하는 무협 소설 속의 세상이다. 살아남기 위해서는 철저한 계획을 세워야 했다.

"제기랄, 까짓것 해 주겠어! 주인공이고 나발이고! 난 안 죽어! 반드시 살아서 집으로 돌아가겠다고!"

《악역무쌍》의 1화에서는 주인공의 목표점에 대한 내용이 나온다. 소설 속 주인공에게 죽는 엑스트라 악역의 운명을 깨닫고 여기서 벗어나기 위해 강해져서 현실로 귀환하겠다는 의지를 선명하게 표명하고 있다. 필수적으로 들어가야 할 정보를 바탕으로 주인공에게 초점화하여 프롤로그와 1화의 본문을 효율적으로 정리할 수 있었다.

본격적으로 본문을 쓸 때는 위의 과정처럼 우선은 배치해놓은 정보를 잘 풀어낸다는 데 집중하는 것이 좋다. 들어가야 할 정보가 정확히 들어가는 것이 가장 우선이다. 자신이 만든 고유한 세계관이나 설정을 풀어내고 싶은 욕심, 수려한 문장을 마음껏 펼쳐보고 싶다는 욕심이 고개를 들 테지만 신인일수록 어깨에 힘을 빼고 담백하게 차근차근 정보를 풀어내는 것부터 연습하는 것이 좋다.

웹소설 본문 쓰기

프롤로그와 1화 쓰기를 마쳤다면 본문 쓰기의 첫걸음을 뗀 것이나 다름이 없다. 비슷한 요령으로 그다음 부분을 써나가면 된다. 자신이 쓰고자 하는 내용을 각 화에 해당하는 범위만큼 설정한 뒤 그 정보를 배치하고, 해당 정보 범위에 맞춰서 본문을 집필하면 된다.

처음에는 이렇게 쓰는 것이 어색할 수 있지만 익숙해지면 훨씬 편하게 쓸 수 있다. 우리가 그림을 그릴 때 곧바로 그릴 수도 있으나, 보통 뼈대를 그려놓고 서서히 디테일을 잡아가는 것과 비슷하다고 볼 수 있다. 시놉시스에서 잡아놓은 스토리를 확장해서 트리트먼트로 만들고, 각 에피소드에 들어가는 정보를 먼저 배치해 놓는 것이다. 그림으로 치면 뼈대를 잡는 것과 비슷하다. 내가 이번에 쓸 화의 스토리에 담길 내용이 어디서부터 어디까지인지 써야할 정보를 미리 배치해 놓는다는 의미다.

이렇게 되면 에피소드를 기획하는 것과 집필하는 것을 동시에 하지 않고 따로 떼어내서 할 수 있다. 본문을 집필하면서 동시에 에피소드의 소재를 찾고 기획하는 것은 정말로 힘든 일이다. 연차가 어느 정도 쌓인 기성 작가의 경우에는 기획과 집필이 동시에 이루어질 수도 있겠지만 아직 글쓰기 근육이 제대로 잡히지 않은 신인의 경우에는 그 작업을 분화해서 들어가는 것이 훨씬 효율적이다.

다시 강조하지만 소설의 초반부터 지나치게 지루한 설정이나 설명이 이어지면 독자들이 별로 좋아하지 않는다. 서두 부분은 전개 속도가 빨라야 한다. 끊어지는 부분 없이 물 흐르듯이 내용이 전개되어야 독자들의 이탈률이 줄어들기 때문이다. 더불어 작품 서두에서부터 설정이 어긋나거나 오류가 생기면 신뢰성이 떨어지게 되니 주의해야 한다.

이 부분을 감안하면서 본문에 서술, 묘사, 대화문을 적용하는 방법을 살펴보자. 문장 연출과 시점 연출의 실전 응용이라고 볼 수 있다. 앞서 설명한 것처럼 우선 내가 써야 할 원고의 집필 범위를 정하고 시놉시스나 트리트먼트를 바탕으로 반드시 들어가야 할 필수 정보를 배치해야 한다. 그 정보에 따라 문장을 쓰게 되는데 이때 내가 어떤 문장을 어떻게 써야 하는지를 고민해야 한다. 이때의 기준은 '장면'이 된다.

에피소드 진행에 필요한 정보1
해당된 정보를 바탕으로 문장 구성(서술)

에피소드 진행에 필요한 정보2
해당된 정보를 바탕으로 문장 구성(묘사)

에피소드 진행에 필요한 정보3
해당된 정보를 바탕으로 문장 구성(대화)

장면별 정보 배치 예시

앞선 그림을 보면 장면에 맞춰서 정보가 배치되어 있는 것을 볼 수 있다. 하나의 장면은 주로 하나의 정보를 갖게 된다. 웹소설은 특성상 일반 도서처럼 문단 단위로 구분이 안 되고 거의 한 문장 단위로 페이지가 구성이 된다. 구성된 정보들을 서술, 묘사, 대화로 나누어 정보를 넣어 보자.

> **에피소드 진행에 필요한 정보1**
> 혁련운이 시련의 장에 들어감(서술)

> **에피소드 진행에 필요한 정보2**
> 북쪽 숲에 함정들이 있음(묘사)

> **에피소드 진행에 필요한 정보3**
> 사부선이 혁련운에게 장비에 대해 물어봄(대화)

이 세 가지 정보를 각각 다른 문장 표현으로 풀어내야 한다.

서술	***혁련운이 시련의 장에 들어감** 혁련운과 사부선은 함께 적산의 입구로 들어갔다. 그들의 출발선은 북쪽 숲 쪽이었다. 시험이 시작된 이상 산을 빠져 나갈 방법은 없었다.
묘사	***북쪽 숲에 함정들이 있음** 혁련운은 숲 안쪽을 자세히 살폈다. 곳곳에 교묘하게 설치해 둔 덫들이 있었다. 날카로운 칼날이 박힌 것부터, 단단한 올가미까지 각양각색의 함정들이 숲 안에 꽉 차 있었다.

대화	**사부선이 혁련운에게 장비에 대해 물어봄** "대주, 숲에 함정이 너무 많은데 어떻게 합니까." "잠깐만 기다려보게." 혁련운은 가방에서 뭔가를 꺼내서 조립하기 시작했다. 곧 철로 된 죽마가 만들어 졌다. "자, 타보자고." "이…… 이걸 탄단 말입니까?"

이걸 모두 합쳐서 하나의 페이지로 만들면 이런 식으로 배치가
된다.

혁련운과 사부선은 함께 적산의 입구로 들어갔다.

그들의 출발선은 북쪽 숲 쪽이었다.

시험이 시작된 이상 산을 빠져 나갈 방법은 없었다.

혁련운은 숲 안쪽을 자세히 살폈다.

곳곳에 교묘하게 설치해 둔 덫들이 있었다.

날카로운 칼날이 박힌 것부터, 단단한 올가미까지 각양각색의

함정들이 숲 안에 꽉 차 있었다.

"대주, 숲에 함정이 너무 많은데 어떻게 합니까."

"잠깐만 기다려보게."

혁련운은 가방에서 뭔가를 꺼내서 조립하기 시작했다.

곧 철로 된 죽마가 만들어 졌다.

"자, 타보자고."

"이…… 이걸 탄단 말입니까?"

위의 예시와 같이 웹소설에서는 서술, 묘사, 대화문이 섞여서 나오게 된다. 내가 표현하고자 하는 정보를 적절하게 표현할 수 있는 방식이 어떤 표현방식인지를 판단하고 그에 맞춰서 문장을 연출할 필요가 있다. 더불어 이를 위해서는 시점을 명확하게 정해서 내가 어떤 시점으로 스토리를 전개하는지 기준을 정해야 한다.

익숙하지 않을 때는 장면을 하나씩 끊어서 쓰는 연습이 필요하다. 등장인물들이 어떤 공간에 있는지를 특정하고, 그 공간으로 이동한 것에 대한 서술, 공간에 대한 묘사, 인물들의 현재 상황을 드러내는 대화로 배치해가면서 서사를 진행하면 어렵지 않게 본문을 집필할 수 있다.

한가지 주의할 점은 단행본 기준으로 본문 쓰기에 익숙한 경우 웹소설식 문장 쓰기가 어색하게 느껴질 수 있다. 먼저 단행본과 웹소설의 구성 차이를 이해해야 한다. 단행본을 기준으로 하는 소설은 한 페이지가 3개에서 4개의 문단으로 이루어져 있다. 하지만 모바일 디바이스에서 주로 보게 되는 웹소설의 경우에는 카카오페이지 조판을 기준으로 문단의 구분이 거의 없이 4개에서 5개의 문장으로 한 페이지가 구성되어 있다. 이렇듯, 단행본의 한 페이지와 웹소설의 한 페이지는 구성이 매우 다르다고 볼 수 있다. 장르문학과 같이 단행본을 기준으로 하는 소설의 경우에는 한 '문단' 단위로 내가 전달하고자 하는 장면을 쓰게 된다.

갑작스레 나타난 좀비떼를 피해 나와 내 동료들은 안전한 장소를 찾아야 했다. 하지만 이미 바이러스에 감염된 좀비들이 대피소는 물론이고 주변 도로들을 모두 점거한 상태였다. 나와 동료들은 사방에서 들이닥치는 좀비들을 전경 방패로 밀어내며 뒤로 주춤주춤 움직였다. 그때 저 멀리 아직 좀비떼가 들이닥치지 못한 상가 건물 하나를 발견했다. 나는 동료들에게 저 건물 쪽으로 뛰라는 손짓을 했다.

단행본 기준 예시

위의 장면을 보면 한 문단 단위에서 동료들과 좀비떼에게서 도망치고자 하는 장면을 담고 있다는 걸 알 수 있다. 위의 장면을 웹소설 식으로 바꿔보자.

엄청난 수의 좀비들이 몰려왔다.
그 중 한 마리가 내 앞으로 튀어나왔다.

"크아악!"

바닥에 떨어진 전경 방패를 주워 좀비의 머리통을 후려쳤다.

그러고는 동료들에게 외쳤다.

"내 쪽으로 붙어!"

동료들이 방패를 든 내 뒤로 모여들었다.

나는 방패로 달려드는 좀비들을 밀어내며 주변을 살폈다.

"저쪽!"

아직 좀비떼가 들이닥치지 않은 상가 하나를 발견했다.

나는 동료들에게 신호를 보냈다.

우리는 좀비들을 밀어내며 상가 쪽으로 달려갔다.

모바일 디바이스 기준 예시

좀비에게서 도망치는 상황은 같지만 웹소설로 표현할 때는 '문장' 단위로 상황을 끊어서 표현하는 것이 좀 더 몰입감을 주기 좋다. 모바일 화면으로 보게 되는 웹소설 특성상 긴 문장으로 이어진 문단이 화면을 꽉 채우며 줄줄 나오게 되면 가독성이 떨어지기 때문이다. 단행본과 모바일 디바이스의 특성에 따라 문장의 표현이 다르다는 점을 감안해서 문장 단위로 본문을 집필하는 것이 중요하다.

에피소드 정보에 맞춰 문장 단위로 웹소설 본문의 초안을 모두 쓰고 난 다음에는 퇴고를 하게 된다. 대부분의 퇴고는 보통 문장을 다듬는 쪽으로 치우쳐지는 경우가 많다. 문장을 다듬는 것은 무척 중요한 일이다. 하지만 그 전에 먼저 해야 할 작업이 있다. 바로 에피소드 편집이다.

웹소설은 연재로 스토리가 전개된다. 한 화에 5,000자에서 5,500자로 구성이 되어 있는데, 이 분량을 완벽하게 딱 맞추기는 어렵다. 내용을 전개하다가 적당히 끊을 때쯤 끊고 다음 화로 넘어가게 되는데 이때 에피소드를 어디서 끊는지가 굉장히 중요하다. 드라마 역시 가장 궁금할 때 끊고 다음 주를 기다리도록 하는 것처럼 웹소설도 궁금할 때 끊어야 독자들이 다음 편을 보게 된다.

초안을 쓸 때는 이런 부분에 너무 신경을 쓰지 않고 우선 내용을 쭉 쓰는 것이 좋다. 전체 분량이 5,500자보다 조금 모자란다면 내용을 채우면 된다. 오히려 분량을 넘어서 6,000자나 7,000자가 될 때 에피소드를 편집할 필요가 있다. 창작자 중에는 분량이 많을수록 독자들이 좋아할 것이라 생각할 수도 있겠지만 꼭 그렇지도 않다.

한화의 분량이 너무 많아지면 내용 전개가 느려지고 가독성이 떨어질 수가 있다. 너무 늘어지는 부분은 과감하게 삭제하고 전개를 빠르게 진행하는 것이 독자들의 이탈률을 줄이는 방법이다. 필자가 연재했던 《악역무쌍》의 경우에는 평균 글자 수가 6,500자 정도였다. 뒤로 가면 갈수록 글자 수가 늘어났는데 점점 전투씬이 많아지면서 중간에 끊기가 애매해 분량이 많은 채로 쭉 가다보니 나중에는 5,500자에 맞추기가 오히려 어려웠다.

그 당시에는 분량이 많으면 독자들이 더 좋아할 거라는 막연한 생각으로 7,000자가 넘는 분량으로 전투씬을 한 화 가득 채우기도 했다. 하지만 독자분들이 원하시는 건 흥미로운 전개 내용을 담은 스토리지 분량이 많기만 한 전투씬이 아니었다는 걸 나중에서야 깨달을 수 있었다. 그만큼 웹소설에서 에피소드를 편집하고 분량을 조정하는 능력은 굉장히 중요하다. 다음 예시를 통해 에피소드를 편집하는 과정을 살펴보자.

최초 작성 내용	실제 본문에 포함된 내용	- 무공수련을 시작하면서 그는 규칙적인 생활과 현대의 지식을 활용해 영양소를 골고루 섭취하면서 운동을 시작 - 친구인 상관후가 찾아옴 - 상관후에게 무림인 전용 트레이닝을 시켜봄
	삭제된 내용	- 상관후와 함께 영약을 찾음 - 소설 내용 안에서 소교주가 될 둘째가 차지하게 될 '영약'이었음 - 영약을 찾아낸 혁련운은 어느정도의 힘을 갖추게 됨

《악역무쌍》 4화 에피소드 편집 과정

《악역무쌍》 4화에서는 현대인의 지식을 이용해 무림인 전용 트레이닝 프로그램을 짜서 엉망이 된 자신의 몸을 개조하고, 친우인 상관후가 와서 같이 트레이닝을 받는 장면이 나온다. 더불어 트레이닝에 필요한 영약을 상관후와 함께 창고에 몰래 들어가 찾는 장면이 있었다. 하지만 4화 안에 이 내용까지 들어가게 되면 내용이 너무 늘어질 것 같아 전개의 속도 및 밸런스를 조정하고자 뒷부분에 창고에서 영약을 찾는 장면을 삭제했다. 필요한 영약은 나중에 천마동에 들어가는 기연으로 대체했다. 다음으로는 에피소드를 추가하는 경우를 살펴보자.

최초 작성 내용	- 마뇌의 도움으로 무공에 감을 잡은 혁련운 - 그는 생존에 필요한 무공과 기술을 위주로 익힌다 - 보조스킬을 이용해 부족한 실력을 메꾸는 혁련운 - 근데 무공을 하면 할수록 살아나는 혁련운의 재능과 두뇌에 감탄한다 - 사실 어렸을 때 굉장한 재능을 지니고 있던 혁련운 - 어머니의 죽은 이후로 우울증에 시달리다가 망나니 루트를 탔다 - 혁련운에게 동정할 시간에 하나라도 더 익히려는 시운 - 그에게는 생존이 달린 문제였다. - 상관후에게 사부선(미래의 마룡사수)을 소개해달라고 함
추가된 내용	- 친구인 상관후를 자신의 세력으로 끌어들이고, 본인이 후계경쟁에 뛰어들 것을 선언 - 사냥꾼, 백정, 약초꾼과 같은 장인들을 불러서 생존 기술을 배움 - 현대인의 관점으로 장인들을 잘 대접하여 악명이 자자한 혁련운의 명성이 뒤바뀜

《악역무쌍》 5화 에피소드 추가 과정

주인공인 혁련운이 빙의 후 변화가 되었다는 장면을 보여주는 에피소드에서 조력자인 상관후를 끌어들이는 장면만으로 부족하다는 생각이 들어 생존 기술을 배우기 위해 신분이 낮은 사냥꾼, 백정, 약초꾼들을 대접하는 장면을 추가했다. 생존 기술을 배우는 것과 동시에 겸손해진 혁련운의 모습을 보여주면서 변화를 직관적으로 보여주기 위해 에피소드를 추가했다.

웹소설을 쓰면서 본문의 어떤 부분을 빼고, 더 넣을지를 판별하는 것이 사실 가장 어렵다, 이 밸런스와 리듬을 조정하는 방법을 익히기 위해 다른 작품들을 많이 읽어볼 필요가 있다. 상위권 작품들은 대부분 에피소드의 전개 리듬이 뛰어나기 때문에 이를 보면서 어떤 식으로 에피소드를 연출하고 편집했는지를 습득해야 한다. 특히나 웹소설의 경우에는 무료 분량이 많은 편이니 다양한 작품들을 손쉽게 보고 분석할 수 있다는 장점이 있다. 대중들에게 인기가 많은 상위권 작품들을 꼼꼼히 살펴보고 그 감각을 익혀가는 것이 매우 중요하다.

웹소설 1권 완성하기

본문 쓰기가 어느 정도 익숙해졌다면 이제 권 단위로 작품을 써나가야 한다. 우선 먼저 도전할 것은 15화 분량을 만드는 것이다. 매니지먼트에 따라 25화 분량까지 요구하는 곳이 있을 수 있지만 기본적으로 15화 정도는 써야 이 소설이 어떤 내용을 담고 있는지를 가늠해 볼 수 있고, 심사를 넣는 최소 분량을 맞출 수 있다. 때문에 습작을 할 때도 기본적으로 15화~25화 정도까지는 꾸준히 써봐야 한다. 15화 분량을 쓰는데 어느 정도 익숙해졌다면 단행본 1권 분량인 25화까지를 쓰면서 권 단위의 분량 감각을 익힐 필요가 있다.

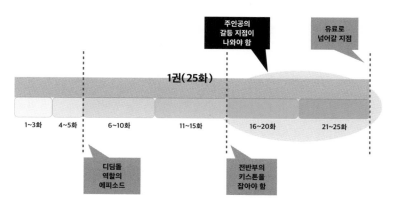

웹소설 1권 분량 예시

위의 도식은 가장 중요한 1권 분량을 기준으로 들어가야 할 내용을 짚어서 구간을 나누어 본 것이다. 가장 앞에 배치된 1~3화가 중요한 것은 말할 것도 없고, 주로 무료 분량으로 풀리는 1권 25화 분량을 흥미롭게 쓰지 않으면 독자층들이 유료분으로 가기도 전에 이탈해버린다.

1~3화의 서두 부분에서 독자들에게 작품의 콘셉트와 주인공의 목표점을 제대로 전달했다면 보통 5화 정도까지는 디딤돌 역할의 에피소드가 배치되고, 이 추진력을 이용해 15화까지 독자들을 끌고 가야 한다. 주인공이 어떤 캐릭터고 무엇을 할 것인지 5화에서 던진 내용을 15화까지 끌어가서 전개를 하고 나면 16화부터는 전반부의 키스톤을 찍어야 한다. 키스톤을 찍는다는 것은 주인공이 앞으로 부딪힐 갈등의 지점이 나와야 한다는 뜻이다.

앞서 서사의 축을 세우기 관계 속에서 갈등이 필요하고, 갈등이 생기기 위해서는 주인공과 부딪히는 대적자의 존재가 필요하다고 강조했다. 15화까지는 주인공이 하고자 하는 것에 대해 밑 준비를 하는 구간이기 때문에 대적자가 뚜렷하게 드러나지 않는다. 오히려 조력자와의 관계성이 더욱 두드러지게 나타나는 구간이다. 하지만 15화가 넘어가는 구간에서도 계속 주인공이 밑 준비만 하고 스토리 전개가 이어지지 않는다면 독자들은 금세 지루해할 수밖에 없다. 메인 스토리의 진행이 필요한 시점이다.

16화 부근에서는 주인공이 앞으로 맞닥뜨리게 될 직접적인 갈등의 지점이 나와야 한다. 예를 들면 주인공의 목적을 복수로 세웠다면, 16화에서는 복수의 대상이 직접적은 아니더라도 간접적으로 관련된 내용이 나오게 되면서 주인공의 목표를 직관적으로 상기시킬 필요가 있다. 혹은 주인공이 하고자 하는 일을 방해하는 대적자의 무리의 흔적이나 간접적인 사건이 일어나 주인공과 결부가 되어야 한다. 주인공은 이를 통해 자신의 목적을 더 공고히 하고 앞으로의 스토리를 어떻게 만들어갈지를 보여줘야 한다.

이렇게 16화~25화까지 주인공이 직접적인 갈등을 겪으며 사건을 중심으로 내용을 이어가게 되면 프로모션 무료 분이 끝나게 된다. 26화부터는 독자가 돈을 내고 봐야 한다. 사실 이때부터가 진짜 본 승부라고 할 수 있다. 무료로는 진입이 쉽기 때문에 저항감 없이 내용을 읽겠지만 실제로 한 화에 100원을 주고 볼만큼 이야기가 흥미진진한지가 여기서부터 갈리기 때문이다. 이를 위해서는 16~25화까지의 에피소드 배치가 중요하다. 여기서부터 본격적인 무엇인가가 시작이 되면서 궁금증을 유발하는 순간 끝나게 되면 스토리에 몰입한 독자들은 돈을 내고 다음 화를 보게 된다.

만약 15화에서 본격적인 사건이 일어나지 않고 내용을 질질 끌게 되면 독자들은 지루함을 느끼고 군이 유료로 볼 필요까지는 없다고 생각할 수 있다. 이렇게 되면 유입은 높을지라도 정작 돌아오는 수익이 낮을 수 있다. 이런 점을 감안해서 무료 분의 마지막인 25화의 에피소드를 잘 배치하는 것이 중요하다.

또 한 가지, 되도록 쓰면서 중간에 퇴고를 하거나 고치는 부분은 지양해야 한다. 설정과 기획을 정해놓고 초안을 쭉 쓴 뒤에 고치는 것이 전체 시간으로 보면 훨씬 효율적이고, 무엇보다 작가가 느끼는 피로감이 덜 하다. 이를 위해서는 15화까지 초본을 쭉 집필할 수 있는 기본 글근육을 키워야 한다. 기초적인 훈련이 되어 있지 않으면 완결까지 가기도 전에 지쳐서 나가떨어지게 된다.

매니지먼트사와 플랫폼에서 가장 두려워하는 것이 작가의 휴재와 연중이다. 실제로 작가들 중에서 10화 이하의 앞부분만 재밌게 쓰고 그 뒷부분에서는 힘이 빠져서 연재 분량을 제대로 채우지 못하는 작가들이 꽤 많다. 글을 완성하는 훈련이 제대로 되어 있지 않기 때문에 체력과 에너지를 효율적으로 분배하지 못하다 보니 흐름이 끊기고 휴재와 연중으로 이어지게 되는 것이다.

웹소설 시장이 커지면서 소설을 쓰는 작가들도 많아지는 상황이다. 이럴수록 시장은 이미 작품을 낸 기성 작가 쪽으로 유리하게 변할 가능성이 높다. 이미 연재를 끝마친 경험이 있는 작가가 리스크가 적기 때문이다.

이때 신인 작가가 다른 작가들과의 경쟁시장에서 어필을 하기 위해서는 스토리 기획 능력, 문장력, 그리고 성실한 연재 속도의 능력을 갖추고 있어야 한다. 특히나 성실함은 그 어떤 것보다 큰 무기가 된다. 지금 당장은 작품이 성공하지 못할지라도 이 작가의 작품이 언젠가는 성공할 수 있을 것이라는 기대감을 줄 수 있기 때문이다. 플랫폼과 파트너 매니지먼트사에 신뢰감을 주는 것이 중요하다. 이 부분에서 프로와 아마추어의 차이가 생겨난다.

제5장

필독!
웹소설 작가 활동 노하우

01
웹소설 작업 노하우

캐릭터 이름 짓는 방법

웹소설을 쓰다 보면 굉장히 힘든 것 중 하나가 바로 캐릭터 이름을 정하는 법이다. 특히나 판타지의 경우에는 이름을 짓는 것이 상당히 어렵다. 헌터물 혹은 현대 판타지가 아닌 일반적인 중세 판타지를 배경으로 하는 작품은 서구식 이름이 많기 때문에 어떤 이름을 써야 할지 정하기 쉽지 않은데, 가장 중요한 주인공의 이름을 정하는 것부터가 난관이다.

필자의 경우에는 주인공의 이름을 정할 때 신화 속 영웅에서 차용하는 편이다. 판타지 소설《용살자의 클래스가 다른 회귀》의 주인공인 '지크 드레이커'라는 이름을 지을 때 정말 고민이 많았다.

우선 성과 이름을 분리하여 이름을 먼저 얘기하자면 지크라는 이름은 '지크프리트'에서 따온 것이다. 지크프리트는 독일의 서사시 〈니벨룽겐의 노래〉에 나오는 영웅으로 용을 베고 용의 피를 뒤집어써 불사신이 된 존재다. 애초에 《용살자의 클래스가 다른 회귀》라는 작품이 용을 살해한 기사라는 용살자가 주요 테마였기 때문에 용을 죽인 기사 혹은 영웅들의 이름을 차용해서 쓰는 것을 고려했었다.

　　지크프리트라는 본래 북유럽신화에 나오는 영웅 시구르드를 독일지역에서 부르던 발음이었는데, 전승 과정에서 독일의 기독교화 이후 기독교 기사도 문학 서사시인 〈니벨룽겐의 노래〉의 주인공이 되면서 시구르드와 다른 개체로 분리됐다. 처음에는 지크프리트가 아닌 시구르드라는 이름을 변형하여 주인공의 이름으로 삼으려 했지만 발음상 지크프리트가 독자들에게 익숙할 것 같아 그 이름을 줄여 지크로 만든 것이다. 지크 말고도 다른 이름의 후보들이 여럿 있었는데 단테, 아벨, 아서 등등 신화적인 영웅 혹은 역사적 인물에서 차용한 것들이다. 이런 후보군의 이름들은 작품 내에서 다른 캐릭터에게 부여하는 식으로 재활용했다.

　　그다음으로 더 오랫동안 고민했던 것이 가문명인 '드레이커'라는 이름이었다. 《용살자의 클래스가 다른 회귀》라는 소설 자체가 바로 이 용살자 가문인 드레이커에 얽힌 이야기라고 할 수 있다. 그만큼 이 가문이 굉장히 중요한 역할을 했기 때문에 어떤 성이 어울릴지를 찾는 것이 중요했다.

　　처음에는 성을 '이슈라크'라고 잡았었다. 대륙에서 가장 강한 가문이다 보니 뭔가 발음이 강하면서 배타적이고 낯선 이미지를 줄 수 있는 가문의 이름을 떠올렸다. 주인공 이름을 단테로 정했었기 때문에 '단테 이슈라크'가 초기 주인공 이름이었다. 이 정도도 나쁘지는 않았지만 한 가지 아쉬웠던 점은 용살자라는 주요 테마와 좀 거리감이 있다는 느낌이었다.

아무래도 용에 관련된 이야기가 많이 나오다 보니 용을 뜻하는 드래곤, 드레이크라는 단어를 변형하여 활용하는 쪽으로 다시 가닥을 잡았다. 그러던 중 드레이크를 변형시켜 '드레이커'라는 이름으로 하니 부르기도 편하고 용살자라는 테마와 잘 어울렸기에 이슈라크라는 이름에서 드레이커로 바꿨다. 나중에 이슈라크라는 이름은 이슈타르로 바꿔서 드레이커와 같은 3대 초월가문 중 하나인 암살자 가문으로 설정했다.

이처럼 캐릭터의 이름을 짓는 방법은 그 인물의 성격과 특성에 맞게 다양한 신화적, 역사적인 이름을 활용해 변형시키는 것이 가장 직관적이다. 물론 그러다 보면 다른 작품과 이름이 겹치는 경우도 있는데 그럴 때는 과감하게 다른 이름을 찾는 것이 좋다. 필자 역시 단테라는 이름에 상당히 큰 애착이 있었지만 타 작품에서 주요 캐릭터로 나오는 것을 보고 고민하다가 지크로 이름을 바꾸었다.

주인공과 주요 인물들은 위와 같은 방식을 활용하면 되지만 다른 기타 조연 혹은 엑스트라들을 정할 때는 이렇게까지 하지 않아도 된다. 가장 좋은 것은 그 인물의 인종과 문화권을 골라 실제 그 나라에서 많이 쓰는 이름과 성을 갖다 쓰면 된다. 예를 들면 필자의 경우에는 《용살자의 클래스가 다른 회귀》 세계관의 남부 대륙을 현실의 남미와 비슷한 곳으로 설정했는데, 그곳에 나오는 남부 대륙 인물들의 이름을 멕시코, 콜롬비아 쪽 이름으로 붙였다. 롬 제국은 이탈리아식 이름을 사용했고, 북부 대륙은 북유럽 쪽의 이름을 붙였다. 다른 문화권에서 주로 사용되는 지명이나 이름들은 이국적인 느낌을 주기 때문에 발음상 캐릭터의 이미지와 맞으면 그대로 사용해도 된다.

단, 여기서 주의해야 할 것이 있다. 미국식 이름을 판타지 배경에 차용해서 쓰면 상당히 어색해질 수 있다는 점이다. 미국식 이름은 할리우드 영화나 드라마 등 다양한 콘텐츠에서 독자들에게 노출된 것이 많기 때문에 그 이름이 주는 이미지가 고정되어 있다. 판타지 캐릭터에게 잭, 잭슨, 폴, 마이클, 토마스, 토미 등의 이름을 부여하면 왠지 모르게 친근함이 먼저 느껴질 수도 있다. 이런 이유로 판타지에서는 유럽식 발음을 차용해서 사용하는 것이 더 적절하다.

세계관 맵 그리는 방법

웹소설을 쓰다 보면 세계관이 넓어지면서 주인공이 지금 어디에 있는지 종종 헷갈릴 때가 있다. 이럴 때 필요한 것이 '맵'이다. 무협을 쓸 경우에는 세계관 맵에 대해 신경을 쓸 필요가 없다. 대부분 맵이 중원에 한정되기 때문이다. 오히려 무협의 경우에는 어디가 하북성인지, 어디가 사천성인지, 각 지역에 어느 문파가 있는지를 제대로 파악하는 것이 중요하다. 헌터물 역시 마찬가지로 배경이 대한민국, 그것도 서울일 가능성이 높기 때문에 맵을 따로 그리면서 고민할 필요는 없다. 하지만 만약 자신이 쓰는 카테고리가 무협이 아닌 판타지, 그것도 중세 판타지일 경우에는 맵을 설정해두면 편하다.

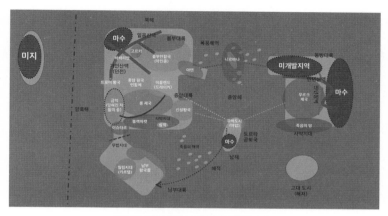

《용살자의 클래스가 다른 회귀》 지도

《용살자의 클래스가 다른 회귀》의 지도를 피피티로 간단히 만든 것이다. 이정도로만 만들어도 어떤 식으로 왕국과 도시들이 위치해 있고 구성되어 있는지 확인하는 데 전혀 문제가 없다. 만약 이 정도의 맵도 없는 상태라면 쓰면서 헷갈릴 가능성이 높다. 주인공이 어느 왕국에서 어떤 도시로 이동할 때 어디를 거쳐서 가야 하는지, 어떤 도시에 뭐가 있었는지를 정리해 두지 않으면 작가도 설정을 종종 잊게 된다. 이런 실수가 잦아지면 내용상 치명적인 오류가 발생할 수 있기 때문에 꼼꼼하게 챙겨야 한다.

대륙 전도를 만들어서 대륙의 형태를 잡아두고, 주인공이 활약하는 스테이지를 각 영역에 표기해두면 스토리를 전개할 때도 참고하기 편하다. 필자의 경우에는 가운데 있는 '미들랜드'가 가장 중심이 되는 영역이기 때문에 이곳에 위치한 도시들을 세부적으로 배치한 전도를 따로 만들어 뒀다. 무협의 '중원'과 같은 의미를 담아 미들랜드라 이름을 짓고 이곳에서 주요한 사건이 벌어지도록 설정했다. 이 밖에도 지도상에 표기한 금역이나, 죽음의 해역, 마수 발생지역, 산맥 등 사건이 벌어지기 쉬운 무대를 미리 만들어두고 주인공을 그쪽으로 보내 기연을 찾게 하거나, 숨겨진 던전을 발견하게 하여 리워드를 부여하는 방식으로 레벨 디자인을 하는 데 활용한다.

옆의 지도는 독자들을 위해 따로 디자이너를 섭외하여 제작한 것이다. 각 대륙의 특징과 지역의 이름, 주요 도시와 왕국의 이름을 표기하여 독자들이 소설을 읽을 때 참고하도록 만들었다.

이처럼 자신의 상상력을 발휘하여 하나의 세계를 만드는 것은 상당히 즐거운 일이다. 내가 생각한 세계관의 설정을 맵으로 표기해서 설정집처럼 만들어두면 작품을 쓸 때도 큰 도움이 된다. 대륙의 형태는 창작자가 원하는대로 얼마든지 설정할 수 있으니 자유롭게 만들 수 있다. 하지만 지나치게 맵이 커져서 세계관의 범위가 확장되면 스토리가 그 스케일을 따라가지 못할 수도 있으니 주의하자. 스토리의 확장 범위에 맞춰서 맵의 크기를 정하는 것이 좋다.

《용살자의 클래스가 다른 회귀》지도

표지 구도 보내는 방법

웹소설을 써서 계약이 되고 유료화에 성공했다면 이제 웹소설 작가로서 한 발 내디뎠다. 작가가 된 후에도 신경 써야 할 부분이 여러 가지 있는데 그중 하나가 바로 표지를 만드는 방법이다.

웹소설에서 표지는 상당히 중요한 역할을 한다. 플랫폼에 올라간 내 작품이 독자들과 가장 처음 만나는 것이 바로 표지이기 때문이다. 즉 표지를 통해 독자들은 내 작품의 콘셉트가 무엇인지, 주인공이 어떤 인물인지를 직관적으로 파악하고 호기심을 갖게 된다. 작품의 핵심을 잘 담은 표지는 독자들이 궁금해서라도 한 번씩 눌러보고 들어오기 때문에 초반 유입에 큰 역할을 한다. 반대로 표지가 작품의 콘셉트와 핵심을 제대로 담고 있지 못하면 괜찮은 글임에도 독자 유입이 잘 되지 않아 손해를 볼 수 있다.

요즘은 대부분 매니지먼트사에서 표지를 지원해주는 사항이 계약에 포함되어 있다. 계약이 되지 않은 작품을 스스로 홍보하기 위해 표지 혹은 삽화 작가를 직접 구해 만드는 경우도 있지만, 보통은 매니지먼트사와 논의 후 표지를 만드는 경우가 대부분이다.

매니지먼트사에서 표지를 해준다하더라도 콘셉트나 기본적인 구도는 작가가 잡아서 일러스트 작가에게 전달해야 한다. 처음 표지를 만들 때는 요령이 부족하기 때문에 어떻게 해야 할지 몰라 헤매는 경우도 많다.

필자는 가장 먼저 카카오페이지에 런칭했던 작품이 《빡칠수록 쎄진다_홧병신공》이라는 작품이었는데, 이 작품의 표지는 직접 일러스트 작가를 섭외하여 개인적으로 제작을 진행했었다.

당시에는 웹소설 표지가 주로 어떻게 구성되어 있는지를 몰라서 한 화면에 네 명의 인물을 억지로 넣었다. 가운데에 주인공을 배치하고, 양옆으로 주요 조력자, 그리고 가장 뒤에 대적자를 넣어 최대한 인물들을 독자들에게 전달하는 데 집중했다.

일러스트 작가님께 요구했던 사항을 보면 캐릭터 네 명에 대한 각각의 설명을 보내고, 코믹 무협의 분위기를 살리는 것에 초점을 맞췄다. 전체적인 분위기는 주성치 영화 혹은 웹툰 〈질풍기획〉 같은 열혈 병맛 코믹물 같은 느낌이 들도록 하고, 애니메이션 포스터 같은 구도로 배치하여 구도를 잡았었다.

만약 지금이었다면 주인공인 장삼 한 명만 집중해서 최대한 소설의 핵심을 표현하는 데 집중했을 것이다. 웹소설은 모바일 플랫폼에 맞춰져 있는 콘텐츠이기 때문에 이미지를 눌러서 크게 보기 전까지는 표지가 굉장히 작게 보인다. 때문에 이렇게 많은 인물이 한 이미지에 들어가게 되면 네 명 모두 제대로 보이지 않는다. 차라리 주인공 한명에게 집중해서 초점화를 시키는 것이 훨씬 유리하다. 그때는 이런 내용을 잘 모르기도 했고, 웹소설을 처음 런칭했던터라 상당히 들떠서 해보고 싶었던 것이 많았다. 전반적으로 표지 자체의 퀄리티는 굉장히 높았지만 카카오페이지 무협 카테고리의 웹소설 표지로는 맞지 않아 뒤늦게 아쉬웠다.

다음으로 진행했던 《악역무쌍》의 경우에는 매니지먼트사의 담당 PD가 일러스트 작가 섭외와 일정 관리까지 모두 진행해 조금 더 편하게 일을 할 수 있었다. 《빡칠수록 쎄진다_홧병신공》 때와 달리 주인공에게 집중해서 표지를 만들었기에 집중도가 높아졌다.

김선민 작가의 표지 예시

이 다음으로 진행했던 《용살자의 클래스가 다른 회귀》와 《철혈검신》의 경우에는 《빡칠수록 쎄진다_홧병신공》과 《악역무쌍》의 중간 정도였다. 매니지먼트사에 내가 원하는 일러스트 작가의 리스트를 보내고, 일정이 맞는 작가와 스케줄을 조율한 후 표지의 콘셉트와 구도를 보내는 식으로 진행했다.

《악역무쌍》때는 담당 PD가 대부분 콘셉트와 구도를 잡아주었기 때문에 따로 할 것이 없었지만, 《용살자의 클래스가 다른 회귀》와 《철혈검신》은 심기일전하는 심정으로 매니지먼트 사에서 전달해준 가이드에 따라 구도부터 콘셉트 정보를 구체적으로 기록하여 전달하는 과정을 거쳤다. 이렇게 진행하니 원하는 콘셉트를 전달하는 데 좀 더 용이한 측면이 있었다.

아마도 표지를 처음 만드는 작가의 경우에는 표지의 구도를 전달하는 것이 가장 어려울 수 있다. 이때는 레퍼런스가 될 만한 다른 표지들을 쭉 보고 가장 비슷한 구도를 바탕으로 어떤 식으로 변화를 줄지, 어디에 집중할지를 세부적으로 적어서 보내는 것이 가장 좋다. 또한, 일러스트 작가들마다 강점이 다르기 때문에 포트폴리오를 보면서 내가 원하는 구도로 그렸던 표지가 있는지, 인물을 그리는 방식이 만화체인지 반실사인지 등을 구분해서 살펴보자.

또 한 가지 알아두어야 할 점은 일러스트 작가들의 포트폴리오에 생각보다 남자 캐릭터가 없다는 것이다. 상대적으로 여성 캐릭터를 그리는 작가가 더 많다. 삽화로 히로인을 그릴 때는 상관이 없지만 판타지, 무협, 현판의 주인공은 남자인 경우가 많기 때문에 남자 캐릭터를 잘 그리는 일러스트 작가를 확보하는 것이 굉장히 중요하다. 그렇기에 자신이 원하는 이미지의 남성 캐릭터와 가까운 포트폴리오가 있는지를 확인해야 한다.

마지막으로 표지를 진행하다 보면 작가의 의견과 일러스트 작가의 의견이 갈릴 때가 있는데 보통은 일러스트 작가의 의견대로 하는 것이 결과적으로는 더 좋을 때가 많다. 자신의 의견을 피력해야 할 이유가 분명히 있는 것이 아니라면 일러스트 작가의 의견을 존중하고 작업을 진행하는 것을 추천한다.

02
슬기롭게 계약하기

웹소설 작가로서 매니지먼트와 계약하고 열심히 써서 성공적으로 런칭했다면 꽤 큰 목돈을 정산받게 될 것이다. 상상만으로도 신나는 일이다. 내가 쓴 글로 돈을 받게 된다니. 십 년 전만 해도 선뜻 생각하기 어려웠던 일이 지금은 현실에서 이루어지고 있다.

웹소설 시장이 커지면서 웹소설 작가의 수익도 이전에 비해 많아진 것은 사실이다. 하지만 한편으로 우리가 조심해야 할 부분은 더욱 늘어났다. 바로 제대로 된 계약을 슬기롭게 하는 방법을 고민해야 하는 것이다.

계약 비율 및 정산금 확인하기

웹소설을 처음 써본 지망생이나 작가는 이 계약 과정 자체가 낯설 수 있다. 특히나 종이책 계약만 해본 작가들의 경우에는 웹소설 계약은 자신이 알고 있던 출판 계약과 완전히 다르다고 느낄 것이다.

우선 종이책 계약의 경우에는 보통 작가와 출판사가 직접적으로 계약하게 된다. 작가의 작품을 출판사에서 출판을 할 수 있다는 출판 계약을 하는 셈인데, 보통 인세를 정가의 10%로 잡는다. 14,000원짜리 책이 1권 팔리면 작가에게 1,400원이 가는 것이다. 이때 상황에 따라 2차 저작권 계약과, 전자책 계약은 별도로 비율을 정해 계약이 진행된다. 하지만 웹소설 계약의 경우에는 이와 구조부터가 다르다.

웹소설 쪽에서 가장 시장이 큰 카카오페이지를 예시로 들면 다음과 같다. 쉽게 설명하자면 카카오페이지가 방송국, 출판사가 기획사, 작가가 연예인의 역할을 하게 된다. 카카오페이지라는 방송국에 연예인 역할을 하는 작가가 출연을 하고 싶으면 기획사의 역할을 하는 출판사가 중간 다리 역할을 한다. 작가는 출판사와 계약을 해서 자신의 작품을 심사 분량까지 쓴다. 심사 분량이 채워지면 이걸 카카오페이지에 심사를 보내게 되는데 이때 카카오페이지의 심사에 통과되면 작품을 그 플랫폼에 게재할 수 있게 된다.

그 과정에서 심사 결과에 따라 각각 프로모션이 지급되는데 가장 좋은 프로모션인 오리지널부터 기다무(기다리면 무료), 선물함까지 차등으로 결정된다. 좋은 프로모션을 받으면 그만큼 작품이 플랫폼상에서 많이 노출 되면서 유입 인원을 끌어올 수 있게 된다. 내 작품에 들어오는 독자들이 많을수록 무료분을 읽고 유료분으로 전환되는 비율이 높아져 수익이 커진다. 프로모션이 수익에 큰 영향을 미치기 때문에 카카오페이지에서 프로모션 심사를 잘 통과해 런칭 일자를 받는 것이 매우 중요하다.

결국 웹소설의 경우에는 플랫폼, 출판사, 작가 셋이서 삼자 계약을 하면서 계약이 이루어진다. 실질적인 계약은 작가와 출판사만 이루어지지만 출판사가 플랫폼과 계약을 하는 것에 맞춰 정산 비율이 정해지기 때문에 작가로서는 이 부분 역시 신경 쓰일 수밖에 없다. 앞서 파트1에서도 설명한 부분이지만 다시 구체적으로 설명하자면 계약 조건에 따라 정산되는 비율은 다음과 같다.

카카오페이지 수익 100원 정산 기준

우선 카카오페이지와 출판사의 계약 비율은 프로모션에 따라 다르다. 오리지널이나 기다리면 무료와 같은 프로모션을 받고 카카오페이지 측에서 선인세를 먼저 주는 경우에는 위와 같은 비율로 바뀌게 된다(하지만 이런 비율은 고정적이지는 않다는 점을 감안해야 한다). 이렇게 카카오페이지에서 정산 받은 금액을 다시 출판사와 작가가 계약 비율에 따라 나누게 된다. 이때 보통 판타지 무협은 7:3의 비율로 나누어 정산한다. 물론 작가의 인지도에 따라서 계약 비율이 달라질 수도 있다.

출판사와 똑똑하게 계약하기

여기서 우리가 조심해야 할 부분이 바로 출판사와 작가 사이의 계약이다. 요즘 웹소설 시장이 확장되면서 상당히 많은 출판사가 생겨났는데 신생 출판사의 경우 신인 작가들을 데려가기 위해서 무분별하게 계약을 먼저 하자고 연락하는 경우가 많다.

신인 작가에게 선인세를 제시하면서 작품을 두 개, 세 개 먼저 계약하자고 하는 경우도 있고 선인세 없이 작품 계약만 하자고 하는 곳도 있는 등 형태는 다양하다. 이때 계약을 처음 해보는 지망생의 경우에는 선인세나 계약 비율에 혹해 무분별하게 먼저 계약하는 경우도 많은데 꼼꼼하게 하나씩 따져봐야 한다.

첫 번째는 출판사와 작가의 비율이다. 판타지, 무협 쪽은 대부분 3:7의 비율로 나누어진다. 그런데 신생 출판사 쪽에서 간혹 2.5:7.5 나 2:8의 비율을 제시하는 경우도 있다. 작가 정산 비율이 더 높다고 하여 덜컥 계약하면 안 된다. 만약 그 출판사에 제대로 런칭된 작품이 있고 플랫폼 영업력이 좋다면 다행이지만 그렇지 않다면 위의 정산 비율은 크게 의미가 없다. 왜냐하면 앞에서도 말했듯 웹소설은 플랫폼에서 프로모션을 잘 받는 것이 굉장히 중요하다. 신생 출판사가 정산 비율은 좋지만 제대로 프로모션도 받지 못하고 그냥 작품을 플랫폼에 올리는 정도로 런칭이 마무리가 된다면 큰 수익은 기대하기 어렵다. 그 작품을 쓰기 위해 들인 시간과 비용을 제대로 건지지 못할 가능성이 높다는 뜻이다. 때문에 합리적인 정산 비율을 제시하는, 플랫폼상에서 런칭작이 제대로 있는 출판사와 계약하는 것이 장기적으로는 훨씬 유리하다.

두 번째는 선인세에 대한 것이다. 잘 나가는 웹소설 작가가 선인세로 수천만 원 혹은 몇억씩 당겨 받았다는 말을 커뮤니티 상에서 종종 볼 때가 있다. 물론 기성 작가로서 인지도가 높아 그렇게 큰 금액을 선인세로 받을 수 있다면 여러 가지 측면에서 장점이 있다. 하지만 신인 작가가 제대로 작품도 쓰지 않은 상태에서 덜컥 선인세를 받게 되면 위험할 수도 있다. 나중에는 이 선인세 때문에 압박감을 크게 느껴 작품을 쓰는 것 자체가 부담스럽게 느껴져 작업에 지장을 받을 정도가 될 수도 있기 때문이다.

또한 선인세를 받을 때 그 선인세가 '작품'에 대한 것인지, '작가'에 대한 것인지를 잘 구분해야 한다. 만약 선인세가 작품에 대한 것이라면 그 작품을 쓰고 나서 선인세를 받은 것만큼 수익을 올리지 못하더라도 시간을 두고 천천히 차감하면 된다. 하지만 이 선인세가 '작가'에 대한 것이라면 내가 쓴 다음 작품의 수익 역시 이 선인세의 비용을 차감하는데 들어간다. 때문에 선인세를 받더라도 그 범위가 해당 '작품'에 한정되도록 계약서가 되어 있는지 확인해봐야 한다.

세 번째는 표지의 비용에 대한 부분이다. 대부분의 출판사는 작가와 계약할 때 표지 지원을 해준다. 하지만 계약서에 이런 표지 지원에 대한 문구가 없거나, 표지 제작 비용을 작가의 정산금에서 충당한다는 부분이 있으면 이런 곳과는 계약하지 않는 것이 좋다. 선인세의 경우에는 상황에 따라 받을 수도 있고 안 받을 수도 있는데 표지는 기본적으로 제공되는 옵션과 같은 것이기에 이 부분에 제대로 비용을 책정하지 않는 곳이라면 계약을 고민해보는 것이 좋다. 표지 비용을 아끼는 출판사라면 다른 부분에 투자할 가능성은 거의 없기 때문이다.

웹소설 시장이 확장하면서 다양한 계약의 형태가 생겨나고 출판사들 역시 에이전시나 매니지먼트로 바뀌어 가고 있는 상황이다. 여기에 웹툰 스튜디오까지 웹소설 시장으로 들어오면서 또 다른 계약의 형태들이 만들어지고, 스튜디오가 작가에게 월급을 주는 형태로 고용하는 인하우스 스튜디오들도 생기고 있다.

이런 변화 속에서 계약의 종류가 점차 다양해지기 때문에 선불리 계약을 바로 하는 것은 그다지 좋은 선택은 아니다. 계약할 때 가장 좋은 것은 계약서를 검토해 줄 수 있는 변호사에게 일정 비용을 주고 자문을 받아 보는 것이고, 이것이 어려울 경우에는 계약서를 받은 자리에서 바로 사인하지 말고 메일로 미리 계약서를 받아본 뒤 문구를 하나하나 꼼꼼히 읽어보고 이상한 점이 있는지를 확인해 보는 것이다. 만약 읽어보면서 이해가 가지 않거나 뭔가 작가에게 불리한 조항이 있는 것 같다고 느끼면 곧장 담당자에게 그 내용을 정리해서 물어보면 된다. 이때 제대로 된 답을 해주지 못하는 출판사라면 계약하지 말아야 한다. 정상적인 출판사라면 작가의 의문점에 대해 친절하게 답을 해준다.

더불어 마지막으로 당부하고 싶은 부분은 작가로서 수익이 생겼을 때 금전 관리에도 신경을 써야 한다는 점이다. 웹소설 작가의 경우 성공적으로 런칭하게 되면 한 번에 목돈이 들어온다. 이때 기분에 휩쓸리면 크게 낭패를 볼 수 있다. 손에 쥔 돈이 꽤 된다고 해서 무리하게 값비싼 외제 차를 산다거나, 도박과 별반 다를 바 없는 불분명한 투자에 매달리게 되면 오히려 더 큰 손해를 입을 수 있기 때문에 항상 조심해야 한다.

더불어 큰돈이 한 번에 들어오면 세금이 꽤 나올 수 있으니 이에 대해 세무사 쪽에 연락해서 미리 상담받아두는 것도 좋다. 세금을 고려하지 않고 돈을 모두 탕진하게 되면 나중에 곤란한 상황이 생길 수 있기 때문에 이 부분 역시 감안해야 한다.

03
체력 및 멘탈 관리

정말 안타까운 일이지만 매년 동종업계 작가님들의 부고 소식을 듣거나, 건강이 악화하여 휴재 혹은 연중을 한다는 소식을 계속 듣게 된다. 웹소설과 같은 장기 연재를 지속하게 되면 정신적, 육체적 피로가 쌓일 수밖에 없다. 연재 작가로서 꾸준하게 나아가기 위해서는 정신적, 육체적 건강을 스스로 지켜야 한다.

스스로를 지키는 세 가지 방법

이를 위해서 작가로서 챙겨야 할 첫 번째는 바로 체력을 키우는 것이다. 운동을 하면 좋겠지만 운동까지 할 시간이 없다면 먼저 생활 패턴을 제대로 잡는 것부터 시작하는 것이 좋다. 10대, 20대일 때는 매일 밤을 새우면서 새벽에 작업을 해도 몸이 어느 정도 견뎌 낸다. 하지만 시간이 지날수록 면역력도 떨어지고 의욕도 점차 꺾인 다. 밤샘 작업이 열정의 증표처럼 느껴질 수 있지만 결국 자신의 수 명을 깎아 먹는 길이다. 빚을 내서 미래의 체력을 사용한다고 생각 해야 한다. 빚은 언제고 돌아온다. 더 큰 이자와 함께.

왜 작가들이 새벽에 작업하는 경우가 많은지를 살펴보면 이유 는 간단하다. 집중이 잘 되기 때문이다. 하지만 이런 패턴에 익숙해 지면 식사도 불규칙해지고, 수면의 질 역시 낮아질 수밖에 없다. 그 러다 보면 새벽에 깨어 있다가 아침에 잠이 드는 생활이 반복된다. 결국, 불면증과 무기력증까지 올 수도 있다.

이렇게 스스로를 깎아내리는 방식으로 작업을 진행하게 되면 장기적으로 매우 위험하다. 규칙적인 수면 패턴을 유지하고 되도록 자주 산책을 나가면서 햇빛도 많이 봐야 건강하게 창작할 수 있다. 특히 끼니를 거르지 말고 가볍게라도 아침을 먹으면 활력을 찾는 데 훨씬 유리하다. 식사로 영양소를 골고루 챙기기 힘들다면, 비타민을 비롯한 건강보조식품도 챙겨 먹는 것이 좋다.

개인적으로는 시간을 쓰는 것이 자유로운 프리랜서일수록 공 무원보다 더 공무원처럼 작업 시간을 딱딱 지켜서 스스로의 루틴을 만들어야 한다고 생각한다. 그래야 건강한 몸과 마음으로 오랫동안 꾸준히 창작 활동에 전념할 수 있다.

두 번째로 챙겨야 할 것은 바로 정신 건강이다. 정신 건강은 창 작자에게 그 무엇보다 중요하다. 특히나 예민한 감수성을 가진 사람이라면 더욱 그렇다. 창작자로서 이를 관리하기 위해 가장 중요한 것은 초조해하지 말라는 것이다. 창작은 상당한 인내심을 필요로 하는 일이다. 길게, 멀리 내다보고 차근차근 준비해야 더 오래 갈 수 있다. 이를 위해서는 두 가지가 필요한데, 하나는 꾸준히 작은 성취를 만들어 가는 것, 다른 하나는 창작의 결과물을 끝까지 완성하는 것이다.

창작자의 정신 건강에 작은 성취가 중요한 이유는 바로 주변 사람과의 관계성을 위해서다. 의외로 창작자는 창작하는 과정에서 주변 사람들의 영향을 많이 받게 된다. 내 주변에 가까운 가족, 친구들, 지인들에게 자신의 성과를 보여주고 내가 지금 잘하고 있다는 지표들을 보여줄 필요가 있다. 왜냐하면 우리가 다루는 창작물들은 유형이 아닌 무형의 성과들이 많기 때문이다. 퍼포먼스적이라도 이런 작은 성취를 얻어 자신감을 얻는 한편, 다른 사람들에게 자신이 어떻게 앞으로 나아가고 있는지를 보여줘야 불안감을 낮추고 더 큰 창작을 위한 동력을 얻을 수 있다.

다음으로 신경 써야 할 부분은 창작의 결과물을 반드시 완성하는 것이다. 어떤 분야든 창작할 때 가장 중요한 것은 지난하고 힘든 과정을 거치더라도 만들던 것은 반드시 완성해야 한다는 점이다. 안타깝지만 완성하지 못한 콘텐츠는 적절한 값어치를 매기기 어렵다. 콘텐츠 창작자는 냉정하게 완성한 결과물로 평가받게 된다. 시작이 아무리 좋다 하더라도 결국 평가는 완성 이후에 이루어지게 된다. 처음에 큰 열의를 가지고 시작한 일들이 시간이 지날수록 부담으로 다가와 끝으로 갈수록 지옥이 될 수 있다. 하지만 그럴 때일수록 더욱 인내심을 가지고 차분하게 마지막 완성 지점까지 확실하게 가는 것이 중요하다.

이를 위해서는 어떤 작업을 하기로 했을 때 반드시 끝낼 수 있는 범위를 제대로 산정해서 계획적으로 주도해 나갈 수 있어야 한다. 지나치게 무리하게 계획을 세우거나, 일을 벌여놓기만 하고 수습하지 않으면 멘탈에 과부하가 걸려서 이도 저도 아닌 상황이 될 가능성이 높다. 창작을 하는 사람일수록 감정에 휩쓸리기보다는 이성적으로 판단해서 자신이 할 수 있는 것이 무엇인지를 정확히 파악하고 레퍼런스를 쌓아갈 필요가 있는 것이다.

이러한 방식으로 스스로의 체력과 멘탈을 관리할 수만 있다면 오랫동안 건강하게 창작자로서의 삶을 이어갈 수 있지 않을까 싶다. 굉장히 사소하고 작은 습관에서부터 건강은 무너질 수 있기 때문에 내가 할 수 있는 일을 차근차근 해나가는 것이 가장 좋다.

에필로그

작가 지망생을 위한 마지막 조언

절대 조급해하지 않기

이 책을 통해 웹소설에 대해 알게 된 지망생들에게 마지막으로 하고 싶은 말이 있다. 절대 조급해하면 안 된다는 것이다. 조급하게 접근하여 무조건 밀어붙이기식으로 해서는 오히려 원하는 결과에서 더욱 멀어질 수 있다.

웹소설 쓰기를 시작하는 것 자체도 쉽지 않은데, 원하는 분량을 채워서 연재를 시작하고, 또 이걸 유료화로 끌고 가기까지는 굉장히 어려운 일이다. 내 옆에 있는 누군가가, 혹은 건너의 누군가가 처음으로 웹소설을 썼는데 한방에 대박을 터트렸다는 말에 현혹되어 나도 한방에 대박 작품을 써야지 하는 생각을 갖는다면 글쓰기 자체에 집중하기 어렵다. 느리더라도 차근차근 하나씩 밟아 가는 것이 가장 중요하다.

물론 웹소설 작가에게도 타고난 재능이라는 것은 존재한다. 가장 큰 재능을 가진 작가는 소설적 취향이 웹소설의 주요 독자들과 완전히 잘 맞아 떨어지는 작가다. 그런 작가의 경우에는 자신이 재밌어 하는 소재를 잡아서 안정적으로 써나가기만 하면 독자들에게 큰 호응을 얻어 어렵지 않게 유료화 단계로 갈 수 있다.

반면에 내가 좋아하는 소재들이 마이너하거나, 웹소설에서 잘 쓰이지 않는 취향일 때는 위의 사례처럼 곧장 유료화로 가기 어렵다. 하지만 그렇다고 실망할 필요 없다. 소수의 몇 명을 제외하고 웹소설 작가들은 대부분 이런 마이너한 소재부터 시작해서 서서히 독자들이 원하는 것이 무엇인지를 파악해 나가는 과정을 거친다. 이때 중요한 것은 시장에 적응해가는 시간을 최소화하는 것이다.

내가 가진 취향을 객관적으로 바라보고 이것이 웹소설 시장에서 요구하는 것과 다르다는 것을 깨달았다면 그다음부터는 오히려 쉽다. 빨리 주요 독자들이 좋아하는 소재와 취향이 무엇인지를 파악하고, 내가 좋아하는 소재와 어떻게 결합해서 자연스럽게 전달할 수 있을지 결정하면 된다.

문제는 지망생이 자신이 가진 소재가 마이너하다는 것을 인정하지 못하고 계속 그 소재와 자신의 방식을 고수할 때다. 이럴 경우에는 시장에 적응을 해나가는 시간이 매우 길어지거나 혹은 적응하지 못하고 유료화에 진입하지 못할 가능성도 있다. 자신이 애착을 가진 소재들이 웹소설 시장에서 성공한 적이 있었는지, 없었다면 어떤 방식으로 성공했는지 살펴보자. 만약 독자가 원하는 바와 너무 멀리 떨어져 있다면 스스로의 방법을 바꿔보는 노력이 선행되어야 빠르게 수익화를 이룰 수 있다.

마음만 급해서 계속 조급하게 반복적으로 시도만 할 경우 오히려 시야가 좁아져서 스스로의 작품을 객관적으로 보기가 어려워진다. 악순환에 빠지게 되는 것이다. 이렇게 되면 자신감도 떨어지고, 글을 쓸 의욕이 나지 않는다. 점점 글을 쓰는 시간이 줄어들고 고민하는 시간만 늘어나게 된다. 겸업을 하던 사람들도 자신이 전업이 아니라서 제대로 쓰지 못한다고 착각하고 직장을 그만두는 우를 범하게 된다. 이런 방식으로 접근하는 것은 결코 좋은 해결책이 아니다.

자신의 경험을 살려서 써보기

자기 객관화를 위해 가장 먼저 해야 할 것은 스스로의 경험을 살려서 소재를 정해보는 것이다. 특히나 30대 이상의 지망생의 경우에는 어느 정도 사회생활을 했거나, 본인이 몸담았던 분야가 있을 것이다. 그 분야를 바탕으로 자신이 자료조사 없이 쉽게 쓸 수 있는 소재가 무엇인지를 먼저 잡는 것이 좋다. 특히나 글쓰기 훈련을 따로 받아본 적 없는 초보 지망생이라면 자신의 경험을 바탕으로 한 현대 판타지나 전문가물로 먼저 도전해보기를 추천한다.

웹소설은 직접적으로 원초적인 욕망을 드러내고 이를 통해 독자들에게 대리만족을 주는 콘텐츠라고 할 수 있다. 돈을 벌고 싶다,

성공해서 사회적 명성을 누리고 싶다, 내가 있는 분야에서 최고가 되고 싶다 등등. 우리가 사회생활을 하면서 매일 꿈꿔왔던 욕망들을 텍스트를 통해 실현하는 무대를 만들어내는 작업이라고 생각하면 쉽다. 소설적 소재는 이 욕망을 어떤 식으로 이루어내는지를 정하는 방법이다.

그 방법은 여러 가지다. 코인으로 대박을 낼 수도 있고, 주식으로, 부동산으로, 내가 알고 있는 전문적 지식으로, 유튜브 방송으로 등등 다양한 방식으로 사회적 성공을 거머쥘 수 있다. 이 많은 방법 중에서 자신이 잘 알고 있는 소재를 선택하면 된다. 그래야 자연스럽게 내용을 쓸 수 있고, 독자들과의 공감대가 어느 지점에 있는지를 스스로가 판단할 수 있기 때문이다.

처음 시작할 때는 이렇게 자연스럽게 시도를 해보는 것이 좋다. 커뮤니티 상에서 어떤 소재가 좋고, 트렌드가 어떻게 되고, 앞으로 플랫폼의 상황이 이러니 여기서 해야 한다 등등 다양한 조언들이 있겠지만 사실 작가의 상황에 따라 맞는 것도 있고 아닌 것도 있을 것이다. 중요한 것은 트렌드 자체보다도 자신이 무엇을 쓸 수 있고, 이걸로 완결까지 끌고 갈 수 있는 중심이 잡혀 있는지를 판단해 보는 것이다. 더불어 이를 통해 독자들과의 공감대를 가져갈 수 있을지 스스로 판단해보는 것이 중요하다. 이런 기반이 없는 상태에서 자신이 잘 모르는 유행하는 소재만 전부 갖다 붙인다고 해서 만족스러운 글을 쓸 수는 없다.

꾸준하게 쓰는 연습하기

고루한 이야기겠지만 이를 위해서는 결국 꾸준하게 글을 쓰는 연습을 하는 수밖에 없다. 웹소설의 경우에는 주 5회~주 7회를 기본으로 하고, 때에 따라서는 연참까지 해야 하므로 매일 써야 할 분량이 상당히 많은 편이다. 이 연재 분량을 제대로 맞추지 못하면 잦은 휴재를 하게 되고 작가로서의 신뢰성이 떨어지게 된다. 때문에 아무리 앞부분을 잘 써도 글을 일정하게 연재하지 못한다면 독자들은 금세 떨어져 나갈 수밖에 없다.

꾸준하게 글을 쓰기 위해서는 한 가지 방법밖에 없다. 어떤 방식으로든 자신이 정한 기준치를 채워 넣는 연습을 해야 한다. 일주일에 7편을 쓰겠다고 마음을 먹었다면 일주일 동안 하루에 한 편씩을 꼭 쓰든지, 혹은 특정 요일에 2~3화를 몰아 쓰고 나머지는 다른 일에 집중해 스스로 쓰는 분량을 조절하되 반드시 목표치를 맞추는 것이 좋다. 개인적으로는 그 기준을 연재 주기에 맞춰서 일주일 단위로 잡고 자신이 그 안에 최대로 쓸 수 있는 분량을 정한 뒤 계속 늘려가는 것을 추천한다. 가장 좋은 것은 하루에 두 편 이상 쓰는 것이고, 시간상 그것이 안 된다면 적어도 한 편씩은 꾸준히 써야 연재에 문제가 생기지 않는다.

여기서 한 가지 주의할 점은 꾸준히 글을 써야 한다고 해서 무조건 전업을 하라는 뜻이 아니라는 것이다. 특별한 사정이 있지 않은 한 전업보다는 겸업을 추천한다. 왜냐하면 전업으로 웹소설을 써서 유료화 단계로 가고 실질적으로 통장에 돈이 꽂혀서 이것만으로 안정된 생활을 하는 것이 생각보다 쉽지 않기 때문이다. 운이 좋게 작품이 성공해서 꽤 큰 목돈을 받았다 하더라도 연재가 진행되면서 들어오는 돈은 점차 줄어들게 된다. 아니, 애초에 처음부터 작품으로 큰 수익을 버는 것 자체가 거의 불가능에 가까운 일이다. 필자 역시 웹소설로 제대로 된 수익을 얻기 시작한 건 세 번째 작품부터였다.

그만큼 전업만으로는 수입이 불안정하기 때문에 시간이 지날수록 초조해질 수밖에 없다. 이렇게 될 경우 앞에서 말했던 조급함이 필연적으로 찾아오기 마련이다. 돈은 자꾸 떨어져가고 마음은 조급해지는데 유료화 단계로 가는 길은 멀게만 느껴지고, 그러다보면 더 무리수를 두게 되는 등 악순환에 빠지게 된다. 때문에 처음에는 겸업을 하면서 어떻게든 시간을 내서 하루에 2천자, 3천자도 좋으니 꾸준하게 작품을 쓰고 글근육을 붙이는 연습을 먼저 하는 것이 중요하다.

전업이 된다고 해도 글을 많이 쓰는 것은 아니다. 겸업일 때 붙이지 못한 글근육은 전업이 돼도 안 붙는다. 그러니 시간이 없어서 쓰지 못한다는 핑계는 전혀 도움이 되지 않는다. 시간이 없다면 어떻게든 짜투리 시간이라도 만들어 하루에 조금씩이라도 글을 쓰려는 의지가 가장 중요하다. 이러한 의지 없이는 웹소설이라는 고된 집필 노동을 하는 것은 불가능하다.

이 글을 읽은 지망생들이 모두 성공적으로 집필을 하여 밀리언 셀러 웹소설 작가로 거듭나기를 바란다. 적어도 웹소설은 정당한 노

력에 맞는 대가를 주는 곳이다. 부디 스스로 의지를 가지고 노력한
만큼 성공적인 성취를 이루게 되기를 바란다.

백전백승 웹소설 스토리 디자인
ⓒ 김선민 2022

초판 1쇄 발행 2022년 6월 20일

지은이 김선민
펴낸이 박성인

책임편집 강하나
편집 이다현
마케팅 김멜리따나
경영관리 김일환
디자인 Desig

펴낸곳 허들링북스
출판등록 2020년 3월 27일 제2020-000036호
주소 서울시 강서구 공항대로 219, 3층 309-1호(마곡동, 센테니아)
전화 02-2668-9692 **팩스** 02-2668-9693
이메일 contents@huddlingbooks.com

ISBN 979-11-91505-13-9(03800)